Geração 90:
os transgressores

© desta edição, Boitempo Editorial, 2003
© da organização, Nelson de Oliveira, 2003

Coordenação editorial: Ivana Jinkings
Capa: Tereza Yamashita e Nelson de Oliveira
Revisão: Maurício Balthazar Leal, Leticia Braun
Editora assistente: Sandra Brazil
Produção gráfica: Livia Campos
Editoração eletrônica: Renata Alcides
Impressão: Forma Certa

CIP-BRASIL. CATALOGAÇÃO NA PUBLICAÇÃO
SINDICATO NACIONAL DOS EDITORES DE LIVROS, RJ

G311

Geração 90: os transgressores : os melhores contistas brasileiros surgidos
no final do século XX / organização Nelson de Oliveira. - 1. ed. - São
Paulo : Boitempo, 2016.

ISBN 85-7559-023-5

1. Conto brasileiro. I. Oliveira, Nelson de. II. Título.

16-31232

CDD: 869.93
CDU: 821.134.3(81)-3

É vedada a reprodução de qualquer parte
deste livro sem a expressa autorização da editora.

1ª edição: maio de 2003
1ª reimpressão: março de 2016
Tiragem: 200 exemplares

BOITEMPO EDITORIAL
Jinkings Editores Associados Ltda.
Rua Pereira Leite, 373
05442-000 São Paulo SP
Tel./fax: (11) 3875-7250 / 3875-7285
editor@boitempoeditorial.com.br | www.boitempoeditorial.com.br
www.blogdaboitempo.com.br | www.facebook.com/boitempo
www.twitter.com/editoraboitempo | www.youtube.com/tvboitempo

Geração 90:
os transgressores

*Os melhores contistas brasileiros
surgidos no final do século XX*

Organização
Nelson de Oliveira

Nelson de Oliveira nasceu em 1966, em Guaíra (SP). Diretor de arte, publicou *Fábulas* (contos, 1995), *Os saltitantes seres da lua* (contos, 1997), *Naquela época tínhamos um gato* (contos, 1998), *Treze* (contos, 1999), *Subsolo infinito* (romance, 2000), *O leão que achava que era domador* (conto infantil, 2001), *O sumiço das palavras* (novela infantil, 2001), *O filho do Crucificado* (contos, 2001), *Mais dia menos dia, a paixão* (novela juvenil, 2002), *A maldição do macho* (romance, 2002) e *O século oculto* (ensaios, 2002), entre outros. Dos prêmios que recebeu destacam-se o Casa de las Américas (1995), o da Fundação Cultural da Bahia (1996) e o da APCA (2001). Em 2001 organizou a antologia *Geração 90: manuscritos de computador*, com os melhores contistas brasileiros surgidos no final do século XX. Em 2003 editou, com Marcelino Freire, a revista PS:SP.

Sumário

9   **Oliveira, Nelson de**
Apresentação: Transa trans: tributo às tribos extintas

17   **Assunção, Ademir**
Aristóteles enforcado na hora do rush
O dia está fechado, mister f.

35   **Augusto, Edyr**
Oi
Fala
Sabrina
Sujou
Trabalho

57   **Bloch, Arnaldo**
O tubista magro
Olhos de catarata
Aceitar é gostar
No te pongas sentimental
Calvino e Coelho
Joan
A última prof&cia

95   **Bressane, Ronaldo**
Jornal do caos

117   **Campos, Simone**
Tort
Sonho lúcido
Frades
Peça publicitária
A cabine
Campo minado

129   **Collin, Luci**
?Escaleno
Kozmic blues
Minhas férias
Noir
Ruídos
Secular
Visionário

151 **Fawcett, Fausto**
O pacificador

179 **Freire, Marcelino**
Vê cada um um cadáver (4 contos funerais e 1 de amor)
Tá morto, é?
Caderno de turismo
Maracabul
Após as mortes
Viver

191 **Galperin, Claudio**
Mães
Justiça
Legítima defesa
Cássia dos coqueiros

207 **Leite, Ivana Arruda**
Princípios elementares para uma nova
classificação dos tipos humanos

235 **Martins, Altair**
Sapatos brancos
Segredo

247 **Mirisola, Marcelo**
Rio pantográfico

261 **Pellizzari, Daniel**
Néquem
Diotima
Ontologia do saco cheio
Tanso
Julia Pastrana
A próstata em debate intercontinental

283 **Pieiro, Jorge**
Caderno das falsas hostilidades

301 **Sant'Anna, André**
Deus é bom nº 6
Rush

319 **Terron, Joca Reiners**
Gordas levitando
Monsieur Xavier no Cabaret Voltaire

TRANSA TRANS:
TRIBUTO ÀS TRIBOS EXTINTAS

11

Esta é uma antologia de prosadores – dos melhores contistas e romancistas surgidos na década de 90 – e não de contos, todos inéditos e escritos exclusivamente para este projeto pelos dezesseis escritores convidados. A essa altura do campeonato você deve estar se perguntando: "Os transgressores? Que diabos de subtítulo é esse? Que significa ser um transgressor hoje em dia?". A resposta a essas questões é toda a justificativa desta antologia, cujo propósito é dar continuidade à primeira, organizada por mim e lançada pela Boitempo – *Geração 90: manuscritos de computador* –, e se possível enriquecê-la.

10

Que há em comum entre os dezesseis autores aqui reunidos, além do fato de terem estreado na década de 90? Muita coisa. O *nonsense* (Ademir Assunção, André Sant'Anna, Arnaldo Bloch, Daniel Pellizzari, Fausto Fawcett, Simone Campos, Joca Reiners Terron), a ironia (André, Ivana Arruda Leite, Luci Collin, Marcelino Freire, Ronaldo Bressane), a insanidade (Ademir, Jorge Pieiro,

Ronaldo), a fragmentação lírica (Ademir, Claudio Galperin, Edyr Augusto, Luci, Joca), o fluxo de consciência (André, Edyr, Fausto, Jorge, Ronaldo), as divagações cínicas e rancorosas (Daniel, Marcelino, Marcelo), a delicadeza do absurdo (Altair Martins, Arnaldo, Claudio, Luci, Simone), o gosto pela prosa malcomportada e o desprezo pelo discurso linear (todos).

9

"Um escritor argentino muito amigo do boxe me dizia que, no combate que se dá entre um texto apaixonante e seu leitor, o romance sempre ganha por pontos, ao passo que o conto precisa ganhar por nocaute." Se Cortázar recebesse dez reais cada vez que essa sentença aparecesse no prefácio de uma antologia de contos, seus herdeiros triplicariam sua fortuna. Também cometi esse crime, não nego; toma lá as dez pratas. Nossa sorte é que o próprio Cortázar, malandro que era, jamais seguiu à risca todas as diretrizes que estabeleceu, as mesmas que, anos depois, os tolos insistem em enfiar nas fuças dos contistas. Qual a novidade nisso? Enquanto o gênio aponta a lua e as estrelas, o idiota olha para o dedo.

Sentenças de efeito são como a piada mais ou menos bem-sucedida durante uma festa chata. Certas classificações também funcionam assim: na falta de assunto, alegram o ambiente. Repetida *ad nauseam* no período em que os concretistas dominavam a cena poética, a classificação poundiana dos escritores não deixa de ter seu charme. Ezra Pound classificava os escritores nas seguintes categorias: *1. inventores*, os que descobrem um novo processo, ou cuja obra nos dá o primeiro exemplo conhecido de um processo; *2. mestres*, os que combinam certo número de tais processos e os usam tão bem ou melhor do que os inventores; *3. diluidores*, os que andam na cola das primeiras duas espécies de escritor, mas não são capazes de realizar tão bem o trabalho; *4. bons escritores sem qualidades salientes*, os que produzem a maior parte do que se escreve, gente que faz mais ou menos boa literatura em mais ou menos bom estilo do período; 5. *beletristas*, os que realmente não inventam nada, mas se especializam em uma parte particular da arte de escrever; e 6. *lançadores de moda*, aqueles cuja onda se mantém por alguns séculos ou algumas décadas e de repente entra em recesso, deixando as coisas como estavam.

8

Biblioteca básica dos transgressores: os clássicos

Memórias de um sargento de milícias, de Manuel Antônio de Almeida, *Memórias póstumas de Brás Cubas*, de Machado de Assis. *Macunaíma*, de Mário de Andrade. *Serafim Ponte Grande* e *Memórias sentimentais de João Miramar*, de Oswald de Andrade, *Desabrigo*, de Antônio Fraga. *O púcaro búlgaro*, de Campos de Carvalho. *Doramundo*, de Geraldo Ferraz. *O sofredor do ver*, de Maura Lopes Cançado. *Panamérica*, de José Agrippino de Paula. *Reflexos do baile*, de Antonio Callado. *No coração dos boatos*, de Uilcon Pereira. *Avalovara* e *Nove, novena*, de Osman Lins. *Catatau* e *Agora é que são elas*, de Paulo Leminski.

7

Duas palavrinhas sobre os mocinhos e os bandidos. Os mocinhos são, é óbvio, os inventores e os mestres; os bandidos, os diluidores e os beletristas. No plano da generalização, tudo se resolve bem. No plano da especificação é que são elas. As divertidas categorias de Pound, quando aplicadas ingenuamente por ele e por seus seguidores menos inspirados, dão margem a todo tipo de equívoco. Isso porque não há autores que sejam cem por cento inventores ou cem por cento diluidores. O mundo não funciona assim. O que há é a mescla de características e talentos, em contextos específicos e também mesclados.

O século XX foi o da modernidade na arte europeia e o da tentativa, quase sempre frutífera, de modernidade na arte brasileira, que, com dois ou três passos de atraso, procurou manter-se no encalço do modelo estrangeiro. A ideologia do moderno emprestou valor positivo a palavras como *invenção* e *transgressão*. Em contrapartida, conferiu valor negativo a termos como *conservação* e *tradição*. Por isso, em literatura, ninguém gosta de ser chamado de *conservador* nem de *tradicionalista*, mas acha o máximo ser considerado transgressor. No âmbito desta rápida apresentação, preciso que você, leitor, se esforce para deixar de lado a conotação apenas positiva do termo *transgressão* e a meramente negativa de *conservação*. Preciso que você os veja como forças equivalentes, ambas trazendo no bojo cargas igualmente positivas e negativas.

Penso que foi a partir da década de 1950 que o termo *invenção* – o preferido dos poetas concretos e de seus seguidores – passou a ser usado insistentemente nos manifestos literários e até na imprensa, por apresentar, é claro, sentido contrário ao de *reprodução*. Mas reprodução do quê? Em poesia, dos modelos parnasianos e simbolistas, das formas clássicas de poesia, principalmente das que se pautam pela métrica e pela rima. Em prosa, das fórmulas do discurso realista, que privilegiam a representação mimética da realidade, a trama linear – com começo, meio e fim – e a postura contemplativa do leitor, sua imersão total na narrativa. No início, fazia bastante sentido colar a etiqueta de inventor nos escritores que exploravam caminhos novos e renegavam furiosamente os formatos tradicionais. Mas com o tempo o número de inventores cresceu tanto que "rejeitar furiosamente os formatos tradicionais" acabou virando norma. As transgressões individuais foram ficando muito parecidas com certo modelo básico de invenção, proposto pelos precursores, e hoje em dia é praticamente impossível distinguir, na prosa e na poesia, a invenção da simples reprodução de fórmulas modernistas.

A paisagem ficou mais fora de foco ainda quando poetas inventores, como José Lino Grünewald e Glauco Mattoso, passaram a trabalhar com formatos tradicionais – o secular soneto, por exemplo – e poetas tidos como conservadores, como Bruno Tolentino e Antonio Cicero, demonstraram que é possível fazer mágica nova a partir de velhos truques. Na prosa, o desempenho dos transgressores – Sérgio Sant'Anna, Hilda Hilst, Márcia Denser – e dos conservadores – Lygia Fagundes Telles, Luiz Vilela, Milton Hatoum – também atingiu o equilíbrio qualitativo. Sempre é bom frisar, para evitar mal-entendidos, que o valor é positivo-negativo tanto para o primeiro termo quanto para o segundo.

Passado o impacto dessa guerra santa, nem a vanguarda nem a retaguarda saíram ilesas: somaram e subtraíram muita coisa uma da outra. Hoje as duas tribos convivem de maneira mais ou menos pacífica. Duas tribos? Não sejamos tão simplistas. Na verdade parecem ser quatro, oito, dezesseis tribos, e até mais do que isso, dada a multiplicidade de vozes e de modos de compor da gigantesca nação de escritores brasileiros.

6

Biblioteca básica dos transgressores: os contemporâneos

Fluxo-floema e *A obscena senhora D*, de Hilda Hilst, *A festa*, de Ivan Angelo. *Em nome do desejo*, de João Silvério Trevisan. *Diana caçadora*, de Márcia Denser. *O concerto de João Gilberto no Rio de Janeiro*, de Sérgio Sant'Anna. *Zero*, de Ignácio de Loyola Brandão, *O rosto da memória* e *Panteros*, de Décio Pignatari. *O jardim, a tempestade*, de Jamil Snege. *Mar paraguayo*, de Wilson Bueno. *O mez da grippe* e *Minha mãe morrendo & O menino mentido*, de Valêncio Xavier. *As sombrias ruínas da alma*, de Raimundo Carrero. *(os sobreviventes)* e *Eles eram muitos cavalos*, de Luiz Ruffato. *Pescoço ladeado por parafusos*, de Manuel Carlos Karam. *A múmia do rosto dourado do Rio de Janeiro*, de Fernando Monteiro. *Sabedoria do nunca, Ignorância do sempre* e *Certeza do agora*, de Juliano Garcia Pessanha. *Grogotó!* e *Araã!*, de Evandro Affonso Ferreira. *Contracanto*, de Álvaro Cardoso Gomes.

5

O que todo escritor, em particular, e todo artista, em geral, buscam com sua arte é representar as múltiplas faces da realidade. Mesmo quando o escritor ou o artista cria obras abstratas, o objetivo implícito dessas obras é transmitir às outras pessoas, por meio da síntese ou da análise, certos aspectos do mundo real. A fim de construir modelos coerentes e verossímeis da realidade, desde o século XVIII muitos escritores optaram pela fidelidade documentária, que privilegia a representação objetiva do instante narrado. Esses autores são conhecidos como *realistas* e sua estética se baseia na mimese, por sua vez baseada no tratamento cuidadoso dos pormenores e de suas alterações no decorrer do tempo. A prosa realista, noutras palavras, faz uso de técnicas ilusionistas para que o leitor sinta-se como se estivesse participando da trama.

Mas, já no século XX, muitos críticos perceberam que o olhar realista, na sua tentativa de abarcar a natureza e a sociedade, para na superfície das coisas, não vai ao cerne. Isso levou-os à paradoxal conclusão de que a realidade se encontra mais nos elementos que transcendem a mera aparência dos fatos do que neles próprios. Na era das *Cinco lições de psicanálise*, de Freud, e da teoria especial da relatividade, de Einstein, o realismo, concebido como representação mimética do mundo, deixou de ser o melhor e mais fiel condutor da realidade.

Para melhor representar o mundo moderno, pautado pela velocidade e pela variedade ideológica, os antigos transgressores lançavam mão, na prosa, dos mais diversos estratagemas: substituição do narrador onisciente por diversos narradores inconscientes, quebra das normas sintáticas e da linearidade narrativa, mistura de gêneros literários (ensaio, crônica, poesia, peça de teatro, roteiro de cinema), apreço pelo monólogo interior e pela divagação minimalista, introdução no texto de elementos estranhos (fotos, desenhos, anúncios, recortes de jornal), mistura de discurso direto com discurso indireto, criação de palavras-montagens, uso de diferentes tipologias. Esses recursos estilísticos e gráficos tinham e ainda têm como objetivo sacudir o leitor, impedir que ele adote a tradicional postura contemplativa. O humor negro, por vezes, é o complemento mais utilizado para manter coesos todos os elementos do texto.

4

O que se procura com essas excentricidades é fixar a Verdade. Ou seja, expor e descrever a lei geral capaz de unificar os fatos e boatos, infinitos, produzidos na superfície do tempo pela alta velocidade das ações humanas. Do paradoxo não há escapatória: os transgressores – para Antonio Candido, *transrealistas* – ainda hoje, por conta dessa transa trans, conseguem ser mais realistas do que o rei.

3

Na antologia anterior, *Geração 90: manuscritos de computador*, procurei acolher os representantes de todas as tribos existentes. Santo ecumenismo! Só assim o painel do novo conto brasileiro poderia ser minimamente fiel à realidade. Nesta nova antologia, a editora e eu optamos por privilegiar apenas a facção transgressora da Geração 90. Por quê? Mais do que qualquer coisa, por razões pessoais. Sempre tive mais afinidade, enquanto contista pertencente a essa mesma geração, com a ficção dita experimental, filhote legítimo das vanguardas do início do século XX. Se isso jamais me impediu de ler os escritores que frequentam templos diferentes e rezam por outra cartilha, há momentos, como agora, em que é preciso tomar partido. Esta antologia é o melhor tributo possível às vanguardas – à tribo de Joyce, à de Breton, à de Oswald, tão distintas –, hoje todas extintas, e ao seu legado, que continua vivo e presente na corrente sanguínea da cultura ocidental.

2

Os autores, a editora e eu dedicamos este livro a Evandro Affonso Ferreira, Juliano Garcia Pessanha e Luiz Ruffato, transgressores que, convidados, por razões diversas não puderam participar da antologia. Também dedicamos este trabalho a todos os que dão ouvidos ao bom senso e entram numa livraria antes de repetir o lugar-comum de que nada de novo tem surgido na literatura brasileira.

1

Vamos aos contos?

Nelson de Oliveira
janeiro de 2003

Ademir Assunção

Ademir Assunção nasceu em 1961, em Araraquara (SP). Jornalista, poeta e prosador, publicou *LSD Nô* (poemas, 1994), *A máquina peluda* (prosa, 1997), *Cinemitologias* (prosa poética, 1998) e *Zona branca* (poemas, 2001). Participou das antologias *Outras praias / Other shores* (poemas, 1998) e *Na virada do século* (poemas, 2002). Foi um dos editores da revista Medusa e atualmente edita a revista Coyote, junto com os poetas Rodrigo Garcia Lopes e Marcos Losnak. Tem poemas musicados e gravados em discos por Itamar Assunção, Edvaldo Santana e Madan.

ARISTÓTELES ENFORCADO NA HORA DO RUSH

Meu nome? Não lembro.

Nervoso. Esmagando os próprios dedos da mão direita com os próprios dedos da mão esquerda. Olhando o ar à procura de moscas suicidas. Gritando. Por que estão me olhando com essas bocas abertas de mongoloides? Nunca viram um homem sem nome? Nunca? Digam a verdade ao menos uma vez. Nunca? Ah, viram sim. Estão cansados de ver. Todos os dias. Milhares de homens sem nome. Milhões de crianças. Trilhões de mulheres. Chineses, porto-riquenhos, sauditas, indianos, portugueses, canadenses, argentinos, marroquinos, guatemaltecos, paquistaneses, russos, espanhóis, líbios, palestinos. Hipócritas, mentirosos. É isso o que vocês são. Se não podem falar a verdade, ao menos me deixem em paz. Ouviram?

Pedro Antônio de Alcântara? Pedro. Pedro. Ah! Agora me lembro. Um nome. Não, dois nomes. Dois. Até os sete anos papai me chamava de Samuel. Mamãe, Patrick. Isso. Patrick. Você está louca? Quer que seu filho se torne um veado, um veadinho, um maricas? Patrick! Patrick! Onde já se viu! Isso é nome de macho? Não, claro que não. O nome dele é Samuel. Entendeu? Ésse a eme u e éle. Samuel, papai gritava, as bochechas de buldogue quase soterrando o nariz de mamãe. Papai ficava furioso. Esmurrava as paredes. Talvez ele quisesse esmurrar a cara de mamãe. Mas não. Socava as paredes. Até os dedos sangrarem. A agonia durou até meus sete anos. Foi quando papai morreu. Atropelado por um caminhão das Casas Bahia. Morte estúpida. Na esquina da Pompeia com Heitor Penteado. Mamãe chorou três dias sem parar. Desde aquele dia nunca mais me chamou de Patrick. Em respeito a papai, acho. Pedro. Nas primeiras vezes, não entendia. Pensava que ela estava delirando. Depois me acostumei. Pedro, um bom nome. Um nome como qualquer outro. Poderia ser Marcelo, Walter, Edvaldo, Fábio, Emiliano, Antônio, Mário. Qualquer um. Mamãe queria Pedro. Qual o problema?

Ingrid? Não, isso foi anos depois. Lá pelos quinze. Mamãe frequentava um templo evangélico naquela época. Dizia que a Luz Divina tomara seu corpo e sua alma. Encontrara Jesus. Sua vida agora a Ele pertencia. O Filho de Deus. Jogou no lixo todos os santos que possuíamos na casa. Santo Antônio, São Jerônimo, São Sebastião, São Jorge, Santo Expedito. Jogou todas as imagens no cesto de lixo e passou a me chamar de Ingrid. Eu pensava que ela estivesse chamando alguma vizinha, alguma amiga, uma prima desconhecida, a filha que nunca teve. Ingrid, Ingrid, Ingrid. Depois percebi que se referia a mim. No começo, confesso, achei bem estranho. Ingrid. Mas acabei acostumando. Ingrid é até um nome bonito. Bem melhor que Vanessa.

Colérico. Olhando para o alto. O que vocês querem saber sobre meu pai? O quê? Vou ter que repetir trinta mil vezes? É isso o que vocês querem? Trinta, quarenta, cinquenta mil vezes? *Chorando, o que demonstra que ainda está vivo.* Como posso falar algo sobre meu pai? Jamais o conheci. Vocês estão carecas de saber. Por que não me deixam em paz? *Quase apático, olhando para as próprias unhas, sujas e roídas.* É isso. Sou filho de um fantasma. Todas as vezes que perguntava sobre meu pai, vovô, mamãe e minhas tias olhavam para as paredes, diziam olha, aquela mancha azul, aquela ali, não estava aqui ontem, e aquela, preta, antes era amarela, deve ser o tempo, é, o tempo, com certeza vai chover esta madrugada, senão a mancha preta estaria vermelha, oh, meu Deus, que bom que vai chover, quem sabe a fuligem abaixa um pouco, um pouquinho só já estaria bom, essa fuligem está me matando, dizia vovô, tossindo, meus pulmões parecem que vão estourar. Eu também passava a comentar as manchas nas paredes. As manchas que não existiam. Gostava da brincadeira. Olha aquela ali, vovô, escarlate. Escarlate? Nunca diga isso menino, vovô dizia, me pegava no colo e me levava pra cama. Em uma dessas noites, perguntei, vovô, eu sou filho de um fantasma? Não, meu menino, você é filho de Deus. E quem é Deus, vovô? O vento. Eu sou filho do vento? Mais que um vento. Um vendaval. O que é vendaval, vovô? Um vento muito, muito forte. Um vento capaz de derrubar fios elétricos, árvores e até os telhados das casas. Um vento tão forte que é capaz até de arrancar o nome de um homem. Pra sempre. Agora dorme, querido. Vovô me beijou, arrumou bem as cobertas e deslizou o dedo sobre o meu nariz. Quando eu crescer eu vou ter um nome, vovô?, perguntei quando ele já estava fechando a porta. Você já tem. E qual é meu nome? Vovô olhou para a parede atrás da cabeceira da cama e disse Olha, aquela mancha roxa que estava ali. Não está mais. Procurei a mancha na parede. Quando olhei de novo em direção à porta, vovô não estava mais lá.

Quando começaram os bombardeios eu saí na janela e gritei com todas as minhas forças. Rufiões. Gritei até cansar. Até ficar rouco. Rufiões. Não sei se eles me ouviram. Os aviões passavam rasgando o ar, deixando cicatrizes horrendas na cidade. Eu gritava na janela, rufiões. Não tenho certeza se era uma palavra apropriada para uma ocasião daquelas. Era a única que me vinha à cabeça. Rufiões, rufiões. Podia ser outra. Estelionatários. Pederastas. Bestas quadradas. Sodomitas. Esquartejadores. Vigaristas. Qualquer uma. Rufiões. Era a que me vinha à cabeça. Gritei durante duas horas seguidas. Até que os bombardeios cessaram. Um raio rachou o céu. Depois outro. E outro. Centenas de raios. A chuva desabou sobre a cidade. Fechei a janela, sentei no sofá e ainda gritei, mudo, os fonemas ecoando dentro do meu próprio cérebro, rufiões, rufiões, rufiões, gritei mais umas dez ou quinze vezes antes de cair no sono.

Quem é você? Foi o que perguntei àquele fantasma que veio saindo do meio dos escombros e parou bem embaixo da minha janela. Tantas janelas no bairro, na cidade. Tinha que ser logo a minha. Aquele fantasma. Calvo, de terno e gravata, uma pasta de couro na mão, coberto de poeira e sangue. Veio surgindo do meio da poeira espessa dos escombros, trôpego, um espectro. Incrédulo. Não podia acreditar naquela aparição. Aquele fantasma. A testa lanhada. Sangue pisado nas têmporas. Sangue misturado com poeira. Bem embaixo da minha janela. Os olhos impassíveis. Pude ver. Sim, eu vi. Olhei bem dentro dos olhos e vi uma caveira esculpida na retina escura. Dele. Como naquela gravura antiga. Aquele fantasma. Longos cabelos, barba malfeita, camisa esfarrapada, os sapatos em frangalhos, saindo do meio da fumaça espessa dos escombros, as vigas de aço retorcidas às suas costas, postes de iluminação tombados sobre automóveis em ruínas. Ruínas. Tudo ruína. Incêndios pelo bairro inteiro. Aquele fantasma. Quem é você? Um homem sem fortuna e um nome por fazer. Foram suas últimas palavras. Eu não podia suportar aquilo.

Nunca brinquei de caubói. Gostava de inventar cidades. Quando era criança deitava no chão do quarto e passava horas desenhando cidades. Nas minhas cidades não havia pessoas. Eram cidades diferentes. Cidade das pulgas. Cidade das baratas. Cidade dos ratos. E até cidade das bactérias. Todas subterrâneas. Formavam intrincados labirintos. Sombrios. Faraônicas redes de esgotos. Nunca batia sol naquelas cidades. Nunca. Como agora.

Do chão não passa. Sim, era isso que Miguel dizia, nós dois em cima do telhado, prontos para conquistar os ares, nossas asas de cera se roçando. Vamos, Maria, não tenha medo. Eu não tinha medo. Adorava voar. Mas fingia. Só para Miguel alisar meus cabelos e dizer baixinho, a boca colada no meu ouvido, Se cair do chão não passa. É. Naqueles dias eu me chamava Maria. Estava apaixonada por Miguel. De cima do telhado podíamos ver as montanhas. E as ruínas. E se os aviões voltarem?, eu sussurrava. Tentava ganhar tempo. Queria permanecer ali, ao lado de Miguel, sentindo o toque áspero das suas asas de cera. A gente derruba eles, Miguel falava, o calor da sua boca esquentando a minha orelha. Como? Eles são pesados, eu dizia, tentando mostrar a ele nossa impotência. A gente provoca um vendaval com nossas asas. Assim. A gente bate as asas com bastante força, rápido, até provocar um vendaval. Um vendaval. Que bela palavra. Vendaval. Não deviam aprisionar uma palavra dessas no dicionário. Em livro nenhum. Deviam deixar essa palavra solta, flutuando por cima das nuvens, sempre em movimento. Vendaval. Há palavras que não deveriam nunca ser escritas. Por ninguém. Só faladas. O ar quente saindo dos pulmões, fazendo vibrar as cordas vocais, os sons lançados no ar, em direção aos ouvidos de outra pessoa, ou de ninguém. Vamos? E Miguel saltava no vazio, agitava as asas, eu ia logo atrás. Sobrevoávamos a cidade. As ruínas. As pessoas não pareciam notar nossa presença sobre suas cabeças. Não olhavam para o céu. Talvez fosse o medo. O medo de que os aviões voltassem.

Há quanto tempo estou neste cárcere? Há quanto tempo? Neste cárcere. *Irritado. Olhando diretamente para a luz da luminária. Fechando demoradamente os olhos. Abrindo novamente.* Como vocês querem que eu saiba? Há quanto tempo? O que significa isso? Talvez dez anos. Cem anos. Milhões de anos. Como posso saber? Trilhões de segundos. Trancado. No escuro. Trancado em mim mesmo. A mesma ração, sempre. Por que vocês fazem tantas perguntas? Vocês, meus libertadores. O que querem saber de mim? Sou por acaso uma cobaia? Meus algozes ao menos não me faziam pergunta alguma. Simplesmente haviam se esquecido de mim. Da minha presença neste cárcere. Não. Não é verdade. Não haviam. Sempre metiam a ração pela abertura rasteira da porta. A mesma ração, sempre. O mesmo ruído de metal. O trinco. Não, meus algozes não se esqueceram de mim. Eles se divertiam comigo. Me mantinham vivo. Por pura diversão. Mas ao menos não me faziam perguntas.

No começo eu gritava. Gritava todos os desaforos que me vinham à cabeça. Em várias línguas. Ratones. Paranoiaques. Blacksnakes. Sorveteiros. Muláhs. Menschheit. Insultava a todos eles. Batia com os punhos fechados na parede. Gritava, gritava. Eles se divertiam com meus insultos. Gargalhavam. Respondiam do outro lado do muro. Blauen. Blut. Geistes. Rolavam de rir. Hütten. Lämpchen. Abgeschiedenen. Mijavam nas cuecas de tanto rir. Malditos. Aquelas risadas infernais. Aquelas palavras. Como saber que língua era aquela? Húngaro, polonês, russo? Eu não sabia sequer quem eram eles. Nunca vi suas faces. Apenas ouvia as vozes. E as risadas. E os meus próprios urros, batendo nas paredes e se multiplicando, voltando em minha direção, explodindo nas cavernas dos meus tímpanos, perfurando a carne dos miolos. Não sei quanto tempo durou. As risadas foram sumindo. As vozes, cada vez mais longe. Eu sabia que o planeta, o sistema solar, a via láctea, a galáxia, tudo continuava em movimento. Mas as vozes, as risadas, eu não ouvia mais. Somente o ruído metálico do trinco.

No sétimo dia, Deus criou o homem. No oitavo, matei meu pai. Foi assim que me ensinaram. No sétimo dia, Deus criou o homem. Meu pai, matei por conta própria. Ninguém precisou me ensinar. Não matei por vingança. Tinha motivos até. Por tudo o que ele me enfiou na cabeça. Teria toda a razão se o tivesse matado por vingança. Mas não foi. Matei simplesmente porque ele se chamava Aristóteles. Como alguém que se preza pode se chamar Aristóteles? Me expliquem. Ele não tinha o direito de se chamar Aristóteles. Não tinha. Até poderia se chamar Aristóteles, desde que não fosse meu pai. Matei meu pai na hora do rush. Ainda trazia a corda comigo quando os bombardeios começaram.

Não entendo por que vocês me obrigam a voltar ao Inferno. Não disseram que agora eu era um homem livre? Digam o que quiserem. Digam que eu fui um Rei Somali, um Sacerdote Asteca, um Imperador Macedônio. Tanto faz. Um traficante de escravas brancas na Abissínia. Um cafetão nas ruas de Marrakesh. Um general sádico do exército de Alexandre Magno. Pouco me importa o que dizem. Pouco me importa se o sol foi engolido pelo buraco negro de Warhoo, se as corujas brancas devoraram todas as iguanas de Galápagos, se a Terra está em rota de colisão com o Cão de Santo Humberto, se o Tigre e o Eufrates secaram, se todos os nômades de Jalalabad morreram soterrados pelas tempestades de areia. Notícias do mundo. Pouco me importam. Mercadores de notícias. Notícias vendidas no grande mercado babilônico. Quem se importa? Quem? Amanhã todos voltam à cidade, às ruínas, e eu volto ao mesmo Inferno. Digam o que quiserem. Nunca mais serei um homem livre. O Inferno arde na minha memória. O Inferno queima dentro de mim.

É. Talvez eu devesse queixar-me às rosas. Voltar ao jardim. É. Queixar-me às rosas. Agarrar as rosas pelo pescoço. Gritar a plenos pulmões nos ouvidos das rosas: olhem aqui, amorosas rosas aveludadas, olhem, estão vendo, isto aqui, isto aqui são os meus culhões sangrando como pedaços de alcatra pendurados nos ganchos dos açougues, isto aqui é minha carne em carne viva, isto aqui, olhem, aqui, isto, isto é o meu cérebro destroçado pelas bombas que não paravam de cair, uma depois da outra, dias e noites intermináveis, aquelas bombas, ah, vocês não estavam aqui quando as bombas começaram a cair sobre nossas cabeças, vocês não viram as crianças tentando fugir das bombas, não, vocês não estavam, é, amorosas rosas aveludadas, eu deveria voltar ao jardim e debater-me como um louco que sabe que vai tomar um eletrochoque, é, eu deveria voltar ao jardim e queixar-me às rosas. Queixar-me às rosas. Ah, mas que bobagem. As rosas não falam. As rosas sequer escutam.

O DIA ESTÁ FECHADO, MISTER F.

Eu vou dizer quem você é.

Mas antes vou decepar suas orelhas. E comê-las cozidas, com batatas.

Não tenha tanta pressa. Temos todo o tempo do mundo. Até aqui você se comportou bem. Fez o que eu mandei. Mesmo sem saber. Estava tudo escrito, desde o princípio. Os cordões são invisíveis. Mas existem.

Marlon Brando. Marlon Brando em Apocalipse Now. Lembra? O rosto sempre imerso na sombra. Gordo, gigante, um hipopótamo com as têmporas trêmulas e as mãos suficientemente fortes para arrebentar os ossos do crânio de um merda qualquer. Havia muito espaço para a maldade naquele corpo. Mas não era maldade. Era loucura. Desespero. O coração nas trevas. Os helicópteros despachando garotos para o beijo sombrio das rajadas. Dos céus direto para os dentes quentes dos ratos. Para o inferno. Sem escalas. A vaca esquartejada no desterro do coronel Kurtz, lembra? A vaca. Esquartejada. Sem um mugido sequer. Não houve tempo. Os soldados até que foram benevolentes. Operação rápida. O horror, o horror. Não pense que as coisas acontecem sempre assim. A poucos é concedida a graça da morte sem dor.

Não vou facilitar. Pode tirar o cavalinho da chuva. Você quis saber quem você é. Isso exige disciplina. Poderia ter ficado quieto no seu canto. Quem mandou vir até aqui? Não há mais chances de arrependimento. Não diga que sou cruel. Não pense que eu sou seu Criador. Ou seu Carrasco. Dá no mesmo. Foda-se. Os dentes são seus. A fome é sua.

Eu sei, você não consegue lembrar como as coisas aconteceram. Às vezes parece que tudo não passou de um pesadelo. Os patos abatidos em pleno voo, peixes negros ondulando suas barbatanas, o vidro do aquário estilhaçado, o ar faltando justamente quando se tinha todo o oxigênio do mundo disponível. Paciência. Precisa ter paciência para levar o jogo até o fim. Mesmo sabendo que no fim só haverá ruínas. Mas todos têm uma chance. Só uma. Cair fora antes do fim. Você pode escolher. Os patos abatidos em pleno voo. Ou as ruínas.

Palavras, palavras, o que isso importa, agora? Há muita gente falando nesse mundo. O tempo todo, todos os dias. Não há um só segundo de silêncio. Falam pelos cotovelos. Falam por falar. Uns, além de falar, ainda escrevem. Não sabem que a linguagem é feita de fezes e sangue. Pensam que podem nomear o mistério com a palavra. Pensam que podem ordenar o Caos. Eu rio da cara desses panacas. Eles que se fodam nos quintos dos infernos.

Os ratos? Sim, eram milhões. Milhões de ratos roendo os cadarços das botas, o couro, o forro interno e até o sangue grudado nas solas de borracha. Você nunca gostou deles. Armava armadilhas, espalhava veneno, era meticuloso em suas estratégias de caça. Não adiantava. Ali, nos escombros, os ratos venciam a guerra. Eles conheciam melhor o território. Sabiam escolher os esconderijos. Eles zombavam dos seus ardis. E continuavam roendo. As fotografias, os livros, os diários, as capas dos discos, os jornais, tudo. Roedores. Implacáveis. Não demorou muito para acabarem com todos os objetos. Mas sempre restavam pedaços. Não roíam tudo. Inteiramente. Sobrava a ruína de um rosto na fotografia. Algumas frases na página do livro. As notícias dos jornais, estraçalhadas pela ação insistente daqueles roedores. Ruínas de guerra. Uma guerra sem trégua. Você recolhia pacientemente aquelas ruínas. Tentava recompor o significado das frases, das imagens roídas. Você se esforçou muito. Lutou enquanto pôde. Desenvolveu técnicas terríveis de tortura contra os prisioneiros. É, terríveis. Furava os olhos dos prisioneiros com alfinete. Arrancava patas com alicate. Esfregava focinhos no cimento áspero até esfolar o osso. E os soltava. Agonizantes. Tentativa inútil de intimidar os outros.

Juntar os fragmentos. Era isso o que seu pai dizia. Vá juntando os fragmentos, colando, costurando, descobrindo o encaixe das peças, uma na outra. Ele sempre soube que era a única forma. Montar o quebra-cabeça. Mesmo que a imagem final não fizesse sentido. Não importa, você espalha as peças e começa tudo de novo. Era o que ele dizia. Lembra? Tudo de novo. É claro que ele tinha plena consciência de que começar de novo seria quase impossível. Não era um tolo. Era um homem paciente. O contrário de você. Sabia dominar o desespero.

Os espelhos? Não seja estúpido. Agora você sabe por que nunca houve um só espelho em sua casa. Eles queriam protegê-lo. Só isso. Também pagaram o preço. Nunca mais olharam suas próprias imagens. Perseu diante da Medusa. Petrificada pelo próprio feitiço. A beleza de volta, enfim. Mas petrificada. Uma beleza monstruosa. Você, não. Você não se transformaria em Estátua de Pedra. Eles sabiam disso. Não seria o seu fim. Seria o começo de todo o tormento. Eles tentaram evitar. Não tiveram escolha. Ou sumiam com os espelhos ou arrancavam os seus olhos.

Esqueça nomes, lugares, épocas. Não servem pra nada. Números. É o que importa. Seven. Sete Pecados Capitais. Um assassino meticuloso, agindo na cidade. A morte escrita com gordura na porta da geladeira. A morte escrita com vômito e excrementos. A morte escrita com esperma. Está começando a lembrar? Um Vingador do Senhor. Um psicopata. Se masturbava com a Bíblia na mão. Salmos. Apocalipse. Pedia para as putas se vestirem de Santa. Azul. O véu sobre a cabeça tinha que ser azul. Permanecia ajoelhado, rezando, lendo versículos e se masturbando. Faltava coragem para tocar o corpo das putas. Faltava coragem para olhá-las nos olhos. A polícia as encontrava com o vibrador metálico cravado nas costas. Vingança. Vingança por não ter nascido de mulher alguma. Um Vingador do Senhor. Sarah. Escrito com faca. No ventre. Todas as putas com aquela tatuagem fatal. Um covarde. Não transformava as putas em Estátuas de Sal. Matava. Com o vibrador. Pelas costas.

Você? Claro que não. Você sempre foi amável. Com as mulheres, pelo menos. Com os ratos era diferente. Você estava numa guerra. É verdade que muitos começaram com os ratos e depois não conseguiram parar mais. Perderam o controle. Alguns tentaram saciar a sede escrevendo. Passavam noites trancados, nuvens de cigarro pela sala, enredos sangrentos, crimes hediondos. Mas aos poucos as palavras iam se esfarelando. E a sede volta. Foi assim que as coisas aconteceram. Quando as frases perderam o sentido vieram os assassinatos.

A cidade inteira passou a odiá-lo. Só por ter esmagado com as botas sujas com o sangue dos ratos a flor branca que a menina oferecera com tanta afeição. Um descuido, eu sei. Talvez eles também soubessem. Mas não estavam dispostos a perdoá-lo. Precisavam odiar alguém. Faltava um deslize qualquer para que o pavio fosse aceso. Você foi o estopim. O Escolhido. A paz naquela cidade sempre foi uma mentira.

Você se faz de bobo. Se deixa enganar. Pensa que assim é mais fácil. Não é. Encare os fatos. Seu pai estava lá. Você sabe muito bem. Você também estava lá. Você viu quando eles cercaram a casa, enlouquecidos, e meteram fogo. As chamas devorando as vigas do telhado, estourando os vidros das janelas, lambendo a carne do velho. Ele não merecia aquilo. Era um homem bom. Gostava de pescarias. Quebrava as nozes e alimentava os esquilos. Adorava ouvir Satie, Miles Davis e Pink Floyd nos finais de tarde, morgando, na rede, na varanda da casa. Eles queriam trucidar você. Descontaram no velho. Depois que o fogo destruiu tudo eles voltaram para suas casas. Devem ter metido em suas esposas. Devem ter afagado os cabelos das crianças. Está feito. A Justiça está feita – devem ter falado. Devem ter metido como nunca meteram antes em suas esposas. As vagabundas uivaram aquela noite. Mate um por dia mas me foda desse jeito. Só não disseram isso por mero pudor.

Deuses e heróis são violentos, meu caro. São fortes. São virtuosos. E sanguinários. Cronos decepou os bagos do próprio pai. Javeh condenou seu próprio filho aos tormentos da cruz. Palas Atena cegou Tirésias. Fatos não se explicam com fatos. Fatos se explicam com fábulas – disse uma ninfa, um sátiro, talvez um poeta. Fodam-se os que foram sacrificados. Tudo vira fábula. Nada, aqui, é real. Enredos. Narrativas. Biografias. Vidas reduzidas a fábulas. Construa sua própria mitologia e vá viver feliz num rancho em Atacama. Mas não se faça de bobo diante de mim. A história dos deuses e dos humanos é a Guerra.

Não foi um sonho. Houve uma garota, sim. Michelle. Talvez esse fosse o nome. Michelle. Talvez fosse outro. Kátia. Era louca por você. Fazia bolos de cenoura e chá inglês nos finais de tarde. Não, Daniela. Queria cair fora com você. Sabia da maldade dos caras. Chegou a construir dois pares de asas de cera. Só não podemos voar alto demais, senão o sol derrete a cera das asas. Podemos voar à noite, você desconversava. Não. É perigoso. Se voarmos baixo demais o oceano nos engole. Você não queria que o oceano os engolisse. Você não quis cair fora. Você permaneceu quieto, só observando, quando ela calmamente colocou Stevie Ray Vaughan no aparelho de som e apanhou a gilete. I'm leaving you (commit a crime). A guitarra cortando a pele, chegando na carne. Você podia ter escolhido Van Morrison. "Astral Weeks". Talvez as coisas acontecessem de outra maneira. Você, ali, no meio da sala, balbuciando como um maluco que acabou de tomar um eletrochoque. Os braços caídos, a boca e os olhos semicerrados. As sobrancelhas franzidas. Você ainda a olhou uma última vez antes de fechar a porta e cair fora com seu par de asas de cera.

Devorar Platão, Nietzsche, Bataille ou consultar a Enciclopédia Britânica não vai adiantar nada. Escreva, filho. Escreva como um Nijinski diante de seus algozes. Escreva como Van Gogh diante do Enigma dos Girassóis. Escreva com sangue nas paredes dos hotéis, como Iessiênin, meu filho. Era o que seu pai aconselhava. A única forma de esquecer a dor. Ao menos por alguns momentos. Bata a cabeça nas vigas do paiol e escreva. Você entendeu os conselhos do velho. Passou a escrever febrilmente. Palavra após palavra. Sílabas longas e breves. Melodias indecifráveis. No ritmo das metralhadoras. Longos poemas. Odes aos Tigres Negros do Sri Lanka. A fábula do Elefante Negro de Java. A Águia de Plumas de Ferro. Você passava noites bebendo vinho e escrevendo. Havia um detalhe curioso. O sol nunca se punha nos seus escritos. O Elefante Negro caminhando para a morte. A Sucuri Destronada. Escrevia como um possesso. Estórias misteriosas. As letras se descolavam do papel. Se misturavam sem o seu consentimento. Isso foi antes da chegada dos ratos.

Os cirurgiões fizeram o possível. A Queda foi violenta demais. As ferragens fumegavam. Uma nuvem densa de poeira cobriu a cidade. O cheiro de carne carbonizada provocava náuseas. Ninguém diria que daqueles ferros retorcidos alguém escaparia com vida. Recolheram os retalhos. Um trabalho paciente. Recriar uma criatura daqueles escombros seria um milagre. Mas eles conseguiram. Juntaram os pedaços, costuraram, invocaram o Senhor dos Labirintos, acenderam tochas nas Montanhas do Norte e o trouxeram de volta à vida. Eu sei, eles não perguntaram se você queria voltar. Mas encare os fatos: você está aqui. Você voltou. Encontrar um significado para tudo isso é problema seu. Eles fizeram o que foi possível. O resto é com você.

Não foi assim que a encontraram. Você se engana, embaralha os fatos. Isso não vai ajudar em nada. Não havia sangue nos azulejos do banheiro. Nada de cortes profundos. Não estava nua. Vestia camiseta branca com uma estampa de Munch. *O Grito*. A cor dos cabelos? Que bobagem! A cor dos cabelos! O que importa é a cor dos olhos. Cor de mel. Lindos. Contrastavam com a feiura do apartamento, as ranhuras nas paredes descascadas, a poeira acumulada nas quinas, os jornais mijados pelos ratos. As ruas eram piores. As pessoas. Não aguentava mais olhar a realidade. É o que dizia. Estava cansada de tudo. Só isso. Não fez escândalo. Nada de sangue. Nada de cortes profundos. Naquela noite, ela abriu calmamente os olhos e pingou Superbonder. Três gotas em cada um.

Sim, a Lua. Ela gostava de se deitar no pano estendido na sala, a seus pés, atenta à música que se desprendia das caixas de som. Isso quando as coisas ainda faziam sentido e as tardes eram calmas. Antes das rajadas estraçalharem tudo e os ratos roerem o que restara. Antes do Incêndio da casa. Antes da Queda. É, a Lua. Está conseguindo lembrar? A Lua tinha um rabo peludo e as orelhas sempre atentas. Gostava de estar ao seu lado. A Lua era seu Anjo da Guarda. Era o seu Rosebud.

Claro, a imagem nunca se completa. Eu sei, não precisa descrevê-la novamente. O livro. O livro em cima do banco. Você tenta alcançá-lo. Mas a cena sempre se apaga antes que você possa ao menos ler o título. Centenas de vezes. A mesma imagem. Sempre incompleta. Procure lembrar os detalhes. A cor da capa. O título. Sim, você pode lembrar. O nome do autor. O rosto do autor. Ele está lá. Um homem de paletó escuro, cabelos pretos. Um homem sentado no banco de uma igreja. De costas pra você. Com o livro na mão. Vamos. É sua chance. Apanhe o livro. É o que ele diz. Ele coloca o livro no banco, ao seu alcance. Mas você não o apanha.

Você vacila. Você toca o ombro do homem de paletó escuro. Está vendo? O homem de cabelos pretos. De costas. Ele responde ao toque girando o tronco. Agora você consegue ver o rosto? Não se desespere, meu cúmplice. As coisas começam a se encaixar, não é mesmo? O homem olha fixamente para você. Ele tenta dizer algo mas a voz não sai. Não. Preste mais atenção. Ele diz algo. Perceba os movimentos dos lábios. Sim, ele diz uma frase inteira. Só que as palavras não chegam até seu ouvido. Medusa diante do espelho. As ruínas das fotografias, das capas dos discos, das frases estilhaçadas, roídas pelos ratos. O horror, o horror. O homem de paletó escuro. Cabelos pretos. Ele está lá e você sabe por quê.

Agora você consegue lembrar seu nome? Lembrar o próprio nome não significa nada. O que importa é lembrar a história de cada uma das suas cicatrizes. Você comeu o pão que Deus jogou no lixo e o Diabo amassou, meu caro.

E não pense que isso vai salvá-lo.

Edyr Augusto

Edyr Augusto nasceu em 1954, em Belém (PA). Jornalista, radialista e autor de teatro, publicou *Navio dos cabeludos* (poemas, 1985), *O rei do Congo* (poemas, 1987), *Surfando na multidão* (poemas, 1992), *Incêndio nos cabelos* (poemas, 1996), *Os éguas* (romance, 1998), *Crônicas da cidade morena* (crônicas, 1999) e *Moscow* (romance, 2001).

01

Ninguém tem nada a ver com isso. Minha vida. Eu. Quem quiser que fale. Que ria. Que vaie. Fofocas. Vivo do meu jeito. Comigo. Eles falavam que precisa ter mulher. Filhos. Família. Não deu. Houve uma. Chegava em casa cansado. Dizia oi. Não respondiam. Ficava comigo mesmo. Um dia saí e não voltei. Fiquei na rua. Achei um canto. No meio do mundo. Uma grande avenida. Gente passando. Barulho. A faina. Carros. Ninguém se vê, mesmo. O cara deixou a cadeira de engraxate dando sopa. É minha. Passei a noite. No dia seguinte, chegou todo mordido. Mostrei a faca. Nem precisei falar alto. Agora é minha. Ele foi. Chegou um gringo. Mostrou o sapato. Dei um lustro. Pagou uma banda. Um trombadinha foi comprar pra nós dois. Café da manhã. Veio outro. Almoço. Uma lata de tinta jogada fora. Põe água. Tomo banho. Os barões jogam fora. Caixas, papéis, papelão. Banho tomado, assisto o final da tarde. A pressa dos que voltam para casa. Vão dizer oi. Tá. Arrumo a cama com papelão. Faço uma parede. Durmo. É silenciosa a noite ali no centro. Lá vem o dia. E os caras, apressados. Umas donas gostosas. Quando dá vontade, as putinhas fazem por 5 reais. É coisa rápida. Sempre foi assim. 1, 2, 3. Que bom. Assisto o mundo à minha frente. Não dou opinião. Apenas coleciono imagens. Agora há uma banca de xerox na esquina. Um guardador de carros. Um carrinho de lanches. Família. De outro jeito. Família do mundo. Falamos. Contamos piadas. Trocamos favores. Não perguntamos nomes. É só assunto do dia. Do nosso dia. Às seis eles vão dizer oi. Eu fico. Vou dizer oi porra nenhuma. Os moleques pediram pra adiantar um pouco da cola. Eu devia umas. Parece que forçaram uma barra lá na Praça. De manhãzinha os meganhas vieram. Alguém dedurou. Seguraram forte, aqui no braço, e no resto de cabelo no cocuruto. E ainda aquela viada escrota, velha, que mora no casarão, falando aquelas porras de sempre, me chamando de vagabundo, mendigo, drogado, traficante. Vá se foder. Me jogaram no pátio na Seccional do Comércio. No chão, levantei a vista aos poucos. Foda. Turma da pesada. Endireitei o corpo. Encarei. Alguns já me conheciam. De vista. Foda. Fiquei ali. Mofei. Escrotice. Um dia, trocou o delegado. O cara decidiu fazer limpeza. Me jogou fora. Sem culpa formalizada. Que dia era? Sei lá. O mundo aqui fora, de novo. Fui lá na casa. Entrei e disse oi. Os moleques cresceram. A mãe foi levar a roupa lavada para a patroa. Então tá. Tchau. Voltei. A cadeira tinha sumido. Um carro de cachorro-quente no lugar. Do lado, um espaço. Fui andar. Achei uma cadeira. O velhinho arrumou a trouxa e foi dizer oi. Botei lá no espaço. Dormi sentado. O cachorro-quente veio encrespar. A galera falou por mim. Tá. Dando um lustre nos sapatos. Um cuspe e brilha. Vou atrás de papelão. Meu quarto, ali, no meio do mundo. No meio do lixo, um cachorrinho, filhote, perdido. Vem comigo. Improviso uma mamadeira na garrafa descartável de Coca-Cola. Ele fica. Hoje é amigo da esquina. Fica por ali e todo mundo gosta. Não tem nome. Ninguém tem. E então ela chegou. Dessa gente, tem muito. Se tem fome, joga pedra, faz um bode, come manga. Se tem sono, deita no chão e dorme. Ficou ali, chupando uma manga batida, lentamente. Descalça. Pés imundos. Toda imunda. Deitou nos degraus de uma portaria de prédio fechada e dormiu. Deixa pra lá. No dia seguinte, sumiu. Voltou. Ficou ali, calada, olhando para nada. Me atraiu. Joguei um pedaço de pão. Ficou olhando um tempão. Ah, foda-se. Quando olhei de novo, o pedaço não estava. Bom. Fui preparar meu quarto. Ela está sentada na cadeira. No meu trono. Fico brincando em volta, assobiando qualquer coisa. Ela, nada. Peguei a lata. Tinha um resto de água. Lavei os pés. Ela continua olhando o nada. Mas havia um fio de sorriso. Me animo. Assobio à sua volta. Faço uma dança. Ela levanta e sai. Vai para o seu degrau. Deita e fecha os olhos. Lá, o fio de sorriso. Que coisa. No dia seguinte foi aquela farra. A galera zoando. Namorada, namorada. Fechei a cara. Namorada o caralho. Até peguei a faca. No fim do dia ela chegou estranha. Tremia, batia na cabeça. Não sabia se chegava junto. A gente nunca sabe. Se acocorou num canto e ficou. Sei lá. Deitei. Me acordou. O cachorro nos braços. Passando a mão na minha cabeça. Me assustei. Quase bati. Agora, eu tinha certeza, ela olhava pra mim. Assobiou minha música. Chamei pra deitar. Não era pra tirar confiança. Só pra deitar. Ela não veio. Levantei. Ficamos ali, a noite inteira. Calados. De vez em quando eu assobiava, ela respondia. Dormi. Ela foi. Mas agora volta mais cedo. Já estou pronto. Dou um lustre na bota. Não falei da minha bota? De caubói. Com desenhos. Meu tesouro. Sento no trono e espero. Quando ela chega, assume. Deixa falarem. O cachorro gosta. Assobiamos. Agora já ri. Às vezes dorme um pouquinho. Tem um sono esquisito. Curto. Diz coisas. Pede desculpas. Que não, não e não. Sei lá. Quando acorda, fecha a matraca. Passei a mão no rosto. Olhou, riu e chorou. Só. Somos eu, o cachorro e ela. No meio do mundo. Pra mim está bom. E nem dizemos oi.

FALA

Ih, seu Tatá, eu hoje não estou boa, o senhor já me conhece, quando eu chego assim, meio escabreada, quando não respondo logo Bom dia pro senhor, hoje é daqueles dias, ah, o senhor não vai querer ouvir, vai dizer que eu vivo no mundo da lua, vai me falar que a culpa é do Valdeci que já não me procura há mais de mês, porque não pode ser o salário que o senhor me paga religiosamente, mais os vales-transportes, as cestas básicas, presentes para as crianças no aniversário e no Natal, eu já sei, seu Tatá, eu já sei, mas o senhor sabe, pobre não tem defesa e sendo mulher, pior ainda, eu hoje desci do ônibus, o senhor sabe, aquele que eu pego às 4 da manhã porque, Deus me livre, eu sou uma doméstica pontual, estou aqui às 8 em ponto, chova ou faça sol eu já estou aqui porque não vou querer saber que o senhor acordou, veio tomar seu café, veio tomar água, sei lá, ou está acordado porque o senhor nem dorme, às vezes, não sei como aguenta, mas eu não vou querer que o senhor entre nesta cozinha e não me veja, nem que seja pra dar Bom dia e eu não responder logo, como hoje, mas é que eu desci do ônibus e vinha subindo ali a Perebebuí, que eu subo toda vez porque acho o melhor caminho pra cá, desde aquele episódio daquela mulher maluca, o senhor lembra, vou passando na frente daquela banca de revistas, aquela do seu Otávio, onde pego o seu jornal e trago bem dobradinho e só passo a vista, um lance d'olhos nas manchetes, pro senhor ter o seu jornal novinho, sem ninguém pegar, não é?, pois o senhor sabe que eu vou chegando, ele me conhece, ele sabe o que eu vou fazer ali e o tal do seu Otávio não fica dizendo umas coisas, que eu fiz que nem ouvi direito, umas falas meio mansas, acho que falava do meu tornozelo, das minhas pernas, sei lá se falou coisa baixa, cruzcredo, que o senhor sabe que o diabo está sempre à espreita, seu Tatá, pois parece que baixou uma coisa em mim e eu olhei bem firme pra ele e disse que me admirava muito aquela falta de respeito, aquela, sei lá, e pois então o senhor sabe que ele deu um sorriso torto e disse que, eu não sei se eu digo, pois o senhor pode pensar mal de mim, sei lá, pode também me explicar direitinho esse negócio, ele falou que tinha tesão por mim, que eu já ouvi isso na televisão, mas o senhor sabe, o Valdeci se sonha que eu sei o que é ele me bate, e então eu olhei firme pra frente e saí andando e pisando duro, pra ele saber com quem estava mexendo e ah, seu Tatá, se eu não fosse pobre e assim miudinha, olha que eu dava-lhe na cara, enfiava a mão naquela fuça e ele ia ver com quem tinha se metido, isso mesmo, e no caminho de lá até aqui eu olhava pra trás porque nunca se sabe, pode ser um tarado, e eu andei mais rápido que cheguei até afogueada, quase dei de encontro com a Marcineide, aquela moça do 409, aquela, seu Tatá, que mora também lá no Jardim Carmosina, coitada, pro senhor ver que a desgraça da gente é tão pequenina, ela não veio me falar do Osório, o sobrinho dela que ela criou depois que a irmã foi tomada pelo demônio e se mandou pra vida, ela que já era mãe solteira e vivia de favor, sabe?, pois não é que o Osório foi preso com uns pacotinhos de maconha, maconha, que eu nem digo alto essa palavra, como é? sim, trouxinhas, como é que o senhor sabe? essas crianças de hoje, eu bem que vi que ele sumiu lá do culto, o pastor Jorge vivia perguntando por ele, eu bem que via ele daqui pra lá, de lá pra cá, com uns meninos estranhos, umas meninas com essas calças, seu Tatá, sabe essas calças assim com o cós baixo, aparecendo a calcinha, a calcinha! onde já se viu, imagina se o Valdeci me deixa usar essas calças, porque o senhor sabe, seu Tatá, debaixo dessa roupa aqui tem um corpo, tem um corpo, o Valdeci dizia, porque ultimamente, bom, ele não tem me procurado, que o meu corpo era de uma fada, o senhor sabe que ele nunca me deixou cortar o cabelo, né? e quando eu soltava o cabelo pra ele era uma festa, mas sim, o Osório está preso e a Marcineide me disse que a família está fazendo coleta, levando comida, pagando um advogado, um rapaz novinho, que se formou há pouco tempo, pra cuidar do caso, mas ele disse que tem um comissário lá na DP que está pedindo dinheiro pra relaxar, relaxar a prisão, né? falou que é detenção de drogas, ih, coisa feia, coitada da Marcineide, esses garotos, eu devia pedir pro pastor Jorge ir até lá, mas ele me fez passar uma vergonha, seu Tatá, o senhor sabe aquele vestido vermelho que eu tenho, que eu gosto, que eu visto às vezes só pra ficar na frente do espelho? pois é, no sábado, me deu uma vontade, acho que foi a lua, não foi lua cheia no sábado? eu botei o vestido, assim bem colado, na cintura, com uma costura aqui, em cima, o senhor entende, no busto, sabe? pra realçar... e resolvi soltar o cabelo, o senhor conhece o meu cabelo, assim grandão, até o meio das costas, claro, já lhe mostrei, o senhor insistiu tanto, naquele dia, eu soltei, o senhor achou tão lindo, não foi, pois é, fui pro culto, levei comigo o Tiquinho, o seu preferido, que anda tão saído, tão saído que eu até quero que ele leve uns passes pra ver se deixa de tanta confiança, eu vou trazer ele pro senhor ver qualquer dia desses, ah sim, onde estava, pois não foi que o pastor Jorge ficou me encarando o tempo todo, ficou até chato, as pessoas notando, eu pensando no Valdeci, se ele entra ali estava frita, mas ele não entra ali porque tem revolta da minha conversão, ele diz que é católico e não pisa no templo, mas o senhor sabe, não reza, não vai à missa, vive cheirando a bebida e fico ouvindo tanta coisa, tanta coisa, que no Jardim Carmosina todo mundo se conhece, e tem umas fofoqueiras que vivem matracando, matracando e eu me fazendo de surda, rezando uma Ave-Maria pra não entrar na minha cabeça, essa história de ele estar metido com outras, outras, sei lá, não quero saber, pelo menos ele não me passa doença do mundo, que ia ser pior, igual aquele seu amigo, lembra, ih, desculpa, pode falar? pois é, aquele seu amigo, Mariozinho, tão bonitinho, educado, jeitoso, o senhor sabe que eu gostava dele, dizia umas coisas lindas pra mim, sem confiança, sabe, gentileza mesmo, tem gente que é gentil assim, natural, sem confiança, o Mariozinho que adoeceu e puxa, eu nem tive coragem de ir no velório, coisa estranha, fiquei triste, até lagrimei, ah sim, pois depois do culto o pastor Jorge não me chama e na frente do Tiquinho me fala que eu estava chamando muita atenção, que aquele vestido era muito provocante, que o vermelho era a cor do diabo e principalmente que eu prendesse o meu cabelo para sempre, porque ele sentia, ele sabia, que quando eu soltava o cabelo tudo podia acontecer, pela força dele, pela beleza dele, que eu podia causar problemas nas ruas, na comunidade, e que quando ficasse com vontade de soltar o cabelo e vestir o vestido vermelho, que fosse lá com ele, antes, conversar, pra ver se saíam aquelas ideias, aquelas coisas, que coisas, pastor Jorge, que o Tiquinho aqui já vê novela todo dia, naquela televisão que o senhor deu, usada, mas ainda boinha, e vê de tudo, e ele não quis me dizer, e olha, nem perguntou pelo Valdcci e eu saí dali, olhei pra trás e aquele olhão do pastor Jorge, eu hem, não sabia se corria pra casa trocar a roupa, prender o cabelo ou se dava uma volta na praça, assim, toda bonita, cabelo solto, só pra testar, sabe, pra saber se aquela força que o pastor Jorge falou, e que eu sempre acreditei, era mesmo, mas fui mesmo pra casa, que eu fui bem criada, não sou oferecida nem vou dar motivo que eu tenho filhos pra cuidar, e claro, aquele vadio do Valdeci não estava, foi por isso, o senhor lembra, que no dia seguinte eu vim trabalhar de cabelo solto, vim subindo pela Perebebuí, pra passar lá na fruteira, pegar aquele mamão que o senhor gosta de comer no café da manhã, mas sabendo que eu queria era tentar o seu Pedro, fruteiro, que vinha sempre com aquela conversa mole, olhando pras minhas pernas, mesmo quando eu passei a andar com vestidão, que todo mundo usa lá no culto que é pra não dar tentação, mas eu, pois eu vim mesmo com o cabelão solto e passei lá na frente, entrei assim como quem não quer nada, de mansinho, pegando nas frutas, amassando, sentindo o olho do seu Pedro, e então aquela maluca apareceu, porque só pode ser maluca daquele jeito, a mulher dele, que eu pensei que ia dar escândalo e já ia me esgueirando pra sair quando ela veio se chegando, se chegando, pegou no meu cabelo e eu sem saber se dava uma rebanada, onde já se viu pegar no cabelo de estranha, assim, amassando como eu amassava as frutas, toda melosa, eu hem, dona, nunca vi disso, quer dizer, já pensou, aqueles dois, será que eles são tarados, atacam as mulheres, comigo não porque eu sou direita, sou pobre mas sou direita, não quero saber dessas coisas, me desejando, eu hem, saí de banda, encabulada, mas chegando na rua, ainda tremendo do caso, andando rápido, até tropecei nas botinas, segurando a bolsa e a sacola, tentando amarrar o cabelo, prender, sei lá, que eu até errei de rua, passei um quarteirão inteiro e o senhor até me deu bronca, mas eu sei, eu sei muito bem que foi o cabelo, a tentação, pois quando eu solto esse cabelo ninguém segura, tem assim uma coisa que atrai, que deixa doidas as pessoas, e de noite aquilo não tinha passado e eu acordei o Valdeci de madrugada, suando, tremendo, sei lá, e cobrei dele, cobrei na moral, porque a gente também não vive sem, né, tem homem em casa e de vez em quando tem que ter, e ele até gostou, até gostou da minha vontade, até se assustou porque eu tirei a roupa, o lençol, porque estava com muita vontade e esqueci inteiro o que mandam no culto, não interessa, depois eu faço doação, coloco tudo ali, meus pecados, e estou perdoada, eu sei, eu junto dinheiro, eu pago por isso, mas foi o cabelo, eu sei, e até fiquei pensando no seu

Otávio, lá da banca de revista, esse então tem que ser mais doido ainda porque eu nem soltei o cabelo, nem estava carecendo, o senhor sabe e depois, se o Valdeci ouve falar disso já viu, vem pra cima de mim com aquela garganta, até cinto ele puxa, diz que vai me ensinar, imagina se ele trata assim aquelas vagabundas que eu sei que ele se mete, o Jardim Carmosina inteiro já sabe, imagina eu que faço de conta, porque sou direita, porque sustento a casa, que aquele emprego de cobrador de ônibus não dá nada e aquela mãe dele que nem dá por conta mais desse mundo sou eu que ainda dou banho, dou comida e limpo até a bunda, o senhor me desculpe, mas hoje é daqueles dias em que a gente tem que se controlar, porque esse mundo é muito danado e eu não sei nem se o seu café está do jeito que o senhor gosta, mas olha, o seu jornal está ali, direitinho, o senhor já viu como pegaram o estuprador do parque, viu, porque esse mundo também está cheio de homem e mulher doente e oh, vai querer pão sabrecado ou não?

SABRINA

Meu nome é Sabrina. Verdade. Tá pensando que é mentira? Olha aqui. Tá vendo? Sabrina. Vamos foder? Eu acalentei por muitos dias esse encontro. Moro no centro da cidade, edifício antigo, em uma avenida tradicional. Atrás, fica a zona do meretrício. Em tempos idos era uma festa. Hoje é um arremedo, com mulheres esfomeadas, enlouquecidas, apodrecendo ao ar livre, entregando seus corpos em cortiços imundos. Passam dia e noite ali, à espreita. Cola, cachaça, farra, discussão. Nos prédios, ouve-se tudo. E vê-se também. Eu a vi. Completamente diferente das outras, seja no tipo físico, no porte, no jeito de lidar. Deslocada. É só o que pensava. Sabrina, agora sei seu nome, tem a tez branca, traços finos, corpo esguio, pernas ligeiramente arqueadas, conferindo um grande charme ao seu andar. Nunca está cheirando cola ou bebendo com as outras. Desfila narizinho empinado, roupas baratas mas que lhe caem muito bem, aguardando convites. Uma vez esperava o portão da garagem abrir e ela chegou junto. Me empresta um dinheiro. Estou com fome. Hoje não fiz nenhum programa. Quer uma chupada, coisa rápida? Adiantei uns 5 reais. Disse obrigado e caiu fora. Subi e continuei na observação. O que faz uma garota bonita acabar nesses escombros, lidando com farrapos, entregando seu corpo a qualquer um, pagando qualquer coisa?

Por isso, quando ela perguntou, naquele misto de sensualidade e tentação, oferecendo seu produto, se queria foder, eu disse que não era bem assim. Que a observava. Que a achava linda, diferente, charmosa, inteiramente deslocada em relação às colegas do pedaço. E que precisava primeiro entender a razão. Não soube dizer. É porque gosta? Não. Tinha uma filha para criar. O pai a expulsou de casa. Não era fácil encontrar emprego. Não. Não com aquele rosto, aquele corpo e, certamente, com a esperteza adquirida na rua. Ou então, porque não estava em local de prostituição de melhor nível? Não gostara. Tinha de sentar, conversar, beber e às vezes não dava tanto. Ali, na rua, era jogo rápido. Como assim? Jogo rápido. Vamos? Vamos. Então é ir para o quarto e forçar o gozo rápido. Quem procura uma puta está apertado. E não tem quem queira demorar, fazer carinho, essas coisas? Não dá tempo. Entra, pá pum e paga. Ou então paga mais caro, pra valer a pena o tempo perdido. E essas coisas de cheirar cola? Comigo não. É que elas ficam com fome e a cola distrai. Às vezes aquela tua amiga... Quem? A Maricélia? Deve ser, fica bem doidona, grita, esculhamba com todo mundo, desafia pra briga... É noia, sabe? Noia. É da cola, às vezes da pasta. Comigo não tem essa. E aí, vamos foder ou só passear? Onde tu vais ficar? Dá a volta porque aqui é rolo. Me dá qualquer coisa, aí... Escuta, tu não és nenhum pastor desses aí, não?

Sexo por dinheiro. Eu pensava como faria para ter sexo com Sabrina. Pagaria da primeira vez, nas outras não? Iria continuar transando com uma prostituta da zona mais vagabunda da cidade? Que queda! Mas Sabrina era diferente, eu sabia. Talvez ela não soubesse. Fiquei pensando em tê-la, sabendo que, naquela noite, já teria sido de muitos. Terrível. Eu a observava. Uma noite aproximou-se um senhor. Parecia desses boêmios de antigamente, chapéu na cabeça, barrigudo, desmazelado. Fiquei olhando. Breve negociação. Ódio, ciúme, ridículo. Não consegui dormir, loucura.

Oi? Entra aí. Lembra de mim? Vamos dar uma volta? Eu pago. Me dá um cigarro? Tu moras ali no prédio, não é? Eu já te vi na janela, de noite. Tu é casado? Tu é gay? Não e não. Num ímpeto, pergunto se podemos ir a um motel. Ela responde que sim e eu também, sem jeito, pergunto quanto vai ser. Ela diz que morre em 50 paus e eu me surpreendo regateando, dizendo que 30 estava bom. Mas então sem demorar. Eu digo que demorando. Quero fazer amor com ela. Então paga 50. Tá. Quantos anos? Interrogatório, ih... vinte, tá? No motel eu peço que ela não seja prostituta. Fica sem graça. Eu também. Mas como? Não sabia como começar. Estranhos. Totalmente. Linda. Jovem. Charmosa. Seios ainda empinados – eram mais bonitos antes de amamentar minha filha –, amante maravilhosa, entregando-se pelo ato em si. Paguei. Já transaste com alguém estranho, desses que se vestem de mulher, pedem pra bater, essas coisas? Já. Não rolou. Não tenho saco. No normal não é assim. Ali não tem essa. Os caras já chegam apertados. É só encostar que vai. Na volta, antes de deixá-la uma quadra antes do "ponto", perguntei se tinha namorado. Está na cadeia. Roubo. Gosto dele. Logo um cara complicado? Quem está nessa não pode escolher. Onde você mora? Pago um quarto aqui perto. A gente se vê de novo? Sim. Eu passo e te apanho. Antes de sair ela diz, quase entre dentes, olha, gostei, viu? Retorno perturbado. Eu começava a gostar daquela garota. Prostituta. Puta de esquina. Puta de vala. Não era possível. Tirá-la dali, dar-lhe vida melhor? Comprar roupas, casa, mandar buscar a filha? Impensável. Ela tinha namorado e gostava dele. Que tipo de roubo teria feito? Preso. Imagine a figura. Se soubesse de minhas intenções. A vergonha. O medo. Três dias depois voltamos a sair. Foi melhor ainda. Ela não confessava. Eu sentia. Eu pagava. Escuta, quer sair amanhã de tarde para comprar umas roupas? Essas tuas estão gastas, você é muito bonita para andar assim... Na noite seguinte, olho lá de cima e ela está loura. Loura oxigenada. Mais puta do que nunca. Assim não é possível. Fui lá. Os homens gostam mais de louras. A Marcélia também pintou. Olha, eu até já me dei bem. Uma ducha de água fria. Ela me dava todas as chances de cair fora e no entanto tudo o que eu queria era tê-la novamente. Felizmente nunca levei ao apartamento. Soube de um morador que passou por escândalo ao levar duas prostitutas e ter problemas na hora do pagamento. Todo o condomínio soube. Uma tarde fui procurá-la. Dormia a sesta. A casa caindo aos pedaços. Veio uma puta velha, gorda, vestindo uma combinação, descalça, os seios bem aparentes e me apontou uma porta fechada. Surpresa. Olhou em volta, envergonhada. O que está fazendo aqui? Precisava te ver. Pronto, já viu, agora vai embora. Não, entra aí. A velha não gosta. É só pra dormir. Se quiser trepar paga quarto. Dá licença, vou escovar os dentes. Fiquei ali olhando aquela bagunça. Roupas jogadas, revistas velhas, fotos nas paredes. Uma criança. A filha. Um cara. O cara. Figura. Sabe lá. Tua filha? É. Esse é o cara? É. Com toda a naturalidade, tira a camisola, fica nua, escolhe uma calcinha, bota um vestido leve, comprado por mim, penteia o cabelo em um gesto e já está linda. Eu fico admirando. E aí, não tem o que fazer? Vai ficar aí me olhando? Tenho que trabalhar. Tá pensando o quê? Já vou. Acho bom. A gente se vê. Um beijinho. Diz aí pra dona Chica que foi só uma visitinha. Depois não vou querer perder essa vaga.

Na saída, adianto 100 reais para dona Chica e peço que arranje o melhor quarto para ela. Sabrina? Essa branquinha aí? Tá bom. Mas vai ter que pagar isso todo mês. E olha, cara, tu sabes com quem está se metendo? Isso não é flor que se cheire, viu?

Na tarde seguinte eu cheguei e dei de cara com dona Chica. Ela tá lá, dormindo. Apontou em outra direção. Quarto melhor. Olha, se vai ficar nisso toda tarde, vai ter de pagar e pagar bem. Minha casa não é pra foder e sim pra dormir. Adianto mais 50 reais e ela dá de ombros. Entrega a chave. Entro e fico admirando Sabrina em seu sono. Está suada com o calor. A camisola, com os movimentos, deixou tudo à vista, seu púbis cheio de cabelos negros, os seios pontudos e o rosto descansado. Súbito, acorda. Porra, a gente não pode nem dormir sossegada. Como tu entraste?

Quem te deu a chave? Porra, agora és dono de mim? Paga quarto, vai entrando, qual é? Tá bom, tá bom, na boa. Eu estava dormindo. Desculpe, eu queria te ver dormindo. Porra, eu vim pra esse quarto porque é melhor, mas já está o maior zunzunzum por causa disso, o caralho. Não é melhor? Então deixa. O que é que tu fazes? Médico, engenheiro... Engenheiro industrial. E ganha bem? Não. Vem cá. O tom de voz mudou. Doce. Atendi com avidez. Amor suado. Tá bom pra ti. Tchau. Tem algum?

Outra tarde. Já não ligo pro que pensam. Estamos deitados depois do amor. Tu gozas com os clientes? Não. Já te disse, é rápido. É só fechar o olho e deixar. Não tens prazer? Que prazer porra nenhuma. De camisinha? Lógico. Eu levo. Sem camisinha, nem fodendo. Larga disso. Lá vem. Tem que haver coisa melhor pra ti. Não enche. Tá na hora. Vai.

A vida parada. Quem diria. Agora é Sabrina. Os amigos não podem saber. Gozação. Deixa. Fico olhando de noite. Ela sabe. Me provoca. Os caras chegam junto. Tenho ânsias.

Dona Chica me olha de lado. Entro direto no quarto. Não está. Decido esperar. Deito na cama. Cheiro seu travesseiro. Estou neste torpor quando ouço zoada. Um vulto moreno, forte, entra e se atraca comigo. Sinto pancadas no rosto. Me aperta em uma gravata. Estamos suados. Esperneio. Aproveito o suor dos corpos para deslizar. Volta à carga, cego. Ouço um baque surdo e ele mergulha no chão, no vão entre a cama e o armário. Vou olhar. Olhos abertos. O corpo ainda pulsando. Vai saindo um líquido escuro e viscoso da cabeça. Olho em volta. Deu com a cabeça na quina da cama. Afogueado, sento e olho para a porta. Sabrina está lá, pálida. Súbito, some. Ouço seus passos, correndo, fugindo. As mulheres gritam. Ouço uma sirene de polícia. Lá vem dona Chica subindo com os caras. Não há nada a fazer a não ser esperar.

SUJOU

Eu já sacava o cara. A gente fica ali na esquina e vai vendo as figuras da vizinhança. Basta qualquer barulho e eles chegam nas janelas dos prédios. Fica tudo lá, olhando. Mas parece que tem uma fronteira, sabe? Daqui pra lá e de lá pra cá. Lá pra frente os barões. Aqui pra trás a zona. Mas é que às vezes tá roça mesmo. Ele chegou com o carrão e ficou esperando abrir o portão da garagem. Encostei, disse oi, pedi uma ponta, cigarro, qualquer coisa. Disse que dava chupada, essas porras. Me deu uma banda. A Maricélia disse que podia dar merda, o cara se queixar, sei lá, segurança do edifício. Não deu. Disse que outro dia, tava de noia, rolou discussão e mandaram chamar a polícia por causa do barulho.

Tava na esquina. Ele chegou no carrão e não foi pra garagem. Veio direto. Entra aí. Perguntou o nome. Disse que era mentira, era nome de guerra. Puxei o RG e mostrei. Olha aqui, Sabrina, tá? Veio com umas ondas que eu era linda, diferente, que me olhava lá do prédio e tal, por que eu tava nessa, essas frescuras. Égua, meu, tu é pastor? Quem tá na vida torta não encontra reta. O pai me jogou fora de casa e ficou com minha filha. Vai fazer o quê? Vai procurar emprego e pedem estudo, experiência, o caralho. Não tenho, não tenho. Cai na vida. Simples assim. Aí me diz que é só uma volta. Volta? Paga aí qualquer coisa. Melhor que nada. Tempo é dinheiro. Contei pra Maricélia. Tem muito cara estranho, vai ver ele foi pra casa bater uma bronha. Assim, tipo coroa, carrão, roupa boa. Te pagou? Uma ponta. Leva ele logo pra foder e pronto, porra. Olha, ele te viu de noia, cheirando cola. Tô cagando. Me deixa dormir contigo hoje. Vai dar cagada se a velha Chica ver a gente. Porra, só entro no meu quarto se pagar a diária. Toma aqui. Depois tu me pagas.

Na noite seguinte ele voltou. Tu é casado? Tu é gay? Por que essa conversa mole? Vamos pro motel. Fala que não quer transar com a puta e sim com a mulher. Pra ir devagar. Então paga mais. Frescura. Na hora é tudo a mesma coisa. Os caras tão apertados. É só mexer rápido, apertar o pau que eles gozam. Fecha o olho e vem. Não dá nem tempo de lembrar dos caras. Começo a fazer e ele me pede pra ir devagar. Tá bom, tá pagando. Foi bom. Foi legal. Até gozei. De vez em quando é bom. É pra falar se tem namorado? Tenho. O Marcos. Tá preso. Roubo, essas porras. Não sei quando sai. Qualquer dia ele aparece. Eu gosto dele, e daí? Vida torta? Então são dois. Paga. Me deixa ali.

Me fez pensar. Eu sei que sou bonita. As outras são escrotas. Maricélia também é bonita. Mas ela é muito espora com cola, pasta e aí fica fodida. Prefiro ser puta. Aqui nessa zona eu me acho. Não tem que acordar cedo, obedecer ordem. Não tenho estudo mesmo. Mando na minha vida. Depois, a gente nem lembra a cara dos machos. É só falar mole que eles caem. Parece criança. A gente manda eles obedecem. E pagam. É ponta, vai de dez, até cinco se estou na roça. O cara acha que eu então devia estar no Lapinha. Nem fodendo. Já fui lá da Creusa. Tem que conversar, beber, depois vai transar. Paga mais mas não compensa. Perguntou dessas figuras que se vestem de mulher, que pedem pra bater. Sei lá. Uma vez o cara tirou da pasta uma calcinha e um vestido. Coisa mais ridícula. Fiz lá uma onda mas pedi logo pra ele meter o pau e pronto. Prefiro meus trocados aqui. É do meu jeito. Quem sabe o Marcos volta e a gente, sei lá, vai pro interior, prum sítio e se arruma. Meu homem. Meu macho. A gente briga muito, se dá tapa mesmo, murrão, mas se gosta. Ele vai sair e vai dar certo. Deu mole, pegaram. Deduraram. Bando de filho-da-puta. Com o Marcos, eu gozo, tá? É isso. Eu gozo. Deixa pra lá que sonho é pra quem tá com a vida ganha.

Três noites depois, de novo. Diz que fica olhando lá de cima. Eu sei. Não sou besta. Já vi. Estou trabalhando. Aí é que eu faço. Ah, porra, vai dizer agora que fica com ciúme... A foda foi boa. De novo. Ganhando, então, melhor ainda. E o coroa lá, todo babado. Maricélia, tu tá é com inveja. Olha essa saia aqui. O cara pagou. Fomos lá no shopping e ele mandou escolher. Fui na C&A mesmo porque eu não gosto daquelas butiques frescas. Mandou escolher. Tu queres essa? Leva. Tem mais.

Quem te mandou entrar? Quem te deu a chave? Égua, tá virando perseguição? Agora tu vens no meu quarto? Não tens o que fazer? Porra, tô dormindo. Depois vai dar a maior cagada comigo se a dona Chica frescar e eu não vou ficar sem esse quarto, tô avisando. Acordo com esse cara aí, me olhando, me avezando. Tá bom pra ti, agora sai. Dona Chica diz que eu vou pro quarto da frente. Ele pagou? Fique sossegada. É só um coroa leso. Deixa comigo. Arrumo minhas coisas. Levo as fotos da Gabriela, minha filhinha, e do Marcos. E também os recortes de revista. Quando o sono não chega eu fico olhando.

Agora virou costume. Todo dia, de tarde, ele vem. Paga o quarto, paga a trepada, paciência. Gosta de conversar. Esse coroa tá fodido na minha mão. Tu não trabalha, não ganha dinheiro? Diz que é engenheiro industrial. Sei lá o que é isso. Deve ganhar. Ele diz que não, mas tem carrão, apartamento, paga o quarto, paga a foda. Vou aumentar o preço. E agora ainda vem a Maricélia dizer que a gente podia dividir o coroa pra ela faturar algum. Hum, fodida, fica na tua. Podem falar. Até a velha Chica não diz nada. O cara paga, porra. Podem ficar com cara de bilha que eu tô cagando.

Acordo com aquele tapão na cabeça e me encolho. O Marcos chegou. Está puto. Já contaram tudo. E a filha-da-puta da Chica está lá fora cacarejando. Foi a Maricélia, invejosa, fresca, puta. Mostro a foto dele, digo que é meu homem, que o coroa não é nada, é cliente, paga tudo. Foi preciso tirar a foto da parede, mostrar, mostrar pra ele se acalmar. E me tomou à força, me comeu, me fodeu com violência, pra matar a sede. Me falou que foi foda. O único descanso na cabeça era pensar em mim. Bater bronha. Dar na porrada pra não comerem o cu dele e se fazer respeitar. Foda, cara. Foda. Tá na condicional. Tá com fome. Vamos comer ali no pf do Carlinhos. Vamos cair fora daqui? Prum sítio, pro interior, sei lá. Diz que tá, mas tem uns acertos pra fazer, dinheiro pra receber, não dedurou ninguém, agora vai descontar. Tu queres sair dessa? Demora um tempo pra dizer, mais tarde. Tenho uns acertos. Maricélia aparece. Vou só ver e dizer que estava na hora de um dos acertos. Sai de supetão e vai andando forte, pisando duro, já sei, vou atrás tentando demover, levando safanão. Entra na pensão e já se atraca com o coroa no quarto. Ele vai matar o coroa de porrada. Ouvi o barulho. Um baque surdo. Silêncio.

Abro a porta e olho. Está caído no vão entre a cama e o armário. Sai sangue grosso da cabeça. O coroa está lá, cara de leso, afogueado, com medo. Entendi. Me mando. A Chica vem gritando que chamou a polícia. Já ouço a sirene. Corro pelas ruelas. Num relance vejo Maricélia. Filha-da-puta. Não dá tempo. Depois faço esse acerto. Me mando. Pego ônibus e nem sei pra onde ir. Sujou. Coroa de merda.

TRABALHO

Pagou? Então já era. Não tem arrependimento. Por isso é coisa rápida. É dizer quem é, onde mora, onde trabalha, se tem filhos, seus horários, essas coisas. Depois deixa comigo. Coisa rápida que é pra não feder. Não tenho nem contato. É tudo com seu Justino. Ele liga pra Mercearia do Cláudio. Ele manda o Toim, corretor do bicho, me chamar. Safo.

O nome é Waldemar sei lá das quantas. Funcionário público. Deve ser coisa de mamata. Mora bem, na praça Batista Campos, bangalô. Dois filhos pequenos do segundo casamento. Quem olha não dá nada. Quem olha pra mim também não. Tenho uma representação de balas. Menta, essas coisas. É só cobrir a cota e pronto, garante o aluguel da quitinete. Saio atrás dele, que trabalha perto. Vai a pé. Entro na repartição, mas ele não trata com público. Isso também não importa. Sigo de volta pro almoço. Passa antes no colégio e pega as crianças. Duas meninas. Eu não tenho filhos. Nem mulher. Mulher a gente paga, faz a indecência e tchau. É pra precisão. Mais alto que eu, corpulento, anda lentamente, suando. O carrão na garagem. O cara é penoso, podia sair mais, tem dinheiro pra gasolina. Eu não tenho. Táxi resolve. Dinheiro é pra investir. Tenho várias salas em vários prédios. Pago um escritório e passo no banco pra conferir os depósitos. Engulo alguma coisa esperando ele voltar. Vou atrás. Volto com ele pra casa. Fico ali na praça, moitando, vendo a mulherada passar fazendo ginástica. Malho em casa, mas nada de peso, coisa pra ficar forte e chamar a atenção. É mais elasticidade, rapidez e reflexo. Tem que estar em dia. O cara está saindo de novo. De carro. Com a camisa do Paysandu. Hoje tem jogo, já sei. Pego o táxi e sigo. De futebol não entendo. Tudo em que é preciso paixão, estou fora. Será que não tem turma, esse pessoal que se junta pra ir ao estádio? Não. Vamos, os dois, separados, para a arquibancada. Ele assiste ao jogo bem calmo. No intervalo, compra um churrasquinho, toma suco. Às vezes grita, acompanhando a torcida. Será que tem sessão cerveja, depois? Não. Ele volta pra casa. O portão é automático. Controle remoto. Demora alguns segundos para fechar com o carro já dentro da garagem. A mulher vai dormir cedo. Deve ser por causa das crianças. Ele desce no escuro e entra. Pronto, vai ser ali. Quando tem jogo de novo? Domingo tem, mas é muito cedo. Passa muita gente. Na outra quarta. Então vai ser assim. Volto para casa. No dia seguinte, passo na mercearia, pego com Toim o recibo de depósito. Vou trabalhar vendendo minhas balas. É preciso esperar o momento certo. Minha profissão é como uma religião. Impõe vida recatada, discreta, sem roupas chamativas, moradia, comportamento. Não pode ter mulher, que mulher, só pra precisão, nem filhos, paciência. Seu Justino me trouxe de Muaná, onde eu crescia e matava os porcos no sítio. Ele precisava de alguns serviços. Me ofereceu emprego na cidade. Os pais concordaram. Ele não me trouxe logo. Primeiro, fui para Castanhal. Lá ele me disse a verdade e perguntou se eu topava. Topei. Tudo era melhor que Muaná. Me mandou pegar na faca, apalpar, sentir o objeto, suas curvas, seu fio, os dentes serrilhados. Perguntei pelo revólver e ele disse que não. Coisa suja. Barulho, confusão, sujeira. Treinei. Chegou o dia da estreia. Ficamos ali no portão do sítio esperando alguém. Estava quase escuro e deserto. Vinha um rapaz. Fiquei pronto. Ele chamou e pediu para entrar um instante, que ele tinha uma encomenda. Ataquei por trás. Ele reagiu, era forte, e eu quase cagava tudo. Mas a faca minou sua resistência e ele caiu, estrebuchando. Rápido, arrastamos o corpo lá para o quintal e enterramos. Depois, limpamos o assoalho, tomamos banho e fomos comentar. Peguei por trás errado e dei chance da reação. Também não empreguei a força correta. Inexperiência, talvez medo de errar. Ensaiamos novamente. Não contei, mas a sensação de matar me causou uma ereção. Achava que era excitação do momento. Viemos para Belém. Não errei mais. O mais importante que aprendi foi a observação. O jeito que anda, se reage rápido, se é canhoto ou destro. Planejar o que será feito. O tempo que vai levar. O silêncio da ação. E principalmente se comportar. Seu Justino me ensinou a ser profissional. Nada de bebida, drogas, luxos exteriores. Poucas palavras. Educação com os vizinhos. Nada de amizades. Às vezes os lojistas me convidam para alguma confraternização. Invento desculpas. Nunca se sabe o amanhã. Se for o caso, invento uma família, uma história. Volto na terça para confirmar os horários, saber se está tudo tranquilo no dia a dia. Sim. Acompanho-o até o trabalho. Na volta, vai pegar as crianças no colégio. Há uma mulher. Bonita. Linda, melhor dizendo. Será a esposa? Como é que vai casar logo com um cara desses? Um Waldemar desses. Tem o corpo maravilhoso, um rosto luminoso, olhar penetrante. Como nos livros de romance. Vão para casa. Volta para o trabalho e para casa, novamente. Ela não aparece mais. Mas ficou na minha cabeça. Com uma assim até que vale a pena. Deixa pra lá. Amanhã já esqueço. Me preparo. Ele sai de casa ali pelas sete e meia da noite, com a camisa do Paysandu. O carro é um Vectra cinza metálico. Sigo de táxi. Assistimos a partida. Estou um pouco atrás, acima, na arquibancada. Posso sentir seus movimentos, sua pulsação, seu peso, e analiso sua capacidade de reação. Se bebesse seria melhor para a surpresa, embora a adrenalina rápido anule tudo e o corpo tente reagir. Saio cinco minutos antes de terminar. Chego na rua em que estacionou. Aproveito o escuro. O cara que toma conta está ligado no rádio. Enfio o palito na válvula. O táxi me deixa duas quadras antes. Ando calmamente até lá, confiando no tempo que ele vai levar trocando o pneu. Não tem erro. A Mundurucus está quase deserta, ali pelas onze e meia da noite. Os colégios por perto já encerraram. Os caras da ginástica já foram. Os namorados, quase todos. Há um grande silêncio e escuridão porque as mangueiras não deixam a iluminação pública funcionar a contento.

Sento no banco da praça e fico ali, esperando, mas internamente me exercitando, contraindo os músculos, aquecendo para o momento. Chegou. Apertou o controle remoto. O portão abre. Ele entra. Quando o portão começa a fechar já estou dentro, abaixado, por trás. Ele vai abrir a porta. Mas não sai. Ouço o rádio ainda com as reportagens após o jogo. Não contava com isso. O barulho pode acordar alguém da casa. Ela. Espero, suando, respiração controlada, até que ele desliga e ouço seu corpo mover-se sobre o banco do carro, saindo meio de lado, meio de costas. É ali que o imprenso, forte, rápido, para causar susto e quebrar sua resistência. Não o deixo gritar porque a faca serrilhada já está cortando sua garganta à altura da traqueia. É um corte veloz, com o pescoço puxado para trás, um talho profundo, que faz o sangue pular, sufoca e não deixa gritar. E quando vê, a faca, com a mão em punho, está enfiada até o cabo em sua barriga, na altura do coração. Ângulo certo, desliza. É só uma enfiada, funda, e giro o cabo para cortar veias, órgãos, pulmão, coração, quebrando possibilidade de sobrevivência e, principalmente, reação. O corpo começa a perder força e a pesar em meus braços. Eu o amparo, sempre com a faca bem funda, rodando, olho seus olhos parados, com ar de espanto, já vidrando, e o aguento como quem faz uma criança ninar, com sua cabeça encostada no peito, o corpo arriando, arfando, a vida indo embora, o filho-da-puta, e eu sem raiva, sem medo, sem nervosismo, pura técnica, apurada em tantos anos, como quem corta um porco, trabalhando com talento, cada vez melhor. Eu o acomodo no chão, no vão entre a parede da garagem e o carro. Sorrio para mim mesmo ao constatar a ereção. Limpo a faca. Tiro a camisa, limpo o rosto, braços e mãos. Tiro o saco plástico, guardo, e de dentro tiro camisa nova, que visto. Aperto o controle remoto e saio, já apertando novamente para fechar. Jogo o controle remoto no bueiro e sigo andando até duas esquinas adiante onde paro no bar, peço uma Coca-Cola e aproveito alguém que fala do jogo para me meter e dizer que o Paysandu precisa é de centroavante, porque eu estava lá e não está funcionando. Meia hora depois, pago a conta, ando para outra esquina, tomo um táxi e vou para a Pedreira. Desço por lá, vou até uma banca de cachorro-quente, faço um lanche e pego outro táxi, agora para casa. Desço duas esquinas antes e vou a pé. Tomo um longo banho pra tirar a catinga do sangue. Lavo a camisa. Vou dormir. Amanhã tem lojista pra visitar.

Arnaldo Bloch

Arnaldo Bloch nasceu em 1965, no Rio de Janeiro (RJ). Jornalista, publicou *Amanhã a loucura* (romance, 1998), *Talk show* (romance, 2000) e *Fernando Sabino/Reencontro* (coleção Perfis do Rio, 2000). Participou da antologia de contos *13 maneiras de amar/13 histórias de amor* (2001) e tem crônicas publicadas no jornal O Globo.

O TUBISTA MAGRO

Cassius Tubenschlaft conhecia de cor as biografias dos tubistas que o precederam na World Phylarmonic Orchestra (WPhO). Lera muito a respeito de Hans Fülmer, gordo e alto, ou de Alexis Volonbongen, baixo e barrigudo; vira fotos de Artur Fóks, obeso da cintura para baixo, com o tronco fino e a cabeça pequena, de águia; ouvira falar de Léo Bluch, cujo peso variava muito; ou de Milton Lomaskovkiev e sua meia tonelada, a despeito da tireoide hiperativa: chegava aos concertos num furgão especial e, no palco, era instalado em almofadões de grão-vizir.

O que mais o impressionara fora o fim trágico de Egbert Philipstein, gordo troncudo que exibia placas roxas no pescoço em seus excessos interpretativos. Assim morreu, púrpuro, em apoteo-se rachmaninoviana, jorrando sangue pela boca e pelo bocal. Cassius ocupou o seu lugar, na qualidade de primeiro tubista magro do conjunto regido pelo maestro galês Grand Perygl.

Aos 101 anos, Perygl ainda desfrutava de talento e forma. Comandara a orquestra desde a sua fundação. Escolhera pessoalmente cada um dos 1.500 músicos que a integraram em setenta anos. Com o mesmo rigor, selecionara Cassius entre sete tubistas gordos, à óbvia exceção do próprio.

O caso deixara Perygl contrariado. Mas... o que podia ele fazer? Seu compromisso, afinal, era com a técnica, com a formação e com o vigor interpretativo. E Cassius, no teste decisivo, estivera soberbo.

Em suas reflexões, o maestro observara, além de tudo, não ser a obesidade pré-requisito estatutário. O conceito de "tubista gordo", aliás, era pleonástico. Os tubistas sempre o foram. Não houvera, até o aparecimento de Cassius, razão para pôr o assunto em pauta. A magreza do novo tubista quebrava uma corrente harmoniosa.

Por isso, foi tenso o primeiro ensaio. Só Cassius, concentrado em suas obrigações de novato, não percebeu o que se passava: o chefe da orquestra exibia um sorriso trágico, tique conhecido dos músicos, provocado por constrição labial involuntária. A expressão, de grande comicidade, era típica dos momentos pomposos, concertos com a presença de estadistas ou autoridades eclesiásticas. Mas dissolvia-se ao soar da música, dando lugar a uma aura sonolenta que hipnotizava a orquestra.

O sorriso de Perygl jamais dera seu ar num simples ensaio. Era um precedente perigoso. Um mau sinal. Todos, exceto Cassius, sabiam disso e, desde então, o fato passou a interferir no desempenho do conjunto.

Durante o intervalo do ensaio, no café, Cassius comeu bolo de amêndoas com vinho doce. Sentou-se numa mesa à parte. Os colegas não estavam para amabilidades: diante do balcão da cantina, discutiam. Cassius, em seu canto, permaneceu alheio ao que dele se dizia.

O maestro Grand Perygl, que tinha o hábito de espionar os músicos, tudo ouvia. Para tanto, valia-se de um falso espelho, instalado na parede divisória entre o café e o camarim, e de um moderno sistema de inversão acústica (ele temia que aparatos elétricos falhassem em momentos decisivos da escuta).

Sentado numa poltrona de veludo, tomava cerveja e comia pistache enquanto mexericava. As garrafas da bebida, de origem celta, ficavam à sua disposição num balde de prata. Era à altíssima fermentação da cerveja, de coloração azulada, que Perygl atribuía sua longevidade e a exacerbação sexual, confirmada, sempre que necessário, pelas harpistas húngaras Ylina e Ybina, de conhecido furor.

Nessa tarde, o maestro captou o seguinte diálogo, inaugurado pelo oboísta espanhol Alfredo Róses:

– Atrás da tuba ninguém o vê, esse magro. Dá a impressão de se atinar com uma tuba encantada, ou com o fantasma de Egbert Philipstein, que Deus o guarde em polpuda nuvem.

– E a coluna de ar? Pfff! Que coluna de ar pode ter esse Cassius? Parece que ouvimos um apito, não uma tuba – comentou o trombonista francês Arnaux Blobus, arrancando risadas.

– É certo que algo horrível ocorreu em todos os compassos: reverberações insistentes de cada nota no tempo subsequente, espécie de eco no contratempo. Como produz aquilo, e com que fim? – interrogou-se o percussionista búlgaro Timpaneiev.

– E aquele banho cromado, de um vermelho agressivo, que deu no instrumento? Nunca vi algo parecido. Será o seu conceito de cromatismo musical? O que pretende? Afirmar-se através da cor? Afrontar-nos? – indignou-se o *spalla* da orquestra, o grego Arks Kords.

Perygl estremeceu. Mordiscou meditativamente um pistache. Estava estragado.

*

Nada seria como antes. A partir daquela tarde, a intriga reinou. O sorriso histérico de Perygl predominava durante os ensaios e concertos, intrometendo-se nos compassos mais sutis. O público começava a perceber. A crítica comentava.

Teimoso, Perygl ignorava os insistentes pedidos para livrar-se do tubista. Os músicos faziam-lhe visitas, enviavam abaixo-assinados. Um deles, inclusive, subscrito pelo ingênuo Cassius. Como último recurso, as gêmeas Ylina e Ybina foram constrangidas a negar fogo numa das visitas semanais à alcova de Perygl. Não adiantou: o maestro era um guerreiro convicto de seus princípios.

Alheio a tudo, Cassius seguia empunhando sua tuba cromada com emoção crescente, para infelicidade de todos.

*

Até que o conde português Ercilio Quitandinha, mecenas da orquestra – a quem os rumores chegavam diariamente –, enviou ao maestro uma carta. Nela, manifestava sua preocupação através de simbolismos literários.

Prezado Senhor Maestro,

A título ilustrativo, no que ouso permear suas reflexões com uma pequena analogia, reproduzo trecho de Júlio César, *tragédia decerto conhecida de Vossa Senhoria. O imperador confabula com Marco Antônio acerca de Cassius, nome que deve soar-lhe familiar.*

JÚLIO CÉSAR: *Quero homens gordos em torno de mim, homens de cara lustrosa e que durmam durante a noite. Ali está Cassius com o aspecto magro e esfaimado, pensa demais. Tais homens são perigosos.*

MARCO ANTÔNIO: *Não o temais, César, ele não é perigoso. É um nobre romano, dizem que de boas intenções.*

Perygl guardou a carta num nicho de sua escrivaninha e refletiu. Ora, era certo que Cassius Tubenschlaft fora batizado com o nome do conspirador romano; certo que, como ele, era um indivíduo magro; mas, ao contrário do Cassius de Roma, esse era homem íntegro. Estivesse o Cassius tubista no lugar do Cassius golpista, e as palavras de Marco Antônio mereceriam as trombetas da verdade. O desfecho da tragédia seria entediante, relegaria a obra e a própria História ao ostracismo.

O maestro confiava na sua intuição. Estava liquidado física e moralmente, perdera a confiança de seus músicos, não podia mais contar com os favores das harpistas, a batuta vacilava e, por consequência, escapava-lhe o comando da orquestra, cuja performance ia perdendo sua marca de qualidade.

Mas Perygl não capitularia. Diretor vitalício do conjunto, não tinha o que temer, exceto a dissolução da orquestra. E, nesse caso, ele seria o último a saltar do navio. Seguro de sua decisão, repetia para si próprio uma sentença reconfortante: "Ora, que vão todos para o caralho!".

*

Um dia, aconteceu o que ninguém poderia prever: Cassius desapareceu, deixando um bilhete lacônico, no qual informava ter partido "em peregrinação". Num envelope, depositara a diferença de seu adiantamento mensal, proporcional aos dias que faltavam para terminar o período.

Entre os músicos, o gesto não provocou comoção. Muito pelo contrário: foi motivo de um estrondoso alívio. Perygl, por sua vez, caiu doente, mas recuperou-se após uma visita de desagravo de Ylina e Ybina. As harpistas traziam, além de seu afeto renovado, um grande buquê de tulipas. O *spalla* Arks Kords assinava o cartão ornamentado com fios de ouro, em nome de toda a orquestra.

Durante seis meses, ensaiou-se com o tubista suplente, o brasileiro Zé do Tubo.

*

Pouco antes do outono, abriu-se novo período de recrutamento para tubista titular. Na primeira audição, Perygl observou que havia seis candidatos. Todos, como de hábito, obesos. Desta vez não haveria surpresas.

Se bem que um dos candidatos, de nome Abig'e'zint, chamou-lhe especial atenção. Era o mais gordo e usava um turbante hindu. Porém, tanta banha não lhe caía natural. Era como um tecido fora de medida. Além disso, o gordíssimo tinha modos estranhos e inconvenientes que em nada combinavam com seus trajes monásticos: durante os testes de seus rivais, fitava obsessivamente o maestro e, quando este devolvia-lhe o olhar, piscava de maneira insinuante. Como ousava?

Quando chegou sua vez, Perygl observou-o de perto, com rigor e severidade. Contudo, aos primeiros compassos do "Concerto para Tuba e Orquesta", de Ivan Smerdiakov, não era capaz de observar mais nada: restava-lhe fechar os olhos, gozar a interpretação de timbre majestoso, de fôlego e digitação incomparáveis.

Na pausa do movimento lento para o *allegro*, Perygl abriu os olhos e, imediatamente, Abig'e'zint piscou-lhe quase sensualmente. O que estava querendo dizer-lhe? Foi quando notou que sua tuba era coberta por um leve cromado vermelho. O velho maestro sentiu um arrepio na espinha. Mas controlou-se. Sorriu com o canto da boca e voltou a se concentrar. Tratava-se de ouvir e julgar a execução do *allegro*.

Quando terminou o teste, Perygl, assombrado, disse em voz baixa:
– Você?...
– Maestro...
– Mas... como?
– Glândulas.
– Os papéis...
– Um primo na aduana.
– Bem... vindo.

*

A orquestra recuperou seu lustro. A tuba, instrumento funcionalmente relegado à marcação dos baixos, era um astro brilhando no centro de uma constelação de subservientes cordas, madeiras e metais. À frente da orquestra, o maestro Grand Perygl viveu até os 120 anos, quando foi sepultado com honras militares.

Cassius assumiu a WPhO por aclamação.

OLHOS DE CATARATA

— Boa tarde.
— Boa tarde.
— Venho em visita.
— Credenciais.
— Pois não.
— Quem outorgou?
— O governador.
— A senha.
— "Senha".
— Correto.
— Posso entrar?
— Fechamos às seis.
— Muito bem.
— O cão incomoda?
— Como se chama?
— Quin...
— Quincas?
— Não. Quino.
— Ei, Quino!
— Não vai com qualquer um.
— Ei, Quino!
— Melhor o senhor ir.
— Claro. Ei, Quino!

*

— Com licença.
— Vejo que se entendeu com Quincas.
— Quincas?
— Quino. Quincas morreu.
— Ora...
— Quincas era louco. Quino é um tímido.
— Afetuoso.
— Quincas também. Louco.

– Estou à disposição.

– O senhor vem visitar...

– Venho ver...

– Não diga nada.

– Peço desculpas, não conhecia a norma.

– Por isso estou aqui.

– Fico grato.

– Sou pago para isso.

– Naturalmente.

– Veja bem, quero que ouça com atenção.

– Estou ouvindo.

– Quero que preste muita atenção.

– Sim.

– Vê os pinheiros adiante?

– Sim.

– Contorne-os até o corredor.

– Sim.

– O corredor enterra-se no solo, e desaparece. Depois, emerge.

– O que há no corredor?

– Fendas estreitas. Abrem-se para o interior das celas, pequenas e devassáveis. Não passe a mão ou o braço através das fendas.

– Entendido.

– Falemos dos presos. Entre eles deve estar quem o senhor procura.

– Sim.

– Na primeira cela, Dmitri, o parricida.

– E Smerdiakov?

– Smerdiakov?

– Sim, Smerdiakov.

– O que tem Smerdiakov? O que tem Smerdiakov com Dmitri?

– Está aqui?

– O senhor procura Smerdiakov?

– Não.

– Smerdiakov morreu.

– Ora...

– Smerdiakov morreu há muito tempo.

– Compreendo. Quem ocupa a segunda cela?

– Rodion.

– Prossiga.

– Na terceira, a velha.

– Surpreendente.

– Pois veja o senhor.

– E depois?

– Ivan.

– A ala russa está repleta.

– Há alemães também. Fausto. E o jovem W.

– W?!

– O senhor procura W?

– Não. Apenas fiquei surpreso.

– Ao menos, o homem tem tinta e papel à vontade.

– Uma distração.

– Naphta ocupa a sexta cela. Livros, almofada de veludo, e antibióticos.

– Então Naphta tem regalias.

– Sim... pode-se dizer.

– E na sétima?

– Na sétima, a família Samsa e a faxineira.

– Faz a limpeza.

– Espirituoso.

– Li clássicos.

– Isto se vê. Bom, Joseph K. está na cela ao lado.

– Joseph K.?

– O senhor procura Joseph K.?

– Não.

– Foi uma decisão difícil.

– Não duvido.

– Hermógenes está por lá.

– Sinto daqui o cheiro.

– Por que não toma notas? Está memorizando tudo?

– Não é necessário.

– Pode perder-se lá dentro.

– Não se preocupe.

— Motivos há: Maldoror está neste setor. Uma visita o deixaria agitado.

— E se eu estiver à procura de Maldoror?

— O senhor procura Maldoror? Bom, o presídio fecha às seis, a visita é desacompanhada. Passar a noite no corredor pode não ser boa ideia.

— Tranquilize-se. Não venho por Maldoror. Em todo caso, uma vez aqui, assumo os riscos.

— Não custa prevenir.

— Fico grato.

— Na décima primeira cela está o soldado amarelo e, na décima segunda, o Rei de Dinamarca. Temos Sócrates, num canto.

— Curioso. Prossiga.

— Na décima quarta, o jogador de xadrez.

— Um bom homem. Recebe miolos de pão?

— Certamente. Na cela ao lado, está o jogador russo. Os dois não se falam.

— Diferenças.

— Na décima sexta, João Grilo.

— Pensei que a questão estivesse resolvida.

— São as idas e vindas da justiça. Paciência...

— É o que não falta.

— Resta uma cela, a décima sétima.

— E quem está lá?

— Capitu. 120 anos.

— Capitu...

— O senhor procura Capitu?

— Não.

— Bom, este é o nosso contingente. Há outros presídios, o senhor sabe, não podemos correr o risco de superlotação.

— No que fazem bem.

— Agora lhe pergunto: está entre nós aquele que o senhor procura?

— Não vim aqui visitar ninguém.

— E o que veio fazer então?

— Vim libertá-los.

– Estou aqui lhe atendendo com presteza e o senhor me vem com ironias e graças. Posso denunciá-lo.

– É claro que não.

– Por favor, mostre-me seus documentos.

– Aqui estão.

– Não é possível. ... senhor...

– Ora, não faça cerimônia, Smerdiakov.

– ... O senhor... eu não...

– Então, quer dizer que Smerdiakov está morto...

– ... não esperava...

– Todos desejam, ninguém espera. Poderia me passar as chaves? Vamos com isso.

– Aqui...

– Vou levar Quino comigo. É assim que se chama, não?

– Senhor... este...

– O que tem?

– ... não é Quino...

– É quem?

– Quincas.

– Eu bem que desconfiei.

– ... já vai indo?... senhor... onde o senhor... está... senhor? Quais... as instruções...? Senhor?... o que faço?...

Na décima sétima cela, permanece Capitu. E, com ela, Smerdiakov, o bastardo, tu. Esperava que eu o levasse, velho carrasco?

– Um dia... o senhor... volta?

Quem sabe.

– Vou esperar... Senhor?... Senhor?...

Quincas! Vamos?

Whof! Whof!

Ei, Quincas! Ah, ah, ah!

Whof! Whof! Whof!

Ah, ah, ah, ah, ah!

ACEITAR É GOSTAR

Já escrevi um pequeno poema que lerei hoje durante o jantar na casa da minha prima.

Na verdade, dizer que escrevi não é exato. Copiei, isso sim, uns versos do italiano Diogo Balzirossi, em tradução livre do *chef* Santo Alípio (que não transpôs as rimas mas abrilhantou a essência).

Minha prima nem vai notar a traquinagem. Não é mulher dada a leituras. Nem eu sou homem dado a poesias. Mas, se ela gosta de ouvir, o que me custa copiar, e ler?

Alcachofras (gotas)
lençóis (refogados)
de pepitas (folhadas)

Alkaseltzer (não remove)
alfaces (verdelíneos)
nabos (yellow-blue)

Diogo Balzirossi é imbatível. Faz poesia gastronômica com a mesma destreza com que minha prima esparrama suas receitas pela cozinha. Uma cozinha florida, enjoada, apinhada de potes com ervas de *provence* de validade vencida, que ela nem usa, mas enfeitam que é uma beleza.

Hoje à noite, ela me avisou: teremos ensopados encorpados e temperos ligeiros. Da última vez, serviu berinjela meia-tigela. Modesta, ignora se tal pitéu me apetecéu. Mas sabe muito bem distinguir os falsos dos verdadeiros apreciadores da arte. Principalmente depois de ter experimentado a obstinada rejeição da própria filha, que dispensou seu leite, e sua forquilha.

Para minha prima, aceitar é sinônimo de gostar. E ainda rima.

Sou calvo e obeso, mas não sou bobo. Uso roupas incomuns, é bem verdade, camisas listradas de cores mortas, calças largas e sapatos rotos.

Mas sei agradar quando vale a pena.

A caminho da casa da minha prima passo por uma plácida praça. Há um garoto maroto que, sobremaneira, saboreia um honestíssimo pirulito de morango.

Revolve-se-me o estômago, o trato gastro colapsa. A psicorresultante produz impasse.

Pois bem, admito: além de plagiador de poesias gastronômicas, sou ladrão de pirulito.

Saciado e confesso, limpo com meu lenço marrom-oliva o que resta do morango e do suor facial dos psicóticos.

E penso em minha prima como uma bondosa mãe, que vai me ouvir e perdoar, beijar minha nuca e me alimentar, tornar-se cúmplice inconformada de meu crime abjeto.

Eu vou chorar no seu colo, jurar que não haverá outros surtos, serei um bom menino.

Enquanto isso minha prima (alma simples e bem resolvida, camponesa) apenas espera, paciente, pela chegada daquele que de bom grado deglutirá bovinamente seus preparados diante da cinzenta bancada de mármore ceará, de sua berinjela, e seu chá, sentindo o perfume ausente das ervas sem reclamar da crosta gordurosa que reveste sua pele, de tanto óleo que expele...

– Primo.

– Prima como é bom estar na sua estância.

– Primo que bonito isso você sempre inspirado.

– Bonita está a mesa prima e você também.

– Sente já trago chá e biscoitos de margarina salgada é pra já e Coca-Cola.

– Que bom prima eu adoro.

– Você não está sentindo cheiro de morango não hem primo.

– Nada nada que morango que nada prima.

– Andou comendo balas aí pela rua primo.

– Ouça só compus uns versos ouça ouça esquece essa história de morango e pirulito.

– Pirulito primo mas eu não falei em pirulito falei em bala.

– Esquece isso já estou ficando meio rejeitado quero ler versos você não quer nem ouvir.

– Desculpa primo eu fui muito insensível você sabe que eu adoro seus versos pode ler.

Nada como ter Diogo Balzirossi na manga, mesmo que em português ele nem rime. Dá tempo de esquecer o morango e enfrentar o jantar.

Afinal, aceitar é gostar!

NO TE PONGAS SENTIMENTAL

De: Neri – Gerente / Para: Jorg – Controle
Jorg, o setor de suprimento pede pra agilizar o fornecimento das fibras úmidas.

De: Jorg / Para: Neri
Ok.

*

De: Jorg – Controle / Para: Carter – Fornecimento
Carter, gerência cobra (de novo) remessa das fibras úmidas.

De: Carter / Para: Jorg
A bosta do container foi liberada semana passada.

De: Jorg / Para: Carter
Então deve ter ficado retida, a bosta.

De: Carter / Para: Jorg
Retida na sua bunda.

*

De: Pérola – Financeiro / Para: Jorg – Controle
Almoço no Zé Popó?

De: Jorg / Para: Pérola
Agora não dá.

De: Pérola / Para: Jorg
Insisto: quando?

De: Jorg / Para: Pérola
Não sei. Estou afogado.

De: Pérola / Para: Jorg
Quando?

De: Jorg / Para: Pérola
Nunca.

*

De: Caneteia – Qualidade de Vida / Para: Usuários Emprex
Chuva de meteoros pode ser observada esta madrugada, por volta de duas horas, na Constelação de Leão. Locais mais altos com pouca iluminação são ideais para o espetáculo. Na certa, todos acordarão mais dispostos para mais uma jornada de trabalho! Então, torçamos para que não chova e uma ótima noite celeste para todos!

*

De: Jorg / Para: flor@com
Desculpe escrever assim, mas descobri seu e-mail residencial quase por acaso, anotado num papel caído perto da sua mesa. Se quiser, o papel está comigo, não preciso mais dele, o e-mail já está registrado na minha memória pessoal, na minha cabeça, no meu coração.

*

De: "Outra Consultoria" / Para: Grupo 11
Consultoria com 100 anos de experiência em todas as áreas. Para uma visita, é só clicar Reply! Nós daremos o Triply!

*

De: Marina Rina / Capela / Para: Todos
Oração pra todos os dias no arquivo anexo. Enviar para 9 pessoas e aguardar mudanças na vida.

*

De: Rabino Michel / Para: Todos
Vamos todos dançar em volta da Torá Virtual! No chat-Simchá-Torá, segunda-feira, às sete horas, www.simchatorá.com.br

*

De: genetic@unimail.com
Meu nome é Melany, tenho 18 anos e muitos parceiros e parceiras, mas meu orgasmo é com garotas. Um orgasmo pobre, filete de gozo. Esse baixo desempenho me faz pensar em algo mais ousado. Joy, um amigo homossexual, conseguiu. Foram meses de tentativas junto ao laboratório, até que o embrião iniciasse um desenvolvimento saudável. Estou na fila, sou uma das próximas. O sonho de criar e cevar a minha cópia, rever a adolescência, tocá-la, recriar meu prazer. Vou tratá-la com carinho, mas longe de tudo, ao abrigo da sociedade, fora da prisão da linguagem. Nada haverá que subverta a sua verdade, a dimensão absoluta da sua realidade. Então, ela vai me ensinar a esquecer de tudo, a ser quem ela é, a reencontrar o meu sujeito primeiro. E então aprenderemos juntas o que é o verdadeiro amor.

*

De: Jorg / Para: flor@com
Não vai responder?

*

De: Caneteia – Qualidade de Vida / Para: Usuários Emprex
Jiolino Caldas deixa a empresa. Bolo no Zé Popó.

*

De: flor@com / Para: Jorg
Demorei pra responder, mas aí vai: não tem nada a ver, ok?
Olha só, colega, comigo, bateu valeu.

De: Jorg / Para: flor@com
Não sei. Não sei, não sei mais falar, não sei escrever, só sei você.

De: flor@com / Para: Jorg
Sai desse mundo, meu caro.

*

De: Jorg / Para: Neri – Gerente
Neri, estou com um problema gástrico, vou ter que ir embora
mais cedo. Amanhã estou aí, ok?

De: Neri / Para: Jorg
Ok, Jorg, mas me diga: o problema das fibras úmidas, já
resolveu?

De: Jorg / Para: Gerente
O Carter está vendo. Houve retenção na alfândega.

De: Neri / Para: Jorg
Bom, me dá uma posição até amanhã de manhã sobre essa
retenção, ok?

*

De: Jorg / Para: Carter
Então?

De: Carter / Para: Jorg
Já está liberado, pode ficar calminho, a retenção acabou, agora você já pode cagar. O transporte não tinha soltado a documentação ainda, porra. Fala com o Caligari.

*

De: Jorg / Para: Neri
Neri, falei agora com o Caligari e já avisei ao suprimento, tá tudo resolvido.

*

De: Administrador do Sistema / Para: Jorg
Não foi possível enviar mensagem para usuário Neri.

*

De: Caneteia – Qualidade de Vida / Para: Usuários
O gerente Neri está deixando a empresa. Bolo no Zé Popó.

*

De: Pérola – Financeiro / Para: Jorg – Controle
Não me deixo abater pelo seu "nunca". Para mim, você é "sempre".

*

De: Caneteia – Qualidade de Vida / Para: Usuários
O funcionário Jorg está deixando a empresa. Bolo no Zé Popó.

CALVINO E COELHO

Em Pintassilga, cidade a oeste de São B., havia duas casas funerárias, cada uma com a sua clientela. A funerária *Vai com Deus*, na Rua Bem, atendia às famílias dos defuntos destinados ao Éden, ao passo que a funerária *Já Vai Tarde*, na Rua Mal, encaminhava os mortos confiados ao fogo contínuo.

Não que os moribundos soubessem de antemão o caminho que lhes seria reservado. Podiam, no máximo, desconfiar. O mesmo ocorria com suas famílias e seus amigos: não lhes era dado aviso certo das escolhas que recairiam sobre os finados. Mas, por razão secreta, seguiam sem desvios para a funerária que convinha aos desígnios.

Não se via outro motivo para os donos das duas funerárias – os irmãos gêmeos Calvino e Coelho – entenderem-se tão bem: afinal, condenados e remidos de Pintassilga dividiam-se equanimemente, de forma que a fatia de cada papa-defunto se queria idêntica.

Todas as noites, antes de dormir, Calvino e Coelho sentavam-se diante de uma mesa de madeira e, a saborear vinho doce e vinho acre, conferiam a féria do dia. Com um sorriso, constatavam que o número de mortos aferido por suas respectivas caixas registradoras era sempre igual.

Tratava-se, obviamente, de um segredo bem guardado, pois ninguém daria crédito a tal história. Ademais, de que serviria espalhar por aí a alma do negócio das almas de Pintassilga?

Antes de deitar, Calvino e Coelho jamais esqueciam-se de brindar à sua sorte. E dormiam – respectivamente – sonos azuis e vermelhos.

*

No dia 22 de agosto de 19.., Calvino e Coelho acordaram, escovaram os dentes, tomaram café e suco, banharam-se, leram a *Folha de Pintassilga*, ouviram a Rádio Pintassilga AM e assistiram ao jornal matinal da TV Pintassilga (canal repetidor de uma grande rede) enquanto vestiam suas calças largas cinzentas, suas camisas brancas engomadas, seus suspensórios pretos e seus chapéus grafite.

E saíram para trabalhar.

Na parte da manhã, a funerária *Vai Com Deus* atendeu a um emissário, que encomendava caixão e flores para a parte da tarde. O mesmo arauto esteve na funerária *Já Vai Tarde*, com idêntica solicitação. Do nome dos mortos só se saberia mais tarde, como explicou o mensageiro.

Durante o almoço na tasca do Armazém Pintassilga, que estava vazia de clientes, de cozinheiro e de patrão, e onde seus pratos de peixe já os aguardavam na mesa, Coelho comentou com Calvino:

– O movimento hoje não vai mal. Tampouco vai bem.

Calvino respondeu:

– O movimento hoje não vai bem. Tampouco vai mal.

E voltaram ao trabalho.

No fim da tarde, a funerária *Vai com Deus* recebeu um telegrama:

"Senhor Coelho irmão Calvino faleceu esta tarde. No aguardo providência queira aceitar condolência."

Um telegrama foi o que a funerária *Já Vai Tarde* recebeu no início da noite.

"Senhor Calvino irmão Coelho faleceu esta tarde. No aguardo providência queira aceitar condolência."

Naquela noite choveu fogo e água em Pintassilga. De manhã, não havia mais cidade. Nem firmamento. A TV, a Rádio Pintassilga e o portal Pintassilga.com transmitiram tudo em tempo real, e saíram do ar. A *Folha de Pintassilga* não rodou.

JOAN

1.

Antes
de fechar
os olhos
Bernard
e Aline
sussurram
o sono
nasce
cresce
Aline
sonha
um nome
que escapa
"Joan"
Mais cedo
Bernard
insone
toma
o café
da noite.

2.

Osires puxa
conversa
com Madalena
sobre
arqueologia
busca
sinais
de aprovação

no fundo
dos olhos
terrosos
dela
Madalena
quer saber
apenas
da noite
de máscaras,
onde um
roubou
a cena
homem
sem máscara
qual era
o nome?
Servo
Osires
sopra:
"Joan"
E some.

3.

Luva
música
poeira
Anderson
George
o carro
Jasmin
amor
de Anderson
irmã
sultã

de George
Olho
na rota
convergência
da reta
Em casa
garagem
muro
três
palavras
"Te amo Joan"
lágrima
tinta
maquiagem.

4.

"Afronta!"
berra Beto
o estranho
conviva
ajudar
Lilian
a lavar
louça
ensinar
truques
para tirar
da panela
o cheiro
de peixe
Uma afronta!
que Lilian
aprove
Joan

o estrangeiro
À noite
sedento
Beto
longe
da cozinha
engole
a garganta
sequinha.

5.

Joan
na poltrona.
"Estranho
o lustre"
estala os dedos.
"Estranha
a janela"
estala
"Estranha"
os dedos
no banheiro
"Estranhos"
os dedos
o azulejo...

6.

"Joan!"
O grito
quebra
o sono
de pedra

Bernard
acorda
teso
Quer
olvidar
que ouviu
olha
Aline
na cama!
suor
sublime
camisola
morrinha
no corpo
rosto
nas mãos
respira
pesado
o seio
trêmulo
Bernard
procura.
o cabelo
o rosto
emerge
assombrado
"A porra
do nome"
"Calor,
amor..."
Bernard
arrebenta
a seda
e na pele
de Joan
possui

quem
não
é
sua.

7.

De manhã
o vento
desafoga
o calor
Seu
Ademir
coça
a cabeça
olha
o muro
sujo
Dentro
Jasmin
confessa
tudo
ao irmão:
o pincel
era seu
Ademir
acende
cigarro
observa
as letras
no muro
o olho
de quem
retoca
a obra

mergulha
pincel
no balde
grande
de tinta
branca.

8.

"Arqueologia
t'enfastia?"
A frase
crua
descoberta
d'uma
cidade
Osires
deserto
amor
cristal
páginas
pesadas
rupestres
Osires
olha
o chão
não
se move
Madalena
sai
lenta
não
olha
nada.

9.

Lilian
seca
o copo
de cristal
olha
a frigideira
opaca
sente-se
bela
Beto
na sala
jogo
de ball
A cozinha
quente
laboratório
vapores
frutas
legumes
ervas
cores
carnes
perfumes
peixe
assado
fresco
frascos
de flandres
Beto
vem
buscar
beer
Beto
vê

Lilian
olhos
cerrados
cheirando
a esponja
d'aço.

10.

Joan
desliga
o tel
meia
hora
chamadas
nada
estala
os dedos
não há
que ler
fazer
o quê
vai
à esquina
traz
jornal
o tel
engano
jornal
o sono.

11.

"Comida e bebida para todo mundo, e,
no fundo,
a música do mar.
Sua mulher vai se divertir,
mas também vai deixar
você aproveitar!
Aqui, a vida é doce, a pele salgada.
Passe conosco
esta madrugada."

12.

Cada
um
tem
a festa
que merece
Anderson
Jorge
bebem
saem
cedo
para
a estrada
Jasmin
neném
não vem
Na borda
jacuzi
Osires
faz
o louco
tira

o pé
acaricia
a água
Madalena
passa
suspira
nojo
Aline
some
Bernard
Beto
sentem
falta
dela
e de Lilian
elas
voltam
de mãos
sujas
Bernard:
Beto:
por que
elas
se olham
tanto?
Violeta
o céu
atlântico
norte
Violento
acidente
falta
de sorte
Anderson
George
No jardim

gritos
ecoam
no salão
abafados
às sete
pela surdina
do trompete.

13.

Acuado
pela estufa
do verão
vencido
pelo hálito
do silêncio
Joan
acorda
cedo
entoa
notas
de
canção
brasileira
guarda
calma
olha
o tel
sorri
sério
vai partir.

A ÚLTIMA PROF&CIA

Aquele que me ler, saiba:
Eso es la última prof&cia.
Última no sentindo demais ressente, e no sentindo de finitiva.
Isto disto, ba bamos escarecer que o trexto é prescrito em entranha língua. Cada parlara vem do âmargo, portanto deve ser linda com a máxima anteção, para que não se tome uma letra por loutra.

A beabase é o português, trespassado por anglais, french, italiando e espinhol, et ambém por neologilhos, trocadismos, non-sentes, abreaviações, transefigurações, fussões e, sobrestudo, erros, significativos ou não.

A razão de tao mix não vende uma pré-tensão de etctabelecetera espécime de esperanto.

É que este que vos escravo est vítrima de bombom bardeio inform (ativo e ático).

A travesti do presente doc.umento, intendo, pois, dar testemuito do ente do meu ser, e do ente que será que será de vosotros, os mails leitores.

Tomo 1 – A pax

A Pax está na próxima eskinhead.
Quer dizer, uma certa pax, ou uma errada pax, está à vista, a culto praxis.
É a pax amercândida.
Elle sera conquisitada cosi:
a) Considera-se o territórrido da Palextinta.
b) Jew Deus e Mousse humanos coinvertem-se ao bundismo, reanunciando a céus respectivos valores e(x)ternos e partindo para a vitória do interiouro.
c) Os Estados Uníssonos diasporam-se compulsoriamente, criando bases espaciais em nosotros países.
d) Bate-se o martelo quando ao findo emprego.

e) Findo este, ex termina-se o ex cedente.
f) Tromba-se a Amazona.
g) Mata-se a família.
h) Vai-se ao cinema.

Tomo 2 – O cosmo

Aquele quele me ler, saibiá: na na ni na não estamos socks. O cosmo é um micocosmo, ie, menor que a sua menor partícular formadora da menor partícular. O cara que de lá veio já cá chegou já lá se refoi, tendo a Nasal sentido shit aqui e expelido-o bck to pqp. Reseau veu-se assimil o problenta da imigratidão, mas símios e sísmos em si mesmos encimesmados nada são, salvo frutos da mãe-sopa inaugural, ela por sua vez bisnectar do big-bangther.

Tomo 3 – O amorte

O "amorte" é um centimentro híbrido. Já dizima um poeta de cujo nomem não me realemgro: "Amorteamo". Ie, "te amo a mor", ou "amo a morte". Tal paradrops anagramático relaciona-se.com el prensador Sigmund Freud, que imprimiu o "princípio e o fim do muito prazer". Em resúnto, disse Freud: todos queremos descansar, puxar um ronco. Dormir no últero, c'est si bon! Já dormir na amorte c'est de la merde. Mas amorte relaxa da tesão de viver. A tesão de viver was born just when we were born. E mamamos.

Ocorre que no desmame, concluímos: c'est la vie/c'est de la merde. Vie=Merde#Mort. Na impossilibidade de volver ao últero, começamos a sonhar com o último. Ou seja: o féretro, que é das merdas a menor, posto que eterna enquanto inodura, isso excluindo a hipótese divinda.

Tomo 4 – O sexo

Menos xocolate e mais secho, no ié?, já dizia o monjor. Secho emagreve, xocolate engoza. Tudo estrado nesta equação. Senão, bejamos: quer dizer, senão, façamos: quer decir, isso é cosa natural, é água corrida, não dá pra explicitar, é pau, e pedra, é vulva no fim do; o negócio é a gente (nós dois, eu e você, ou nós dois, eu e eu, ou você e você, mas nunca você e eu) se sentir-se bien com o nossotro no expele-o, a imagem e a ação, o dupplo ppulo do gatppo.

Menos sorvente e mais xá na alma. Menos Mac e mais McCartney. Menos Diet Drink e mais OvoMartini. Menas bruschetta e mais buceta.

Tomo 5 – O Fim

Aquele que me ler, saiba: eso fue la última prof&cia.

Ronaldo Bressane

Ronaldo Bressane nasceu em 1970, em São Paulo (SP). Jornalista, prosador e poeta, publicou *Os infernos possíveis* (contos, 1999), *10 presídios de bolso* (contos, 2001) e *O Impostor* (poemas, 2002).

JORNAL DO CAOS

Já não sou mais aquele
e ainda não sou outro.
Millôr Fernandes

[Lua]

O orelhão da esquina tocou às 4h48, a hora dos suicidas. Um toque só, e parou. Daí que decidi abrir meu bloco de notas e comecei a escrever *isto* – lutar por um jornalismo do caos: a notícia, pão de cada dia, desmontada do senso de o quê, quem, quando, onde, como e por quê – e, ainda assim, as luzes do meu loft vão ficar sempre acesas, sala, mezanino, cozinha, wc, varanda. Sem poder acessar os eventos externos, as notícias do mundo me serão, e só porque eu quero, traficadas – *isto é*, me impedi de saber o que acontece, ou melhor: editei eu mesmo meu caos particular [não será deus o grande editor?]. Pra isso, desliguei o celular, cortei a linha telefônica, o interfone, a conexão com a internet, a tv a cabo, dispensei a empregada, a assinatura do jornal, das revistas semanais, das mensais, das importadas, e no fim paguei pra o porteiro jogar no lixo toda a correspondência – a não ser um único envelope diário, onde tem um clipping elaborado por cinco infotraficantes de confiança.

Porque este vício estava me cobrando muito alto. Juros sobre juros. É. Hoje, às nove da manhã, enquanto presenciava, por uma fresta nas venezianas, o sol flutuar entre as antenas da avenida Paulista, pensando no que inventar pra cobrir o rombo no cheque especial e nos cartões de crédito – usava o cartão C para pagar o B etc. –, senti que minha ração cotidiana de jornal já se atrasava em uma hora. E salivei. No som da sala, Nico chamava as festas de amanhã. Desmaiei – e até agora não senti que precisasse tomar banho. Sendo que, pela presente, firma-se que comecei este diário só às três da tarde. Organizadamente. Tudo bem – agora pouco, considerei que havia falado de mim até demais, e rasguei umas páginas. Acho que hoje é segunda, mas pelos sons que vêm da janela parece ser qualquer dia da semana, todo dia é igual nessa maldita cidade encaixotada, caixotes, caixotes, de caixotes de azulejo vagabundo emusguecido fuliginoso frágil é feita SP... ah, que morra toda.

Enquanto não parar de tremer, vou dormir com todas as luzes acesas.

Tomando uma pepsi diante de minhas venezianas, posso ver também uma padaria francesa... Do lado oposto da rua, numa casa térrea marrom-merda prensada entre prédios de vinte andares, moram um velho, uma velha. Não sei se são irmãos, se ele é pai dela, se ela é amante dele, se algum dia foram casados – fato é que, pelo modo como saem metódicos depois do almoço para espiar o movimento dos bares na rua, sem dizer lhufas um ao outro, irmanados aparentemente no poodletoy branco que ambos acariciam no pescoço de tempos em tempos, parecem isolados ali para sempre... Será que ainda se preocupam com a última declaração do presidente, o mais recente escândalo sexual do jogador de futebol ou o decote no vestido da modelo que abalou a festa do Jóquei Clube?

Na dúvida, portanto, caso seja irreversível minha síndrome, criei essa saída de emergência. Instruí cinco figuras a me tratarem com mínimas porções da droga. Elas foram pagas para recortar cinco notícias ao acaso e me enviar em envelopes todos os dias por debaixo da porta – a ideia é de que eu resista a abri-los ao máximo; caso consiga, estarei curado. Não foi tão difícil encontrar cinco infotraficantes – todos analfabetos: pouco tempo atrás tinha entrevistado empregadas domésticas para limpar o loft em que rabisco estas [em que rabisco estas palavras apenas para afirmar que, sim,

impresso, eu existo. Vamos ver se este tratamento dá certo. Vai
ser foda. Uma leve convulsão, logo após almoçar bolachas – sem
a companhia da tv – me abriu o supercílio, naquela cabeçada nos
pedais do piano].

[Marte]

Desesperadamente na festa em que estive – em que estive
agora pouco já nem me lembro o porquê, talvez uma vernissage
talvez o lançamento de um livro –, desesperado porque vinham
falar comigo e eu não lembrava seus nomes, desesperado porque
achava que todos reprovavam o jeito como segurava o cigarro ou
bebia rápido demais o vinho, desesperado porque sentia de novo
aqueles calafrios nos braços, desesperado porque odiava aquela
muzak prozac em jamsession de branco metido a negão com muito
saxofone e muito yeah, desesperado abordei uma patricinha falsa
loura, que sabia ser filha da dona de uma loja fodona em SP, mandando alguma babaquice sobre os arabescos da barra de sua saia...
nossa, que maravilha, me lembram um documentário que vi sobre
a invasão dos mouros na Espanha, ah, você gosta do Paco de Lucia?
E de Paco de Lucia emendamos para que delícia é passear pelo
bairro gótico de Barcelona e as touradas e Gaudí e o último filme
do Almodóvar que eu não tinha visto, como é que não havia visto
o último filme de Gaudí, digo, de Paco Rabanne, mesmo assim,
para impressioná-la, resgatei dos escombros da memória aquele
poema do Hemingway sobre Ademir da Guia e os toureiros de
Madri, mas o primeiro verso não me vinha, não me vinha, aquele
vinho morno minha garganta regurgitava para a língua fazendo-
me esbugalhar os olhos catalãos, parara-tchim-bum-bum-bum, ela
se assustou, riu, interessada, já, educadamente tentou contornar
minha falta de destreza poético-cinematográfica, qual seja minha
charmosa incultura de ocasião, e veio com uma historinha de
almoço na casa da mãe em seguida chamando-me a atenção para
um velho e uma velha que langorosamente degustavam coxinhas
rançosas – você que é jornalista, olha que pauta, tá vendo aqueles

100   Geração 90: os transgressores

dois ali, eles estão em quase todos os lançamentos de livros de São Paulo, frequentam vernissages e eventos culturais de todo tipo, um amigo me disse que são velhinhos pobres que caçam eventos pela cidade para satisfazer sua miséria cultural, repare como eles são pobres, mas limpinhos, o paletó puído do senhor e o vestido costurado da senhora; sua postura de pseudointelectuais denuncia eles serem mais uns coitados que se fingem de personagens da intelligentsia paulista, diz esse meu amigo, mas eu discordo, tenho pra mim que eles vêm nessas vernissages mesmo é atrás de canapés e tacinhas de vinho branco fajuto – nisso irrompeu de meu estômago em borbulhas de Pollock no vestido mourisco da moça um vomitão, wwwaaaaaarrrrrhhggg: oh meu deus desculpe desculpe desculpe, eu limpo você, eu te limpo, ai que nojo, putz, desculpe, por favor, ei, cadê os velhinhos, os velhinhos foram embora, qual seu nome mesmo, ai, desculpa, sou uma grossa, uma egoísta, você tá melhor? tô, tá tudo bem, Maria Fernanda, Zed Stein, tchau, tchau, vamos marcar, vamos sim, me manda um e-mail, olha, pega meu cartão, até mais, qualquer coisa eu tô no celular.

As vozes outra vez na minha cabeça me locutando flashes de notícias sobre homicídios Oscar Nobel gols maracutaias desastres de trem na Índia DJs do momento crises cambiais conjugais no trono inglês, tantas coisas que eu precisava saber e passar adiante... gelado, suando, a taquicardia ressoando pras mãos em 190 bpm, a língua uma lixa, o bucho feito um tatu-bolinha e o pau virado num pastel murcho, senti que devia me cuidar, me recolher ao meu loft meu mundo meu tesouro e conseguir pagar minha conta com um cheque sem fundo já que o cartão de crédito bloqueado e responder afinal ao manobrista que não tenho carro, caralho, estou parado aqui vendo o movimento, posso, porra? Nisso, vesgo aos sinais de trânsito – achava que vermelho estava aberto e verde fechado, várias vezes quase fui atropelado –, vislumbrei ao longe os tais pobres velhinhos, prosseguindo lenta e cultamente pelas ruas da Vila Madalena, hieráticos, como se indo à ópera só ao avistarem uma lata de lixo. Ir atrás deles me deu motivação para sair do sonambulismo, ah, o bom repórter nunca morre.

Não eram tão pobres assim. Nem muito originais... Moravam na rua Original, justamente naquela casinha minúscula cercada por edifícios residenciais de vinte andares – semelhando banheiros em sua estética azulejo-pós-neoclássico –, a tal casinha térrea sem jardim nem quintal que eu via todos os dias. E, engraçado, sem antena de tv [os tais velhinhos malignamente ilhados sob a tempestade de white noise, ah que saudade de um poltergeist, estou cansado de ser unheimlich de mim mesmo, quero o meu alter ego de volta, nunca mais vou a nenhuma festa que não seja o Galo da Madrugada].

[Mercúrio]

Qualquer tipo de abstinência fode os miolos, pensei, esguelhando o terceiro envelope empilhado na minha mesa marroquina. E todos os tolos – vocês, que zoam dos viciados, e mesmo vocês que até tentam fugir das drogas, mas não conseguem, os idiotas assépticos que se creem legais e ajustados, os imbecis superiores senhores do método e da bacaneza fissurados em talkshows e preços de pick-ups e resultados do futebol e modelos de celulares e cartões de afinidade em alguma puta igreja embalados em gravatas e anáguas de cor certa e música adequada, vocês, os que repudiam nos junkies um pretenso fraco caráter –, que tentem por uma só vez imaginar-se sem nome, sem amor, sem país, sem dinheiro, sem nenhuma perspectiva de ressurreição ou fogo eterno: imaginem mortos não só seus nomes, mas também a lembrança desses nomes para outros, amigos, parentes, amores, que, claro, já devem estar também de todo mortos, mortos, mortos completamente – embora, ao mesmo tempo que têm *esta* sensação desmaiando suas hemácias a cada segundo, vocês ainda estão vivos e gritando, mas desejam por todos os demônios que estivessem sete palmos abaixo. *Essa* é a sensação de nostalgia de um desejo que não se preenche nunca – e essa saudade é ela mesma seu prazer.

Hoje, pela manhã, para parar de tremer, me obriguei a tomar um lexotan e um lorax... tá, mandei também uma cibalena. Antes dessa licença médica, alguns colegas jornalistas, ao saber de minha decisão de ficar sozinho por uma semana, tentaram me sugerir uma temporada nas montanhas – ganhei uma dica de um lugar cult no sul mineiro, o vale do Matutu, e outra de um bacanésimo retiro tibetano em Itu, ora vão tomar no cu. Os gente-boa da hora soltaram até que seria interessante que fosse tomar sol em Jericoacoara. Uma amiga me convidou para ir a uma rave que prometia ser ultramegahiperhypada, em Maresias. Puta que pariu.

Merda, não entendem, não estou viciado em nenhuma droga em particular: estou viciado simplesmente na ideia do vício; eu preciso saber, não tem como escapar dessa curiosidade que me alimenta e me concebe. Pior ainda que isso, percebi que não sou o único: todos estão viciados *nisto*; meu único problema é que só eu estou – penso que – informado de que vício é *este*: caso eu cobrisse minhas retinas com navalhas, vislumbraria finalmente tudo em branco, inferno particular, exclusivo universo, o grito do momento, a última estação? Quando todas as certezas se forem, o que restará deste enviado ao Hades light – uma legenda, uma manchete, um crédito, um boa-noite, um comprimido, um pôr-do-sol, uma receita de bolo, um pentelho entre os dentes, os olhos virados para dentro à procura de um desejo sem nome adquirido em doze vezes sem juros? As sirenes da polícia ainda girando por todos os meus labirintos, busco meu pai Pac-Man... é, comi todas as pílulas graais de realidade que me foram oferecidas, um estágio cada vez mais rápido que o outro, labirinto labirinto labirinto, rápida solene deliciosa do dedo médio ao pescoço progressiva tendinite fustigando 24 horas por dia montada no joystick fuçando o último degrau do jogo, olhos esbugalhados de anfetamina num sistema de tiques nervosos em que me tornei, eu, o maior parque de diversões de mim mesmo, este esqueleto dançando drum'n'bass titerado por uma fome de consciência fora de controle [fora de controle. Como foi mesmo o sonho?

Tentava tocar no piano da sala uma música nunca antes ouvida – como quem embala no berço um fantasma: uma música de cabaré. O gigolô. Tinha um gigolô em meu sonho. Eu tocava piano num puteiro e observava uma puta que cantava, pensando em que música tocar para comer ela de graça. O gigolô espancava a prostituta, tatuava-lhe no princípio do rego, com brasas de cigarro, o número 666. Ele me bateu de novo, gemia a prostituta sem nome, pouco antes de me submergir, a ele, o outro eu, entre todas as línguas de sua língua... o supremo tabu quebrado. Eu sonhava como quem vai a um set de filmagem, dirigindo as cenas em que eu mesmo atuava. Ele, digo eu, me bateu, ela, digo, eu, grogolava. De fora de mim eu nos via, e nosso rosto não era o meu – era um mix de Kurt Cobain com Samuel Beckett. De modo que matei ele, não a mim, mas ao gigolô – que, no fim das contas, era eu mesmo –, com minha chave de fenda, a fenda em seu pescoço se abrindo desgarrando cardumes de linotipos: substância mais nojenta que água benta quente... Corri a noite toda, os músculos das pernas endurecidos, não poderia voltar para minha casa, eu deveria estar atrás de mim, a chave de fenda no bolso para provar o crime, não sou dos que deixam a arma do crime no local do crime, embora, no sonho, não soubesse muito bem em que local tinha matado o gigolô, e já nem me lembrasse mais da prostituta: exaurido de cansaço e angústia, entrei na redação do jornal, onde todos os meus colegas me esperavam consternados, apontando-me a manchete da edição do dia na página *cotidiano* –

JORNALISTA MATA GIGOLÔ POR AMOR A DOSTOIÉVSKI

. Tristes, todos vêm me cumprimentar – você conseguiu, mudou de editoria, saiu do caderno de cultura para as páginas policiais, é uma pena, gemeu a estagiária lambisgoia que eu intencionava lamber, mas pense bem, veio o subeditor, amistoso, você agora vai ter muito tempo para escrever suas memórias do cárcere, quando o diretor de redação chegou com uma piadinha infame, nunca pensei que fosse perder você para a concorrência, olha, é melhor você se apressar, a polícia está logo aí. O que era verdade, as sirenes não mentiam, as sirenes nunca mentem – as sirenes que me despertaram, por exemplo, eram de carros de bombeiro que haviam chegado no meu prédio para investigar um princípio de incêndio que despontava no apartamento 161. Eu moro no 171. Literalmente].

Não chegou a ser incêndio, mas durou umas duas horas a operação. O sujeito que mora embaixo de mim, um velho advogado alcoólatra, dormiu fumando e o cigarro caiu no lençol. Foi levado ao pronto-socorro com queimaduras de segundo grau, me disse o porteiro [eu não aguentei e desci para ter acesso à notícia in loco, não me perdoaria se fosse furado debaixo do meu nariz]. Aí lembrei da Clarice Lispector e me deu um puta cagaço, medo de de repente perder meu salário de repórter especial e acabar louco e legendeiro de revista de fofoca como ela, e não conseguir mais dormir... devia ser mais uma armação contra mim. Logo após saber todos os detalhes idiotas do incêndio, subi – tem uma câmera no elevador, eu sei – e resolvi estourar vários sacos de pipocas; misturei com a ração para os iguanas, abri uma pepsi dois litros, despejei meio valium, trouxe tudo pro mezanino, acendi todas as luzes e cá estou eu, debaixo da cama, segurando este diário contra o peito. Pânico de o fantasma mongol da voz de Clarice vir me puxar os pés. E se meus sonhos fossem reportagens?

Observando minhas veias saltarem desembestadas sob a epiderme, noto que minha pele é tão fina quanto papel: pra quem deixar este diário? Pra quem eu escrevo? Pra eu mesmo, daqui a alguns anos, olhar para trás e descobrir o quanto sou ridículo? Pra que, afinal, as pessoas escrevem diários, que não seja para moto-perpetuamente alimentar sua sede por más notícias? Por favor, será que alguém consegue desligar da minha cabeça o narrador off?

[Júpiter]

Desde cedo, resolvi também não sair hoje. Meus braços doíam pra caralho, principalmente o esquerdo, de tanto escrever. E rasgar. Empilhei o quarto envelope de notícias sem o abrir – gravidade, órbita, força de vontade, seus idiotas –, acendi um baseado, enfiei um frontal pela goela, espiei por detrás da veneziana e saquei, do outro lado da janela do prédio oposto ao meu, dois caras observando atentos meu loft. Havia reparado pela manhã, ao voltar da padaria, que os caras conversavam com os vigias do meu prédio, alguns dias antes. Conversavam também com o taxista que eu costumava pegar. Estariam me vigiando? Cerro as cortinas, brusco. Sempre há repórteres investigando fatos. Alguma relação com o incêndio? Serão do jornal em que trabalho? Da festa em que fui outra noite? Volto novamente às venezianas: os espiões se foram. Terão existido?

[Pare. Não leia mais nada. Esqueça as palavras. Não interprete mais nada. Feche este diário. Por favor.]

DA REPORTAGEM LOCAL – O Agente Especial, 25, paulistano, esperou até ficar muito tarde. Às duas da manhã, foi à rua Original armado de uma chave de fenda e de uma faca de cozinha. O casal estava na cama. O Agente Especial cravou a chave de fenda no coração de F.G.S., 79, e estuprou I.R.S., 60, enquanto lhe apontava a faca. Chegou ao orgasmo cerca de quinze minutos depois. Durante o ato, F.G.S. ao lado "ainda sangrava", segundo contou o Agente a este jornal.

Ele cortou fora a cabeça de I.R.S., e da garganta "da mulher escapou um cavalo alado", relatou. Enquanto vagava, "obtuso", pela pequena casa, o Agente descobriu um porão onde haveria um presépio dentro de uma estufa – um porco, uma vaca, um boi. Num carrinho de supermercado um poodletoy branco. Achou melhor ir embora: "em breve chegariam os reis magos", disse. Assim, correu de volta para casa, as mãos ensanguentadas, temendo ser encontrado por uma viatura policial.

BATISMO – São três da manhã e o Agente Especial ainda não consegue apagar as luzes de seu apartamento: "talvez, as apague amanhã", promete. Engole um zoloft, pega a ração para os iguanas e a come, enquanto observa seus animais cada vez mais magros no aquário. "Preciso levá-los amanhã à igreja", diz, em voz alta. "Não posso mantê-los pagãos assim, devo batizá-los logo", afirma.

[Vênus]

O dia azul... pensei em pão com manteiga. Mas a chuva caiu de repente, eu vi as pessoas lá embaixo se morcegando, pequeninas, um soluço... Choveu o dia inteiro. Outra vez não saí de casa. Me lembro às vezes – flashbacks ou déjà-vus – da emoção que tive a primeira vez que vi uma manchete. Era minha irmã, me acordando aos berros na casa de nossos tios:

— NOSSA CASA PEGOU FOGO, NOSSOS PAIS MORRERAM

. Eu voltei de dentro dos meus sonhos para cima da cama mijada como Prometeu que roubava o fogo: na sua histeria de fofoqueira de aldeia saqueada, minha irmã me dava minha primeira noção de um fato absoluto. Um fato nada mais é que uma ação que muda irremediavelmente o futuro – aí, de vez o mundo dos não fatos se perdeu de mim, e portanto a causalidade dominaria todo o meu tempo, não haveria mais saída de emergência para o dois mais dois. De dentro dos meus sonhos, me foi comunicado que meu mundo de sonhos desconexos havia terminado... Dali para a frente, meu cotidiano sucumbiria à voragem dos acontecimentos com causa e efeito e lugar e época e personagens e um sentimento de irrestrita verdade [verdade: meus pais sempre me falavam que preferiam, a serem sepultados, o crematório da Vila Alpina, então beleza].

Tenho parado de acreditar nisso a cada manhã que vejo o casal de velhos na casa em frente à padaria francesa alimentar os pombos da rua. Eles deveriam me ensinar alguma coisa – ah, mais uma, eu, esse infatigável viciado em aprender e esquecer. Tive uma pequena alegria – me dei conta de que era sexta-feira –, e resolvi dar uma festa, para a qual não convidei ninguém, exceto o motoboy, que saiu do elevador com a roupa completamente molhada e uma pizza de rúcula e mussarela de búfala e tomate seco e um guaraná; mas ele não quis me acompanhar, assim comi a pizza enquanto lia as palavras impressas no disco de papelão delivery como quem solfeja um mantra tibetano. Ainda não consigo dormir com as luzes apagadas.

À tarde, pela primeira vez desde que me formei em jornalismo, há quinze anos, consegui escrever uns versos... Lendo o poema agora, não tenho total certeza de tê-lo escrito eu mesmo ou um outro. Melhor acender mais um, tomar um, deixa ver, dramin, e contar as gotas escorrendo pela janela enquanto o poema de que eu jamais me lembrarei arde no cinzeiro, em chamas [em chamas meu rosto – palor, luzes sombrias – refletido no vidro da janela, oculto do exterior pelas venezianas; janela de onde não virá nenhuma verdade, mas não desisto de buscar ser surpreendido por um milagre].

[Saturno]

Logo que acordei, resolvi traçar aquele ecstasy que tinha guardado pra a tal mega-rave pra observar a dança de meus esquálidos e nervosos iguanas ao som dos socos em meu piano num samba meio árabe. Porém, licença médica à parte, me lembrei súbito de que sou só no mundo e preciso pagar meu aluguel e minhas roupas bacanas e que ainda estou no bico do corvo financeiro – preso por estelionato, eu? Assim, deixei no ar meu solo de autodub e fui à luta. Abri as venezianas e as janelas e gritei para a rua:

– SOU UM PROFISSIONAL

. Enquanto tomava banho, sentia a primeira efervescência e me lembrava novamente do que acontecera à velhinha e meu pau subia. Voltava minha mente às coxas da estagiária da redação, de meias amarelas, trancinhas e seios transbordantes, mas, como tinha que fugir o pensamento do trabalho, tentava me lembrar daquela garota no lançamento ou na vernissage, a menina em quem tinha vomitado, e gozei, no chuveiro, ao me lembrar do meu jorro de vinho branco sobre seus peitos.

Foi difícil – taquicardia: esse elevador é uma solitária vigiada, não é? Hein? Diz pra mim –, mas saí do prédio. Um breve telefonema no orelhão e já temos um dia de negócios. Aquela garota poderia salvar minha vida... O cavalo branco na esquina me conduziu aos Jardins afundado no banco de trás fechando os olhos para não ver outdoors painéis de mídia e cale a boca e desligue a porra desse rádio, estou pagando.

No fim do almoço na casa da tal coroa carioca loira milionária, o lacaio biba de libré me trouxe uma bandeja. Imaginei que havia ali dentro uma cabeça, a de São João Batista no mínimo.

Imaginei que o mundo é uma. Logo recordei que minha cabeça está gravemente ferida e retornei à realidade do almoço à beira da piscina. Apocalíptico engano. A biba de libré levantou a bandeja de prata: me oferecia uma pílula. Logo saquei – era um xenical. Um remédio para. Bem, você sabe. Controlar o intestino. Sorri para o lacaio recusando, sussurrando "mais tarde, obrigado, tem algo doce, tipo uma mousse de limão?".

Maria Luana Guimarães de Albuquerque Lins engoliu seu xenical e prosseguiu em seu carioquês aprendido em novela da Globo a história presenciada ontem à tarde: um ex-senador baiano, "amigo nosso, que perdeu o mandato naquela armação que fizeram contra ele, coitado", havia visitado sua loja de roupas de prêt-à-porter. Tinha permanecido duas horas sentado numa poltrona especial Luís XIV, com a neta de um lado, "uma gatinha meio axé, e um lacaio do outro. Vinha uma modelo rebolando, os seios para a frente, o senador olhava fixo, doidão – bolinhas, meu bem –, e, pior, você sabe, ele é broxa. A modelo passava, fazendo a voltinha, ele olhava a bunda da moça. E assim a tarde inteira: peitão, bundão, peitão, bundão, peitão, bundão. Um dos homens mais importantes da república passou três horas na minha loja olhando o rabo das minhas meninas – até meu próprio rabo o filho-da-puta deve ter olhado. Comprou sabe o quê? Um par de sapatos Zegna para ele e um vestidinho Dolce & Gabbana para a xumbreguinha. E ainda parcelou em três vezes no cartão de crédito. Ah, olha, Zed, licença. Vou ali dentro e volto já".

Será que foi efeito do xenical? Eu olhava o sol se refletindo nas águas da piscina e pressentia a segunda efervescência. Ainda fingindo que não me reconhecia da outra noite – eu idem; etiqueta moderna –, a vomitada filha da perua carioca ensolarava a tez galega. Era morena, pelos pretos, mas tingia o cabelo de loiro. Havia aberto o biquíni de lado e, mesmo da mesa de onde eu estava, podia ver que tingia também os pelinhos do púbis, por sinal bem aparadinhos, acho que ela curte raspar estilo bigodinho de Hitler. Será que a perua ia ficar muito tempo cagando? Como é que funciona essa porra de remédio? Ela toma um e em quinze minutos, plin plin, já sai um cocozinho?

E aí o que é que ela faz com o cocozinho, será que o embrulha num papel alumínio prateado, faz um lacinho e dá de presente pro marido, tipo um mimo – como as freirinhas do século XVII na Bahia [provavelmente tataratataravós dessa tipinha cagona retrocitada] faziam para conquistar a coqueteria dos freiráticos, aqueles donos de armazéns em Salvador que, sem comer ninguém, paqueravam as meninas que iam dar um tempo nos conventos depois de aprontarem e ficarem grávidas, entregavam o filho pros padres viados e ficavam uns dois anos por ali, se chupando umas às outras, até que surgisse algum fidalgo de boteco querendo casar-se com elas e lhes fizessem a corte com presentes, ao que as freirinhas, mimosas, respondiam com florzinhas, sabonetinhos perfumados, ou, para sacanear algum desses fidalgos, com bostinhas embaladas em rendinhas –, será que essa perua de merda faz isso para o marido também?

Oooahh. Foco. Foco. Muita calma nessas horas. Desligue a central de informações. Volte para a piscina, pensei, quando, de uma porrada, senti o MDMA reverberar, inspirado nos reflexos do sol nas águas azuis da piscina refletidas de novo na pele dourada da menina filha da perua e seus pelinhos alvos, tuiiiimm, os pelinhos atrás da nuca, os pelinhos sobre o lábio, os pelinhos em volta do umbigo, em volta da xoxotinha, imaginei que até mesmo seu cuzinho se blondeie, a imaginei num instituto de depilação com uma gorda aplicadora negra a tingi-la trigueira na mais profunda bunda e ela gemendo de dor – assim, toda vontade que tinha no mundo é de me transformar num gorila e fodê-la como um gorila fode sua mulher gorila; e eis que ela pareceu perceber isso, pois virou-se de barriga para baixo me olhando fixa empinando aquela bunda maravilhosa, o biquíni frouxo revelando o início do rego, do rego em que algo está tatuado, um número, parece ser um número, assim, sentindo a terceira efervescência invadir minha epiderme, levantei-me, de pau em riste – quando chegou a tipinha perua, recém-bosteada e devidamente perfumada com talco importado no rabo, insinuando um cafezinho na salinha de dentro. Ou seja, justamente a deixa para que eu a comesse em seguida, já que afinal de contas era para isso que o gigolô jornalista aqui tinha vindo... imaginei que aquela tipa podia me descolar umas passagens pro Marrocos, assunto de uma reportagem que pretendo vender à revista patrocinada pela loja dessa mesmíssima socialite.

Por isso mesmo, só pra zuar o barraco e só porque aquele tranco do E no esôfago estava me noiando resolvi que esse sábado era um belo dia para comer o cu da madama. E talvez fosse interessante lhe dar uns tapas na cara para motivar futuras pautas. A bacanuda pegou no meu pau e eu anunciei que estava com um puta tesão na filha dela, um dia ainda vou acabar comendo a menina. Ela riu, "queria ver sua cara se visse a gente fazendo massagem ayurvédica uma na outra", e me levou pro seu quarto decorado por aquele frango enganador de peruas, tirou o vestido comprado em NY e ficou só de combinação roxa, para brincar resolveu me mostrar sua prática de vinyasa yoga, o que a fez soltar docemente alguns flatos enquanto plantava bananeira debaixo de uma pirâmide púrpura sobre uma espécie de pista de dança ao lado da janela de onde se descortinava uma cascata sobre a piscina, fez um giro na cama – a quarentona é superflexível – e caiu de boca em meu pau com vontade, envolvendo-me com todas as suas línguas de uma maneira que eu cheguei a pensar até em amor verdadeiro. Então, arrumando o peitinho ainda no biquíni verde, a filha entrou no quarto e proclamou:

"você empresta aquela sua calça da Donna Karan?"

. Sem soltar meu pau, em que me dá uns beijinhos, a coroa falou, mansa: "está no closet, Maria Fernanda, mas é vai e volta, viu?". Maria Fernanda observou por uns cinco segundos sua mãe me chupando – talvez lembrando de minha golfada em seu colo naquela festa, ou talvez comparando mentalmente sua viperina técnica linguística com a dela – enquanto pegava a calça, e, antes de sair, mandou um "tchau".

Tenho que admitir que a coroa mandava muito bem no trabalho de sopro. Ok, quase broxei ao ver, no criado-mudo, ao lado de uma imagem de Nossa Senhora, uma pílula de viagra – provavelmente do marido, sócio do tal ex-senador da república em alguns negócios no Rio de Janeiro e na Bahia [o que quase me broxou não era pensar nos escrotos que haviam passado por aqueles mesmos orifícios, mas apurar que esse homem, diretor da todo-poderosa confederação das indústrias de São Paulo, era impotente – e a forma como descobria esse furo de reportagem é que quase desinflou-me os corpos cavernosos]. Mas logo a língua eficientíssima de Maria Luana Guimarães de Albuquerque Lins, que não resvalava os dentes na minha glande, me recompôs, e, assim, algumas horas e muitas técnicas sofisticadas depois, esporrando nos três buracos da coroa, Zed Stein se certificava de que obtivera a viagem para fazer a tal matéria de turismo em Marrakesh. Ao sair, a biba de libré me sapeava exatamente da mesma maneira como entrei – nulo. Quantos putos babacas como eu não teriam transposto os umbrais daqueles playboys?

Zonzo, zanzei pela cidade a pé, indo do Jardim Europa ao centro, onde me lembrei dos meus tempos de office-boy e passei horas alucinantes mandando tudo num Pac-Man vintage escondido no fundo de um flipper. A sede enlouquecendo, uma pá de mano juntou para me ver possesso jogar e suar e matar etapas e garrafas d'água. Horas depois, recorde quebrado, saí fora, antes que me elegessem o novo Pinball Wizard, e voltei à Vila Madalena. Por umas trinta bancas de jornal havia passado – e não sucumbira à tentação de olhar as manchetes. Me senti Santo Antão no deserto. Onde será que vendem gafanhotos? Um bom programa: fritar uns gafanhotos e comer eles lambuzados em mel, assistindo, no ringue aquário, aos iguanas afiarem seus dentes no couro um do outro... Quando cheguei finalmente ao apartamento, porém, tive de encarar, jogados entre nacos de pizza, garrafas vazias de pepsi e baratas, os envelopes dos infotraficantes.

[Duas da manhã. A correspondência continua fechada. Na sala, o Agente havia tirado sua roupa, cerrado as cortinas e acendido todas as luzes. "Quero dormir agarrado aos pés, como um feto numa esfera de silício", geme ele, em voz alta, trêmulo, segurando uma convulsão. Segundo conta, está "treinando para quando ficar cego".

Antes, porém, "antes que chegue a sétima efervescência", o Agente revela à reportagem que "não tem mais nada a dizer".

Pretende apenas "bater uma punheta para Maria Fernanda Guimarães de Albuquerque Lins", afirma].

[Sol]

Sobre sua mesa repousam sete envelopes – todos fechados. Domingo é o pior dia para sua doença. O dia das revistas semanais, dos cadernos de cultura, das estreias, dos filmes, das peças de teatro, dos convites para as festas fechadas, dos vem aí, apoteose ou derrota mútua. O Agente precisa alimentar-se, ele sabe, ou terá outra convulsão – decidido, caminha até a padaria francesa. Caindo pelas pernas, as calças se alargam ao redor de sua magreza. Azul – a boca aberta, espaço para que o céu invada seus pulmões. Não para para olhar as revistas da banca. Consegue. Seu corpo movimenta-se solene – ele nem pensava enquanto seus olhos pediam ao garçom um copo d'água. A padaria está lotada de fregueses que saltam de carros grandes e motocicletas brilhantes. Espectador de dejejuadores, o mendigo de sempre – um albino de longos e ensebados dreadlocks – flutua invisível na calçada. O garçom não parece familiar ao Agente Especial. Nada lhe parece familiar. Somente um particular – os velhos da casa em frente, que alimentam os pombos em seu jardim de lajotas vermelhas. Ele os havia observado durante toda a semana: tão pontuais, não era preciso olhar o relógio para saber que são duas da tarde. Pede outro copo d'água com gás, gelo e limão. Decide beber um copo d' água a cada dez minutos. "Maldito E", murmura, para si mesmo. Não entende muito bem a língua dos fregueses: "o que têm tanto para falar tão cedo? Quem são?", sussurra. "Será que pensam o mesmo de mim?" Mas, no fundo, não se importa muito com isso, e seus colegas de padaria seguem lendo revistas e jornais e comentando as coisas impressas uns com os outros e o mendigo observando a todos sustenido, ombro a ombro, buscando a notícia, a mensagem, o sinal. Os pombos voam – após o décimo terceiro copo d'água e o último saco de milho. Uma mulher lê uma revista com imagens de pessoas de que o Agente não se lembra. Como se fosse um livro de figuras com indicações em outra língua. O Agente se surpreende: "em uma semana teria mudado o mundo a ponto de seus personagens serem outros, completamente novos, um novo elenco?", cochicha. Ao lado da revista da mulher, um quiche de queijo derretido salpicado de alho-poró. O mendigo observa que um senhor deixou o caderno de *imóveis* numa cadeira e precipita-se para pegá-lo: em voz alta, surdina algo como "três dormitórios, closet, living room, sala de jantar, copa, cozinha, área de serviço, sacada, piscinas adulto e infantil, duas vagas na garagem, sauna, salão de festas, um quarto de empregada, qualidade de vida, qualidade de vida, qualidade de vida". O garçom pergunta ao Agente se quer comer alguma coisa. O garçom repete: "está satisfeito?". Parece aflito o garçom. Muitas pessoas por satisfazer. A fome cresce. A sede. O Agente pede "outro copo d'água gelada, por favor" – guarda os copos plásticos uns sobre outros; a luz do sol produz neles reflexos azuis e dourados: não há nuvens no céu. Nos fios elétricos suspensos pelos postes de luz, sete pombos se equilibram, fixas gárgulas.

"Qualidade de vida."

De um deles parte um tolete de bosta branca, que cai no capô de uma pick-up. O próximo projeta seu produto sobre o dorso de uma honda shadow, e outro vem melar o vidro de uma cherokee 4x4, em intervalos regulares, até que o sétimo pombo manda sua pequena porção de merda diretamente sobre o quiche da mulher que lê a revista, distraída, o garfo no ar ainda lentamente encaminhando-se para a pasta de queijo e alho-poró – esta, temperada pelo excremento do pombo, vem unir-se à saliva da mulher dentro de sua graciosa boca. A garganta do Agente está seca ao contemplar a garganta da mulher movimentar-se suave e lenta e animalmente satisfeita, enquanto vira outra página e espeta com o garfo o último pedaço do quiche, "hummm". Todos na padaria prosseguem em suas atividades de leitura de jornais e revistas – nos fios, os pombos continuam a obrar; o mendigo pesca com o olhar uma notícia no caderno de *esportes* lido por um jovem com gel na juba. Mais primitivos, os olhos do Agente voam para o outro lado da rua. Abraçados, os velhos observam a tempestade branca, tranquilos, mudos. A velha parece mesmo sorrir. Alguma coisa naqueles pobres frequentadores de vernissages faz o Agente pensar em Adão e Eva na ilha de *Caras*, o que lhe dá "vontade de vomitar", segundo afirma. Mas, dessa vez, aguenta até o fim. Tira umas notas do bolso, deixa sobre a mesa e sai da boulangerie.

Sentado na calçada, o mendigo lê classificados. Vigilante, o Agente não pode deixar de observar, por cima de seus dreadlocks piolhentos, o caderno *cotidiano*, aberto na seção de necrológios. O Agente gasta duas horas dando voltas em torno do quarteirão de seu próprio prédio antes de recolher-se. As casas de diversões eletrônicas não abrem aos domingos.

[Lua]

O orelhão da esquina tocou às 4h48. Um só toque e parou. Achei que o céu estava particularmente arroxeado. Porém, o universo, haviam descoberto – mais uma decepção horrível, eu lera o mês passado no caderno de *ciência* do meu jornal –, era bege. Tão bege quanto as calças em que me colocariam depois de descobrir minha gloriosa infâmia. Por que fui cismar de matar o pobre casal de velhinhos, a outra noite? E com uma chave de fenda? Estou tão cansado que poderia dormir por mil anos – o mesmo sono dos iguanas sem nome agora tão silenciosos enroscados um no outro – e ainda assim não teria conseguido formular uma frase só que fosse posse de minha exclusiva elegância, oh, nuvens rubras, onde estais, não me abandoneis, Lúcifer, mais bela das estrelas, ouro a quem oro [oro, oras, o telefone não tocou novamente, e eu queria tanto que o cavalo alado escapasse da minha perniciosa cabeça... consigo vislumbrar, deitado na cama no meio da minha sala de espelhos, sobre todos os capachos do universo, o jornal trazendo as notícias de ontem, a revista semanal com os acontecimentos da semana passada, os prognósticos, as expectativas, correndo em preto e branco coluna sobre coluna, o cheiro da tinta nos dedos, todos os eventos do mundo em minhas mãos e nenhuma só vírgula com estilo: ao morrer, prometo não me transformar num epitáfio – só, antes, a ventura de um único gesto de decência].

Oooahh. Foco. Foco. Vamos. Depois que terminei de escrever *isto*, me senti mais entediado ainda e desci um frontal com pepsi e, por via das dúvidas, um dormonid – tá, mandei junto uma vitamina C. Muitos acontecimentos numa só semana, e todos vãos. Fui mais forte que imaginava: todos os sete envelopes pardos fechados... Vou enfiar eles aqui entre essas páginas, como lembrança... A licença acabou... de volta ao trabalho... Deadline: logo mais, com forças para sair da cama, finalmente apagarei todas as luzes do apartamento. As janelas fechadas... As frestas vedadas... O gás aberto.

Simone Campos

Simone Campos nasceu em 1983, no Rio de Janeiro (RJ). Estudante de comunicação social, publicou *No shopping* (romance, 2000). Possui contos publicados em diversos sites e revistas do país.

TORT

Acabara de filmar um comercial. O roteiro era algo pastelão, um cara que fugia da gorda apaixonada para encontrar uma sílfide de biquíni logo adiante. Ela era a gorda de cabelo ruim que usava óculos redondos fundo de garrafa. Era atriz para sempre ser a Ama no Romeu e Julieta e sempre a Bruxa nas peças infantis. Assim, enquanto o guarda escrevia a multa, ficou quieta esperando. O guarda estava distribuindo multas a valer naquele dia, alardeando a felicidade que sentia porque acabara de garantir a economia do dinheiro do almoço indefinidamente. A dona da Towner de cachorro-quente, que estaciona na vaga de táxi em frente da clínica, oferecera-lhe esse singelo suborno. Claro que o dono do restaurante a quilo estranhará a diminuição do peso no prato de um dos seus clientes mais famintos e perguntará gentilmente o motivo. O guarda vai contar vantagem e o dono do restaurante ficará com ódio. Mas o guarda não vai ligar: ficará nas nuvens por dias e dias, sonhando com as estagiárias do hospital que sempre comem na Towner, numa rodinha imaculada, forçando quem transita por ali a passar pelo meio da rua, imaginando por que será que o guarda não multa aquela Towner. A dona da barraquinha improvisada, aliviada pela propina ter sido acolhida, afasta a culpa relembrando a vida sofrida desde que trabalhava no mezanino da lanchonete tijucana. Alguém dividira o pé-direito de três metros da loja em dois. A cozinha ficava na parte de cima e a então moça de um metro e oitenta tinha que trabalhar levemente curvada. Hoje era já uma senhora osteoporosa mas passara lá outro dia e vira um outro alto cozinheiro cultivando desvio de coluna. Até comera, incógnita, o folheado dele, que não passava de uma massa oleosa, o cara novo era um incompetente em matéria de folheados. Parecia mesmo que poucos atinavam com o nome da comida. Eram folheados: deviam ter várias camadas como folhas, sobrepostas, crocantes, pouco gordurosas, e um recheio tenro, que poderia ser o único consolo para a menina de 10 anos que almoça sempre na cantina, depois de assistir às aulas desde as sete da manhã. E à noite, tendo ido à ginástica olímpica e ao inglês, e sabendo que amanhã é dia de piano e natação, recolhe-se sob a sua nuvem azul e adormece instantaneamente. Sua mãe a acorda e ela diz vendo a noite ainda muito escura, choramingando, é sábado, mas ela diz, filha, esqueceu da viagem? Elas chamam um radiotáxi e carregam as malas, a menina quase desfalecida, a mãe superexcitada, gerente da IBM, trabalha pelo dinheiro. Chegam ao aeroporto, onde a garota estranha não trabalha pelo dinheiro, trabalha realizada, pois sua função é obrigar, com o respaldo absoluto da lei, as pessoas a abaixarem as calças pra ela verificar se elas têm drogas escondidas na bunda. Ela verifica alguém que não tem drogas dentro de si e está achando que era melhor ter se suicidado quando ainda estava em Helsinque; se suicidar no Brasil não tem a mínima graça, ainda mais nessas condições. Não tem drogas dentro de si, mas num lugar insuspeito, algo genial. É melhor não se matar e ficar rico, assim posso voltar pra Europa quando quiser, ele está pensando isso agora, mas só porque já acabou de ser vasculhado. A namorada moderna e calada do lado, olha o rabo de outra mulher e pensa na ironia. A mulher pensa que, se tivesse força, bateria no homem e nos homens que a olham, principalmente os que têm namorada ou esposa. Talvez não fosse a falta de força, era medo das consequências; se descesse o braço, seria autuada na delegacia pelo macho de ego ferido e cara arrebentada, ou mesmo processada se ele usasse terno. Porque hoje o certo é o certo e o errado é o errado.

SONHO LÚCIDO

Meus sonhos gostavam de me sacanear. Não tem outra palavra. Meu sonho escarnecia de mim e tinha o maior prazer com isso. Eu me perguntava se seria masoquista e acordava com uma sensação péssima, sempre. Por quê?, eu me perguntava ao acordar. Naquele dia, exatamente como qualquer outro, fui dormir. Comecei a sonhar com uma estrada. Eu estava num carro. Dentro do carro, vários personagens desconhecidos, coadjuvantes comuns de sonho – os sonhoneses –, e eu dirigia. Parei o carro e, vendo um bucólico sítio verdejante, retiramos um piquenique do porta-malas e o plantamos na grama. Mas, exatamente como qualquer outro sonho, ele começou a me sacanear. O dono do sítio surgiu com uma arma na mão. Pisamos numa bosta de cavalo que com certeza não estava ali antes. Começou a chover forte, e o piquenique foi tragado pela grama. O que foi diferente dessa vez foi a lembrança de que estava num sonho: assim, ergui os braços e mentalizei uma casa para nos proteger. Não tive forças: criei apenas uma barraca plástica de quatro apoios, dessas de praia. Mas meu sonho não tinha desistido de me sacanear e fez com que a chuva ficasse quase horizontal, com uma ventania súbita. Foi a gota d'água. Gritei: parem!

Todos os sonhoneses pararam de atuar e me fitaram, mãos ao lado do corpo.

– Parem com isso! Eu quero uma explicação! Você – disse apontando para um genérico sonhonês –, você sabe quem está dirigindo isso?

O sonhonês, mudo e imóvel, e eu, irada:

– Não sabe? Não seria a culpa?

O sonhonês levou o dedo à boca e fez SHHH!

– Seria a culpa de ter perdido o emprego? Estou me sentindo culpada e quero me castigar? É isso? Podem ir abrindo essas bocas. Qual de vocês é o "culpado"?

Novamente o SHHH, dessa vez de todo mundo. Comecei a me empolgar.

– Então vou ter que apelar. Quem sou eu? EU sou o ego! Que legal. Quero falar com quem pode resolver isso! Quem é que pode?

Eu sei que está dentro de mim. Eu tenho a resposta! Ninguém sabe? Vamos! Vamos, quem me diz? Quero saber!

Acordei.

Nunca mais tive sonhos autossacaneantes.

Aprendi a sacanear de volta.

FRADES

Tenho 27 anos e um coração de pedra.

Saí agora do analista, ao qual vou mais para não contrariar meu irmão do que para me curar de alguma doidice. Minto, existe uma outra coisa: comecei a apreciar a sensação de ser considerado uma boa pessoa (um pouco disfuncional, talvez). Conto ao analista apenas os fatos que fazem de mim uma pessoa legal; os picos medíocres e encantadores da vida cotidiana... Nem mesmo incorro no erro do "bom samaritano", da bondade excessiva: justifico meus pequenos ódios, e de vez em quando pratico pequenos rompantes com as injustiças que me fazem. E pergunto, buscando "humildemente" sua aprovação:

– Concorda?

Ele adora. Eu estou fazendo muito bem a ele: ele sai das sessões acreditando na humanidade. E eu pago a ele pela vampirização desse sentimento. Estamos combinados assim, embora ele não saiba.

Nessa fatiota de poeta velho, mauricinho ou coisa que o valha, pareço mesmo ter uns 35 anos. Como sempre, pareço mais velho do que sou, o que já ajudou a pegar mulher. Hoje essa gravata marrom, esse terno antiquado... não ajudam. A namorada atual procura trocar minhas roupas sem tanta vontade: ela curte a aura. Suas adições ao meu guarda-roupa foram até válidas, umas camisas de manga curta que uso nas épocas de calor.

É, isso reconheço: eu a amo. Mas tenho coração de pedra.

Como você chamaria uma pessoa que é assediada por um cara, e mesmo achando amar outra dá corda? Eu chamo de coração de pedra. Eu já fui criança – e uma criança chata e mimada. Quando jogava mau-mau e não tinha carta para jogar, perguntava: não tenho ouros nem dez, serve o nove? Hoje pergunto, serve a consciência de ter coração de pedra em vez do coração de carne? Naquele tempo todos diziam, enfastiados com a piada repetida à exaustão pela criança babaca, que não, não servia. E eu comprava pilhas de cartas.

Tudo começou quando a mensagem do cara me despertou interesse. Resisti uns dois dias, mas acabei respondendo dizendo que aceitava conversar com ele. Ele me respondeu muito feliz. Não achava de nenhuma maneira que eu fosse responder.

Fui perfeitamente capaz de cometer a impiedade de mentir para ele assim que o papo esquentou. Eu disse que nunca havia tido uma experiência homossexual na minha vida (o que era verdade) e o deixei pensar que eu estava me tocando do meu lado da linha, e que cheguei a gozar. Pretendia apenas dar corda pra ver no que ia dar.

Ele ficou entusiasmado. Um mês depois disse que pretendia me ver. Assim, me ver. E eu, o que disse? Disse sim. Quanto a Ana, ela soube tudo à medida que foi acontecendo. Que eu pretendia ter uma experiência homossexual, e ali estava alguém pedindo por isso. Ela chorava e arrancava os cabelos loiro-acinzentados (Koleston nº 7/1) pensando onde errara. Eu a assegurava que não era dela a culpa. E lá estava: de um lado, eu tornara alguém infeliz injetando a verdade na veia, e de outro, eu mantinha uma felicidade através de mentiras.

Claro, meu analista não soube de nada disso. Às vezes tenho a sensacional fantasia de contar tudo a ele, com a cara mais cínica desse mundo, e assistir ao enfarte. Mas que enfarte? Do jeito que as pessoas andam, treinadas em passar óleo de peroba à cara, e expondo-se sistematicamente a choques culturais, seria difícil obter algo minimamente divertido. Se ainda eu pertencesse a uma família de italianos conservadores...

Estava pensando mesmo em comparecer ao encontro, poderia ser divertido. Mas três dias antes o homem sumiu sem dar explicações. Liguei para Ana, que eu amava, e disse que nada havia acontecido.

Ela chorou de felicidade no telefone. Depois, quando nos vimos, ela perguntou o que acontecera com o dedão do meu pé direito. Não sabia que naquela tarde eu havia saído à rua com tanto ódio que chutei um frade de pedra.

PEÇA PUBLICITÁRIA

Um advogado ergue o saco plástico que contém a prova B: uma calcinha bege-claro em pedaços.

– Senhorita Marisa. Reconhece esse objeto?

Marisa pisca os olhos (pretos) e diz que sim. O advogado então pergunta:

– É a calcinha que estava usando na noite de 20 de outubro de 2010?

– É.

– Senhorita Marisa, na etiqueta do que sobrou dessa roupa íntima está a marca. Reconhece a marca?

– Sim.

– Poderia nos dizer qual?

– Maika.

O advogado olha para o júri e tira algo do bolso. É a mesma calcinha, só que inteira.

– Este é o mesmo modelo que a senhorita Marisa estava usando naquela noite de outubro. Como podem ver os senhores, é um modelo pequeno... elástico... que se amolda ao corpo – e volta para a moça. – Senhorita Marisa, a senhorita estava usando esta roupa íntima... bastante colante... em 20 de outubro. Você não acha que haveria uma intenção sensual na escolha desta peça?

– Protesto.

– Não achou que utilizando esta peça atiçaria a imaginação dos homens?

– Protesto, Meritíssimo!

– Não achou que eles a imaginariam sem qualquer peça por debaixo da roupa?

– Concedido.

O advogado pigarreia e reformula:

– Quando colocou esta peça antes de sair, o que passou por sua cabeça exatamente?

– Que era mais confortável.

– Confortável? – mais uma olhadela para o tribunal. – Por que não colocou uma outra peça qualquer, só que mais resistente?

– Protesto!

– Porque todas as minhas calcinhas são da Maika!

O tribunal se alvoroça e vira um fundo desfocado, enquanto aparece o slogan e o locutor lê:

Maika. Confortável e sensual. Até demais.

A CABINE

Ir ao trabalho é uma experiência totalmente diferente hoje do que era, digamos, cinquenta anos atrás. Na maioria das vezes, com um desses bons empregos (cushy jobs, eu sei inglês), você não precisa sequer sair de casa. Não gasta com transporte, e o mais importante: não corre o risco de ser atacada por hordas imundas no meio do caminho. É muito melhor. E eu passei numa entrevista. Tudo bem que para temporária, mas passei. Vieram na minha casa, montaram a cabine, forraram-na com fórmica, instalaram o equipamento, ligaram-no à rede e hoje é dia de começar.

Eu acordo, escovo os dentes, tomo café preto, visto a parte de cima do uniforme e fico com as calças do pijama – não importa, não mesmo. Entro no canto da sala onde está a cabine de trabalho e bato o ponto. Trabalho numa bilheteria. Quem for à bilheteria de verdade será atendido por um hipercorpo sólido à minha imagem e semelhança. Muitas pessoas usam isso hoje em dia, o que, se você parar para pensar, é engraçado. Não dá para saber se meu hipercorpo está falando com outro hipercorpo. Suspeito que pouca gente vai "de corpo presente" ao cinema, a não ser aqueles que querem "a coisa real" ou coisa assim. Mas, ora porra, cinema não é exatamente para...? Deixa pra lá.

Pouca gente sai para qualquer coisa que seja. Tem muito mais gente morrendo de fome lá fora; claro que isso explica eles se rebelarem e saquearem os infelizes que saem na rua, mas não é por isso que vou deixar de me precaver. Estou recebendo bem, o emprego é seguro – não em todos os sentidos, infelizmente. Agora a comida vem em casa, não preciso nem descer até a praça de alimentação, eles deixam a caixa de pizza ou comida chinesa ou o que seja na barriga da porta, pois é, que nem um canguru, e eu enfio o pagamento pela fresta, quando já não foi pago pela rede.

Descobri como controlar o h-c mais precisamente; ele pode copiar meus movimentos ou fazer os dele, que são bem interessantes. Por exemplo: meu h-c ainda sabe fazer espacate, enquanto eu perdi essa flexibilidade há tempos. Olha aí o backflip perfeito dele. Na verdade, ele consegue ganhar qualquer competição de ginástica olímpica.

Agora que completei um mês eles me deram um contrato. Que coisa rara. Não ser mais temporária. Emprego seguro-seguro. E receber um contrato em letras miúdas. É melhor eu ler direito isso, antes de assinar.

Caso sejam encontrados defeitos e/ou alterações e/ou quaisquer danos provocados pelo CONTRATADO ao HIPERCORPO®, diz o contrato, caberá ao CONTRATADO o ônus dos reparos e/ou reembolso da EMPRESA. Ei, essa é boa. Diz que você só deve usar o hipercorpo para fins de trabalho.

Claro, deve ter muita gente que usa o coiso pra dar uma passeadinha.

Assino ou não?

Veremos.

Fiz meu h-c sair do cinema e do "complexo de entretenimento". Sair dali não é tão difícil, entrar é que são elas. Deixei meu hipercorpo passear pelas ruas, fui guiando o bicho e vendo o que ele via. Caminhei sobre a impensável colina de lixo do "complexo de entretenimento" (quem quer ser gari hoje?). Dois ratos correram perto de mim.

Vejo pessoas famintas. Eu vejo as pessoas famintas, e há tantas... meu Deus, há milhares e querem comida. Não tenho comida.

Fugi correndo de lá. Meu h-c corre muito. Corra, h-c. Não tem graça mais e ali está outro grupo. Eles estão comendo, não devem me atacar. Mas o mendigo pega o braço do meu hipercorpo e joga-o no chão. Só posso assistir. Brincadeira cara. O mendigo procura entrar no meu hipercorpo, mas agora ele é um monte de metal inútil. Não sinto nada. A última coisa que eu vi lá foi o mendigo torcendo os metais, irado.

E aqui me meti num processo milionário. Acho que vou visitá-los de novo. Definitivamente.

CAMPO MINADO

– Sim, só que agora não quero ir... Estou jogando campo minado.

– Larga essa partidinha.

– Eu sei, só que estou viciada; isso é viciante.

– Qual seu recorde? Tá jogando Intermediário, Experiente?

– Personalizei o maior campo possível e coloquei cento e oitenta minas. Faltam vinte e sete minas. Como você pode ver estão acabando as minas. Aqui tem um dois-três-dois, são três minas, viu, vinte e quatro. Chegando num ponto em que os cantos são os únicos lugares a explorar. Aí eu tenho que partir pra adivinhação.

Ele se afasta, se senta e encara a parede longamente. Acende um cigarro. Ele está pensando na vida, isso demora um pouco. Ela lhe dá tempo. Mas não todo o tempo.

– Você, você aí que está curtindo uma tristeza curável. Eu fiquei pensando em como o ser humano é sujo. Sim, somos sujos aos nossos próprios olhos e fazemos sujeiras, mesmo quando confiamos ou confiam na gente. Isso não é curável. Prefiro a minha droga do que a sua.

– Para de jogar isso, não está te fazendo bem.

Atenção: isso ocorre em apenas meio segundo. Faltam apenas quatro minas e ela está concentrada em ambas as atividades. Atenção: ela vai ter que chutar; vai chutar e clica. O quadrado cinza se torna vermelho com uma mina e mais três minas se revelam.

O solzinho fica com os olhos em asterisco. Ela mete o dedo em cada mina e recita...

— Errado. Errado. Errado. Errado! Você não vê? Eu estou consultando o horóscopo. Eu estou tentando resolver minha vida estrategicamente. Tenho que aprender a não pisar em minas nem em merdas. Eu tenho que ganhar esse jogo!

— Sua vida está tão ferrada assim?

— Quer saber porque cento e oitenta minas? É o nível de dificuldade da minha vida. Pronto, falei. É difícil. Você fica aí curtindo sua tristessezinha de merda, enquanto fico aqui, com um grande monólogo num clique de mouse, e sentindo que fodi com tudo! Eu fodi com tudo de verdade, você já teve alguma vez essa sensação?

Ele olha fixamente para o cigarro entre os seus dedos, sem considerar colocá-lo na boca.

— Quatro vezes.

— Eu explodi minha vida tantas vezes que não me lembro! Eu clicava em tudo quanto era quadrado. Eu acreditava na intuição! E o pior, na intuição feminina! Eu trepava com qualquer pessoa! Porra, se eu achava um cara maneiro eu fodia com ele literal e figuradamente! Bom, você me entendeu. E se o cara era escroto eu era fodida literal e figuradamente idem!

Ele apaga o cigarro e se aproxima.

— Me desculpe, mas você é ruim demais nesse jogo.

— Joga uma.

Ele topa o desafio. Clica aqui, clica ali, perdeu com noventa minas.

— Nada mau. Mas você não é um expert. Não tenta falar do que não sabe.

Ele deixa o recinto. E ela volta a jogar.

Luci Collin

Luci Collin nasceu em 1964, em Curitiba (PR). Tradutora, poeta e prosadora, publicou *Estarrecer* (poemas, 1984), *Espelhar* (poemas, 1991), *Esvazio* (poemas, 1991), *Ondas e azuis* (poemas, 1992), *Poesia reunida* (1996), *Lição invisível* (contos, 1997) e *Precioso impreciso* (contos, 2001). Tem poemas e contos publicados em antologias literárias no Brasil, nos Estados Unidos e na Alemanha. Dos prêmios que recebeu destacam-se o da National Library of Poetry (Estados Unidos, 1997), o da International Society of Poets (Estados Unidos, 2000) e, por duas vezes, o de Melhor Autor Paranaense no Concurso Nacional de Contos Prêmio Paraná.

?ESCALENO

Em F amo as expressões equilibradas, a habilidade em elaborar enredos riquíssimos para descrever pequenos acontecimentos abalando assim a estreiteza dos cotidianos, emprestando luz ao fosco ao embrutecido. E quando vejo a sua boca dizendo sobre a vida, me orgulho de pertencer àquele universo, me alegra saber que os toques daquelas mãos muitas vezes vêm em direção ao meu corpo e que encontra, F como um todo, conforto e talvez júbilo também em como eu nos exerço. Amo a serenidade do rosto que compreende meias-palavras, que conhece e respeita a profundidade dos olhares perdidos em nada, que sabe e recita odes em silêncio. Há conforto quando me diverte com sutilezas, quando levanta risos sinceros dos quase imperceptíveis. Em F amo o discurso do corpo que frequenta o meu, antes, que harmoniza com o meu com delicadeza singela, que revela o encanto das melodias simples e repouso num inteligível que me faz sempre bem. De F preciso da placidez dos encontros, da proximidade no escuro, dos olhos reconhecendo nos meus a maneira invisível como o tempo se alastra pelos olhares, contaminando de lembranças, tristes muitas vezes, tudo o que se vê. Empresta dignidade e nitidez àquela sensação de entendimento que só os cúmplices podem ter. É magnífico o fruto do amor que F faz vingar em mim, é sólido é manso é confiável é maduro é translúcido é belo é único é absoluto.

> O polígono mais simples e que inspira mais
> confiança, o triângulo foi considerado por
> Platão o elemento-chave para a compreensão
> do Universo e de todas as coisas.

Teria vagado no deserto até enlouquecer por tanta inexistência ao meu redor Teria tomado o veneno que existe no escondido do armário do banheiro Teria fincado aquele punhal no próprio peito Teria me flagelado até ver sangue até sentir tamanha dor e a vergonha do desespero que o esquecimento de mim me extinguisse enquanto alguém Teria andado na madrugada até o ar gelado não chegar e eu nunca mais respirar Teria deixado a água tomar meus sentidos depois que meus braços desistissem de alcançar a margem Mas tendo você dito Sim finalmente agora eu ouço as minhas juras as suas juras as palavras abertas explodindo as palavras ingênuas a fome e o desespero das vozes o que sussurram as frases perturbadas loucas mesmo perturbadoras E a minha língua a sua língua eu faço as surpresas brotarem da boca dos lábios que eu não sei serem seus serem o infinito, já que tento medir com meus beijos e me perco e recomeço e me perco e a aventura é sem fim e as minhas mãos não sossegam e eu quero me apoderar de maciez e contornos e entender pedaços que soçobram mas perco nesse jogo perco porque inexistem regras e vale só o que seus odores determinam o que os seus olhos encenam.

> Polígono de três ângulos e três lados.
> Porção de plano compreendida entre três
> linhas retas, que se cortam e que
> terminam nos pontos de interseção.

Não devo amar N e não amo. Não amo em N o que vejo e sinto e sei precioso em F. Mas desejo, insanamente desejo e é uma incompreensão misturada com êxtase, é um descaminho que conscientemente se traça, um despropósito marcado pela finitude da sede dos corpos que prescindem parâmetros para existirem. Não conheço de N essências e nem divido com N aquilo que entendo lá por dentro. Mas acordo e penso em ter aquele corpo e passo as horas naquele delírio das ausências e passa-se o dia e é noite de novo adormeço e faço de N o objetivo dos sonhos e acordo e penso em ter aquele corpo. Enlouqueço, possivelmente. Não é justo olhar F nos olhos. Não é lícito beijar a sua boca – é o mentido. É indecente abraçar F no escuro. Sinto uma impureza se espalhando através de tudo o que digo. E não é justo apenas ficar em silêncio. E é claro que não devo amar N e não amo. Mas quero. Perdidamente anseio por aqueles beijos malditos a única possibilidade de sobrevivência.

Os pontos de interseção das retas que
limitam o triângulo são os vértices, os
segmentos limitados pelos vértices são
os lados, a perpendicular baixada de um
vértice ao lado oposto marca a altura
relativa ao lado considerado.

Inebrio N com frases faço reverberar em seus ouvidos o despudor dos adjetivos impuros e o corpo de N aprecia o descompassar dos sentidos vibra e eu me delicio e eu queimo e perco o sentido e recupero o sentido apenas para constatar: isto é tão irreal que nada além deste momento existe. E a minha filosofia é tão ridícula que rio, que gargalho, que calo sem pretender aclaramento. Então existem só os sons doces e os encantamentos tornados eternos pelos beijos e tornados imediatos pela sofreguidão do indiscursivo. Pelo abismo que nos circunda e pelo ar sufocante que é a atmosfera do quarto e por aquela tristeza felicidade que sempre impregna o exercício do desejo louco. Nesta escuridão negrume treva cegueira, no invivível no desmesurado no generosamente belo e infame toco N e penso ter N por inteiro. E só neste breve momento sinto o quanto tudo existe.

Os três ângulos e os três lados de um
triângulo constituem os seus seis elementos
principais. A soma dos ângulos de um
triângulo é igual a dois ângulos retos.

Se F dissesse se ordenasse se gritasse Vá embora Vá embora já, eu tentaria fazer as malas mas estariam sempre vazias se F mandasse Vá eu levaria uma dor indescritível e saberia ser o começo da minha própria dissolução. Mas F não diz nada. Terá talvez vivido emoção parecida, obsessão como a minha? A sua será uma alma muito mais nobre que dissimula a compreensão do que acontece? A sua será uma alma fria? Ou benevolente? Sem respostas apenas olho de longe observo e penso o quanto amo a integridade de F e desprezo a minha dissipação.

> **A superfície de um triângulo é igual ao produto da base pela metade da altura. A área de um triângulo é igual ao semiproduto dos números que exprimem a base e a altura.**

N diz coisas ridiculamente imprecisas, desconhece quase tudo a não ser o imediato, o vulgar, a obviedade do seu discurso chega a machucar ouvidos. N tem uma limitação condenável, é incapaz de enxergar nos silêncios, desconhece o indescritível e a vida ao lado de N deve ser irremediavelmente monótona e medíocre. Dito a mim estas sentenças para que me orientem para que me forcem ver como N é em si o próprio absurdo e depois vejo N se aproximando e vejo as mãos maravilhosas e a boca e a voz e os relevos e as exigências e o gosto e aquelas sentenças com as quais tentei forjar as mentiras se estraçalham contra as pedras tendo despencado do alto de um precipício que eu nem diviso pois enquanto isto acaricio a pele de N e esqueço dos absurdos que engendrei. Esqueço que jamais deverei amar N e o que faço tem muito de irreversível.

> **Um lado qualquer de um triângulo é menor que a soma dos outros dois e maior que a sua diferença. Considerando-se os lados do triângulo desiguais e sendo S a sua área, qual a maior distância: entre o ponto dado e f ou entre o mesmo ponto e n?**

F nada diz. F a quem amo e de quem preciso. F a parte tangível o equacionável. A sensação de segurança o senso. Devo argumentar? Sobre o quê? Devo ir embora? Tentar esquecer envolvimentos e deixar a história sem final? Apagar rostos talvez, recobrar um rumo? Rever cálculos? Abrir o jogo? Devo tenho a obrigação de dizer a F o que se passa? E o que se passa? Em F amo as certezas. F a solidez de que preciso. Não devo amar N e não amo.

É noite de novo e eu faço de N o objetivo dos meus sonhos.

KOZMIC BLUES

Ouvir vozes quando é um solo de guitarra é solidão. Esperar que a porta se abra. Suspirar é solidão. Não falar em corpo. Repetir o mesmo gesto. Repetir. Não saber dizer se repetiu o mesmo gesto é solidão. A paisagem igual a umidade por dentro o fogo o frio. As cores que se abandonam. As mãos que envelhecem, os toques melhores que aguardarão para sempre. A folha tombar no outono é solidão.

Microfonia.

Alguém tossindo na plateia. Ruídos num pianíssimo. Uma poltrona que range. Desafinar na noite de estreia. Sob as luzes. Desafinar em todas as noites subsequentes. Atrasar um tempo. Comer um compasso. Estar circundado de não pode ser é solidão. Chorar no escuro.

Plagiar.

Quebrar um copo e não precisar varrer os cacos. Uma corda que arrebenta no meio da melodia perfeita. Cair de joelhos sem ter nada a dizer. Ouvir a série harmônica. Não ouvir a série harmônica. Janela de quarto de hotel. Dicionário onde se espera encontrar como se diz "eu gostaria" naquela língua remota. Varal vazio. Ritmo da colher no prato de sopa. Ouvir a própria voz compondo finais de frases medíocres. Tudo isso.

A mecânica da representação.

Seguir atentamente as coordenadas até a próxima estação e descer no lugar errado. Descer carregando peso é solidão. Escrever a própria história com mistérios. Ver ondas indo embora e esquecer que sempre cumprem voltar. Resumir as coisas da vida em uma página e meia. Pensar nas horas em que o coração existiu sendo alegria. É com certeza.

Na água que evapora, o lentamente é solidão.

O silêncio que soterra os objetos. Mantos imensos de vidro. Magma. Força da lava veloz que só se pode aceitar. O transparente que existe por si também é. Estar longe do porto de onde se parte de onde se chega de um onde. Enxergar tanta água. Catar por entre os escombros da noite o vago ainda de um sorriso. Desconsiderar que se nasce do fruto é solidão.

Cisco no olho.

Ter um medo palpável do tempo que perpetua estragos por dentro. Ter medo da resposta e da pergunta. Planta sem água. Água sem sede. Relógio sem corda. Ferida exposta. Mosca contra o vidro. Vidro de veneno. Asa quebrada é solidão. Fogo na floresta. Chave sem fechadura. Estrada que virou um labirinto é solidão.

Suor é a maior solidão.

A fome ensurdecedora não dimensionável é. Detalhes vinte cento e oitenta vezes a mesma cena. O diamante que aguarda na caixinha escura escura e o macio daquele escondido também é. O nome da coisa sem porquê é solidão. Querer aplacar as pretensões de infinito. Os restos da festa as garrafas vazias o canto da sala as sobras as flores e os copos em silêncio. As paredes impregnadas de apelos monódicos. O respirar solene um ar cansado. A pedra sobre o estar é solidão.

O maestro baixou a batuta. Pensar em como será o longe nos olhos miúdos dos pássaros. O baixista disse "três".

Sou um lugar onde eu nunca fui.

MINHAS FÉRIAS
(refluxo da consciência)

O médico disse que eu nasci com um mal súbito. Meu pai era ateu e alcoólatra e minha mãe era devota de Santa Julieta de Cortona.

Perfeita mesmo é a goiaba pra qual não se encontra nem rima. No livro do meu tio que tinha estudado Filosofia dizia: "Essenciais à liberação do espírito de ideias opressoras por meio da Arte é a compreensão dos mecanismos psicofísicos gerais da exteriorização de fenômenos internos, as regras da existência autotélica, a ornamêntica, a razão manifestativa e as evanescentes franjas da intuição em virtude do abalo do irrealizável". Rasguei a página escondido e peguei pra mim e até hoje eu leio porque achei sempre bonito. Meu pai era ateu e cafajeste e minha mãe era devota de São Volfango e teve só um filho. Sempre tive vontade de comer abricó mas era caro. Prenderam Cecília, casada com Valeriano, na sala de banho da casa dela para que morresse asfixiada pelo vapor. Ela sobreviveu e então um soldado foi destacado para decapitá-la. Foi no ano 230. A prima da minha mãe se chamava Mariamália e era uma enfatuada (o vô dizia isso), só se vestia de branco e fumava com uma piteira, e todos falavam "É uma pernóstica", "É cheia de empáfia", "É cheia de nove-horas", "É um cu". Não ia nem no cinema pois tinha nojo de sentar onde tinham sentado antes; punha um lenço pra sentar até na casa da gente e no fim pegou uma doença de pele, não vi como ficou mas disseram que foi feia a coisa. Além dos girinos, pra me distrair nas férias só aquele livrinho da vida dos santos e espiar pelo buraco do muro pra ver as pernas da Claudimira. Nunca via. Ensinaram a mãe que era bom passar açúcar nas mãos pra ficarem macias. Fiz e dá certo. Uma vez tomei uma sova do pai porque o Ferroviário perdeu pro Vala Verde. Meu avô materno era Vala Verde. Sempre achei mariamália parecido com maria-mole. A primeira mulher que eu dormi era uma vagabunda com peito caído, acho que era velha e eles davam as velhas pra iniciar a gente; depois o que viesse era lucro. Eu tinha quatorze pra quinze. Meu pai era ateu e não quis dar nome de santo para o filho. Rima pra figo é fácil. Pra pera ainda não sei. A Mariamália tomava banho de leite de cabra na banheira da casa dela. O médico que disse aquilo que eu falei no começo era o dr. Hélio Justi e ele tinha um caso com a enfermeira a Elcina eu sei porque ela trabalhou dois meses na casa da minha avó que era mais ou menos rica e no fim nem era tanto e a tal moça tinha até estetoscópio e maleta médica e uma caneta de prata e receitava na vila onde morava, onde era chamada de dra. Elcina. Meu pai era ateu e bêbado e minha mãe era costureira, claro, e devota de Santa Eustóquia. Sempre tive vontade de tomar leite de cabra mas era caro. Receitava mais chás e simpatias, a doutorinha Elcina, e então não tinha tanto perigo que medicasse e também sabia medir a pressão sanguínea ao que se referia como "tirar pressão". Rima pra goiaba: taba, morubixaba. Ensinaram ela a mascar um pedacinho de cravo antes de atender quem ia provar roupa lá em casa, era bom pro hálito. Nunca fiz. As ruas das putas não são calçadas porque o Governo não pode pagar as pedras. Ficou especialista em tirar pressão e faziam fila pra ver ela que nunca cobrou um centavo por nada. A criação do piano-girafa data de 1810; com dois metros de altura ele não teve aceitação, li nas Notas Introdutórias. Esqueci de contar que na vagabunda faltava uma lasca de dente na frente. Meu tio que tinha estudado Filosofia teve uma filha com seis dedos na mão; meu avô era o único que sabia falar polidáctila direitinho. A dra. Eucina (*sic*) medicava gratuitamente por dom de medicar. No rádio deu que pepino em rodela era bom pra tirar olheira e a mãe fez porque tinha. Tive que ficar mais de uma semana sem tomar banho porque toda vez que eu abria a torneira me vinha aquela frasezinha: "Eu me vingo dela tocando viola de papo pro ar" e depois não sabia o resto da música e tinha que ficar cantando só aquilo o dia inteiro. Sempre tive vontade de comer fios de ovos mas era caro. Sebastião, engajado nas fileiras romanas, mesmo sendo um dos oficiais preferidos do imperador Diocleciano, foi espancado até a morte. Minha mãe tinha curso completo de corte-e-costura, um diplominha roxo com moldura trabalhada pendurado na sala onde recebia as freguesas e uma coleção de moldes pra todo tipo de traje. Pelos motivos já apresentados desde o médico nunca pude estudar o que queria mas comprei um manual daqueles simplificados que era, segundo O Autor, "um atalho no caminho espinhoso da aprendizagem musical". A Tica sentou em cima de um dos filhotes porque ele era meio abobado e matou ele. Depois encontrei uma resposta científica pra aquela frase da música ficar na cabeça:

quando a água do chuveiro cai sobre a gente acontece uma grande descarga de íons (positivos, acho) que nos libera uma vontade louca de cantar. A Helenaura parou de comer cenoura porque comeu tanto que a mão dela ficou laranja e aquela história de só comer verdura era coisa de comunista, comentavam. A gêmea dela, a Helenita, largou o curso de datilografia e não quis mais, disse que ia tentar bordado de Varicor. Um cachorro lambeu as chagas de Roque. Benedito era escravo. Adriano da Nicomédia foi esquartejado diante da esposa Natália. Diziam que meu tio que estudou Filosofia e teve uma filha com seis dedos desmunhecava, mas casou e tudo e a casa da tia era bem limpinha, acho que ela nunca teve queixa do marido não cumprir função. Sempre tive vontade de comer marzipã mas era caro. Chamavam a Helenaura de "ripe", ou qualquer coisa assim. As mulheres que sorriem de graça têm as pernas consumidas por cansaço e morrem precocemente de tanto esperar nas esquinas nobres e sujas. Meu pai era ateu e não parava empregada lá em casa, nem as feias. O Autor mandou: 1) Estudar muito lentamente, sem se deixar levar pelo prazer de tocar depressa; 2) suprimir movimentos inúteis; 3) observar que articulações exageradas e lentidão são os segredos da velocidade. Louvadas sejam as ruas das putas pelo que têm de irretratáveis. Na presença do Imperador, Jorge nega-se a idolatrar deuses pagãos e é decapitado (fim do século III); é uma lenda que tenha matado um dragão para salvar uma donzela. Meu avô falava "folguedos", "moça-dama", "convescote" e "genitália" e nunca era ridículo na boca dele. No mesmo dia que a Tica deu cria vieram contar que meu pai tinha engravidado a enteada da dona Lilota, a Suze, que era meio pancada. "Lê-se a música na pauta da esquerda para a direita", disse O Autor; o livrinho (chamava de "opúsculo") foi escrito no ano de MCMLXI. A casa de Jerônimo foi invadida pelos hunos (século IV); ele voltou à vida de eremita no deserto. Uma vez parou uma empregada seis meses lá em casa, tinha a perna forrada de varizes. Minha carreira musical começou e terminou com Cielito Lindo. Não tenho irmãos já que o filho da Suze morreu atropelado com a idade de seis anos e era pancada como a mãe dele. Meu pai era ateu e bêbado e às vezes

140 Geração 90: os transgressores

chegava em casa de táxi. Arioso quer dizer melodioso, o bequadro anula as alterações precedentes, a fusa é o dobro da semifusa, copirraite é o direito de impressão; tinha tudo isso no glossário do opúsculo, pacientemente organizado pelo Autor. A Mariamália chamava a gente de "os primos pobres", a Wanda contou no aniversário da Canuta. Meu avô também dizia "atoleimada". Bartolomeu, igualmente conhecido como Natanael, andou pela Arábia e Pérsia, indo até a Índia; foi esfolado vivo em praça pública. As mesmas teclas que percutem sons secos e estridentes podem produzir melodias apaixonadas, disse o sujeito. O Naldo fuxicou que a Detinha era filha da mãe dela com o meu pai. Fui contar pra mãe mas peguei ela chorando na cozinha quando cortava cebola e me deu pena. Inês, denunciada, foi levada para uma fogueira mas o fogo, milagrosamente, se apagou; a coragem de Inês permaneceu inabalável, até que alguém, num golpe certeiro, fez rolar sua cabeça. Estudiosos conjeturam que teria treze anos quando morreu, no século III. Pro cheiro da cebola sair da mão nunca soube de nada.

NOIR

I

No escuro as palavras não existem não têm por que existir as palavras não precisam. Sendo nem sim nem não nem certos nem sabedoria apenas abandono irreflexão um inominável mesmo o divertimento numa fuga a mímica do coração que escondido agora o que se abre feito enfim ser sem. Que nunca seja tarde a isto ao que se dá a quem que nunca seja tarde assim mesmo a cada vez aquele íntimo olhar olhos fechados este sem rumo uma vagueza boa este sem jeito este ser sem ter mesmo que ser. A cada vez esta primeira vez. Que nunca seja nada nem seja apenas si de tanto a mais. A minha consciência nua absurda crua primitiva inventa sorrisos únicos inventa melodias inventa exaustões e estrelas e a noite acorda a noite faz-se ver. As luzes morrem mesmo aquelas que se contam em bilhões de anos em bilhões de anos-luz que mentem que falsificam versões luzem eternamente tremeluzem enfraquecem-se fingem existir e nós elaborando as existências nossas delas fingimos igualmente acreditar que nunca morrem os azuis que são como se fossem nossas sensações desimpedidas quando se abre aquela caixa quando se abre aquela porta quando se deixa escorrer entrar. Se a noite acaba a noite não acaba nunca se você está aqui se estamos se não está onde está. Onde está? É só uma pergunta ingênua inapelável tosca inconcebível mesmo. Na escuridão as palavras movem-se sem olhos tateiam superfícies e desprezam a necessidade do acerto. Pudesse vir soubesse concedesse desse e eu soubesse adivinhasse conseguisse cobrisse a cama o tapete os cantos as cortinas de flores recém-molhadas de pétalas dizendo-se. Tarde mesmo a chuva foi embora as nuvens se conformaram há aqui. Há apenas aqui e se não for verdade é apenas uma pergunta é uma garganta de onde surgem desejos sofismas teorias incomunicáveis aquilo que jamais se pode mesmo dimensionar. Exerce-se a solidão das roupas num universo escuro recém-criado as mãos são imensas os braços são gigantescos as mãos murmuram como uma essência se faz. Nem nada more aqui nem nada mais acabe que tenha sido deixado nem nada diga-se. A si. A minha inconsciência um apelo um gato sob a aventura das vidas para sempre mudo um objeto largado num sótão uma sombra uma corrente de ouro dos tolos imagens com que batizo os meus olhos são camaleões são aqueles mesmos poentes iguais que nunca se repetem. Eu via cair as tábuas da casa eu vi as folhas caindo eu vi a escada ser recolhida a chave girar eu escuto eu vejo a cartola sendo mostrada sem nada dentro e então existe tudo o que se pode ver e o que não se quer e que se finge de escuro e escapa do imediato – no meio da noite de nada se sabe não se sabe de nada que não sejam o corpo único e o corpo dividido entre um outro as pernas entre outras pernas os braços sozinhos quando não se têm abraços são obscuros solitárias intenções são tristes. Se eu tocasse até até onde se então pudesse colher. É uma certeza de noite é uma certeza de múltiplos é uma certeza de insanidade infinita e cálculos que recuperam o princípio do círculo das perdas das paixões das frases que se reconsideram. As matas queimam e de nada adiantam esforços cumpre apenas olhar aquela música das chamas de nada adiantam bússolas neste quarto as matemáticas só podem diminuir portanto espanto tamanho e deixa-se estar. É só uma pergunta que isenta-se de fins e meios. É só uma garatuja uma imaginada sentença o máximo que se consegue ver na parede no muro nas catacumbas nos subterrâneos nos perdidos tempos longes porque sabem de tudo o que é noite de tudo o que é escasso de tudo que redondo pulsa de tudo que é imediato de tudo que é imensamente confesso. Deixa estar. Deixa estar.

Deixas.

Basta esta luz esta luz que foi apagada basta esta escuridão.

II

Um interminável. Fiz. Tudo o que eu disser será usado contra mim num tribunal. Podia ser dito com flores. Mas as flores não existem. Preciso agora acreditar que não existem flores para que eu possa sobreviver. Quero sobreviver e preciso agora acreditar que as flores não existem não existem flores quero sobreviver. Das minhas mãos nascem desenhos eu perpetuo o tangível então faço uma eternidade dos traços e então sobrevivo e no escuro eu desenho pétalas elas formam uma beleza inconcebível e depois passo tinta por sobre eu que quero sobreviver. Das minhas mãos nascem sentidos melodias traços eu eternizo compassos e então sobrevivo. Pentimento. Não existem flores como não existem noites inteiras de amor como não existem verdes absolutos como não existem azuis definitivos no céu como não existem discursos que não envelheçam leis que não prescrevam como não existem traços que não envelhecem nos rostos.

Nada do que eu disser será usado. Nada do que eu disser será usado a meu favor. Nada do que eu construir inventar esconder disfarçar com um lindo papel de presente onde transbordam dourados e votos amabilíssimos com um laço em cima com uma fita caríssima nada do que eu disser terá a eficiência do brilho daquele papel de presente porque por dentro o que eu disse.

Só isto. E depois de aberto, ora, depois de aberto o presente, depois que se sabe o que há dentro, depois que não se pode tomar nas mãos algo que não existe então nada do que eu disser será usável segurável proveitoso. E o coro dirá que isto um crime. O que eu calo para sempre. Publique-se.

Você vai me render flores e rimas. E depois vai converter em vaias. É como receber um buquê com o cartão errado. O moço da entrega se enganou apenas.

Embora não se perceba dada a conformação mimética dos discursos máscara sorrindo eu morrerei coberto de feridas sangrando por dentro e por fora um grito nenhum na garganta. Lá fora freios rangendo. Lá fora as hastes humílimas destituídas das antigas flores. E as pedras sendo amontoadas. E os freios rangendo. Em infinito silêncio, num trabalho secretíssimo e absoluto, as chagas se multiplicam. Embora não se possa perceber. Embora quase imperceptível a respiração é ainda o limite. Desfaça-se a luz.

A escuridão existe para proteger o invisível.

Os cachorros sonham em preto-e-branco.

Inveja do cão.

RUÍDOS

Agora perto do portão, o musgo cresceu,
diferentes musgos, profundos demais
para serem removidos.
Li T'ai-Po

Você falava sobre meus cabelos e eu brincava de acompanhar as linhas do teto. Sem que se percebesse a tarde reproduzia a noite e então os dias curtos acontecimentos se resumiam no cúmulo das gargalhadas sem motivo e de repente na borra dentro do copo e de repente no espanto das estratégias. O muro cinza que nascia da janela era tão impressionante e não tínhamos mesmo mais nada o que conversar, a não ser que talvez as mariposas voltassem e as danças de salão. Comíamos precariedades já envelhecidas que restaram algo sem gosto. O ruído foi feito para ser diálogo: existíamos. A forma da palavra desconhecida. Eu acreditava muito em você – me fornecia razões para as coisas (o muro, a janela); queria acreditar: você, as coisas, o muro, a janela.

[Vrai et faux: dans une fête perpétuelle le faux brillant destiné à faire connaître la représentation d'un vrai diamant demande où vont les pluriels sans stratégie.(?)]

Quando começou a chuva foi divertido porque as papoulas. Os alimentos (vestígios, semifrases, incisos) acabaram. Outros contudo apareceram; brotaram daquele buraco insondável que espera quieto na pia; abundavam também no espaço fertilíssimo dos cantos. Vinham da chuva, sabíamos. O muro começou a ficar verde: musgo sobre ele. E o musgo foi enchendo nossos dias e nossos olhos ficaram totalmente verdes dele e eu fiquei individualmente verde. Com nitidez o muro verde fortíssimo. Com nitidez a representação fazendo prescrever plurais pulsava vencia. Reclamando do gosto evasivo das amoras, as cuspiu. Os retalhos grudaram na parede compondo um desenho apavorado. Olhei a fruta humilhada tive pena. Dor súbita no estômago, devolvi tudo o que havia ingerido. Foi assim que reencontramos o alicate. E também o pequeno vaso de cristal desaparecido há tanto. (A chuva continuava.) Recolhendo as coisas todas para si, você começou as cantigas. Gostei daquilo e então passou a cantar muito baixo. Tive que adivinhá-las apenas. Isso lhe perturbou, acredito: construiu a parede maciça entre o lado onde eu estava e o lado onde você estava. Levou as coisas e deixou para mim muro e janela.

[Silence in shape of words. Nothing to please. Nothing to use. Bare parenthesis. Mere hypothesis. Imperfect in form and content the empty speech in form of seeds.]

A solidez da parede desmerece a música dos crisântemos, a integridade da delicadeza que pode por certo existir: o frio da parede.

Um estrado, frágil, forte, assim me sentia. As cantigas recomeçaram. Ouvi meu nome em uma delas. Cantava, cantava tanto. Nenhum ruído depois. Então decidi o imenso: comecei a desfazer a parede pouco a pouco; às vezes tombavam partes significativas. Reuni pedaços – olhava para aquilo – e o pó da parede toquei, lambi, fiz escorrer pelos dedos. Com o tempo não haveria mais lado de cá ou de lá. Enfim através daquele vão aberto tentei tocar você: não poderia mais. Usara a saída subterrânea?

[El personaje errante presupone una tentativa. Eco y reflejo, espejo y abismo, ondas invisibles, sobre-entendidos, ignominias. Tudo es búsqueda. El ojo es una arma sobreviviente.]

Senti uma fome nostálgica como se tivesse tido asas e inventei histórias cenas de filme onde vi desfilar aço do alicate, cristal do vaso e a reticência dos tapetes. Por último você. Olhei as amoras evidentes e ainda. O que aconteceu? Aconteceria? Desconhecer as palavras certas os significados se escondem dentro do cofre cujo segredo é somente um som puro. Sésamo. Festa perpétua em que os convidados calam-se à chegada do rei que jamais chega. A chuva parou. Das gotas nasceram pequenas sedas. O muro, de tão verde, se transformou em floresta.

SECULAR

O corpo era velho e nada que se pudesse fazer sobre isso. Mas o homem vinha. Às vezes cansados, rostos duros, olhar restos e sem-cerimônia. Não havia notícia de sorrisos genuínos. O ambiente abandonados perfumes cheiros daqueles que se esquece fácil. A parede pode ser pra sempre fria. Desconhecida ameaça, deixara o tempo sagrar sulcos e irrelevâncias, rezar nas conversações sem sentido. O corpo dela era velho e sequer pressentimentos. Olhava a pele sem adjetivos próprios não pensava em nada. O homem vinha. Às vezes diligentes, o esforço para tramar maravilhas. Havia notícia de espasmos. Para ela os ecos.

Focalizava detalhes do quadro na parede um dia rosa. Nunca lhe pediram troco. Acariciava a pele descrente. O que sabe sobre si: vende fatias. E nada que pudesse pensar sobre isso, mover pedras, rolar pedras, esquecidos constrangimentos postos no fundo de um rio. Vende às vezes traças quase invisíveis aderem criteriosamente aos corpos que ali se deitam. Leito. O corpo dela era único e frestas sem filosofia. Ciência de desconsiderar o tangente e o irregressível. Olhos alheios e nada a falar sobre isso. Nenhum registro de paixões impagáveis no passado, nenhum bilhete desdizendo amores. Apenas assistia à flexão dos verbos. Corpo ser todo dia. Era pública. Manejando a faca silenciosa o enredo leiloava retalhos fantasiados de delícia. Sábia pantomima. O homem vinha. Desfiavam asperezas, frases mal-ajambradas. Mas não se sabe de vezes em que se tenha pensado em esquivas. Acariciava peles fossem cavalos bicho qualquer eram sempre um. O corpo envelhecera e ela pensou no preço. Talvez existissem mesmo pressa e o tempo inextenso. A alvorada é sempre na mesma janela. Agora pensou no vinho que envelhece. É sempre solitário o que existe dentro dela. É sempre desacompanhada a certeza de que às vezes vira o que quer que fosse próximo e belo. Ensaio sobre tocar o sem-cabimento. Desapego e tudo-nada. Mas o homem vinha. Esqueciam flores, frases sem sujeito ela pensou talvez em pedras. Não há notícia de pretéritos que ela se inaugurava toda vez que a porta abria. Vende o mesmo olhar insuspeito velho e escura escuridão fundo do rio. Vê as flores na colcha, vê as flores no azulejo, vê as flores sobre seu corpo. Pensa: um destes dias qualquer. Mas não hoje.

O homem vinha.

VISIONÁRIO

A intensa e ousada febre corpo e amor que eu congreguei com você tento compor agora em lembranças metafísicas, antologizo, rebusco, tento regredir ao **autêntico** mas é tudo apenas ético e retalho, ressaca, **altar** saqueado sem os ouros, matéria invariável e fixidez do tempo sobrevivido só na concha. Errática clepsidra.

E **o telegráfico** eu tento transformar em barroco e mesmo assim falta muito, o mais minudente trabalho de ourivesaria é longe de ser **o inefável que se conseguiu entre abraços**. A lição da noite é a transgressão e eu um horizonte cômico econômico invisto em traços pretendo prover de liquidez os parágrafos tento cunhar **as expressões de um levante de uma insurreição das ondas** mas mais nada é grave mais nada **o vermelho que se aproxima** mais nada **os múltiplos planos** mais nada **a fonte onde se bebe com sede de bárbaro**. A composição que pretendo vem de um tão longe, paisagem remotíssima, o regresso impossível fica sendo esboço, estranhável essência depois da conversão do **céu desfragmentado que sorriu**. E **o bilhete** eu tento transformar em vários tomos, transformar **o seu sorriso** num filme numa exposição de óleos águas-fortes aquarelas em inconfundíveis licenças e a escrita nunca obedece ao projeto, é inconciliável **a efusão verdadeira** e o agora tão tosco que se exagera em detalhes que se rebatiza sereno é menos. O imediato do verbal é um exílio. É a condenação é a ruína ao que falta **a leveza de seu inspirado ofuscante desembaraçado imaculado gozo**.

Deste lado agora estou aqui sem tradução sem lua sem olhos sem oferenda sem sentido. A casa toda toca Brahms. A **sua eternidade** revisita a minha memória e entra apenas um pequeno fio de **luz** de vez em quando, quando entra. Apenas um pequeno **molde de flor, sussurros** esperam na sala, **naquele** mesmo **sofá**, eu vejo **a minha mão repousar sobre sua pele** é apenas uma imagem num vitral é apenas uma linha que se fantasia de **certeza**. Ouvindo fantasmas a agitar **bandeiras** a fazer soar os **tambores** a perguntar sobre as horas, ao redor vejo só os imóveis. Meu pensamento grita um corpo e as sobras são tão precárias e indistintas que nada, nem uma janela uma penumbra uma transparência povoa o apenas aqui e, limitando o intento final das coisas, me assusta. Brota no ar a gênese de um sentido e eu opero uma diligente vigília aos **seus detalhes olhos o resto todo** rodeio **de suspiros de palpáveis da cabeça aos pés de completamentes**.

O mundo começando **naquele pedaço do seu**. Tento recombinar **as inocências os ritmos** as sombras a noite abre-se em súbitos tentáculos e é triste. Cansaço de invenção. Ninguém. Vagueza de um álbum onde as fotografias deixam mostrar só os entretantos. Fósseis. Eu sinto o ar e é áspera a consciência das próprias narinas é como existir num castelo imenso onde as salas perfeitas acumulam estar sozinho um eco. Você me leva pela mão e eu apago céu e inferno faço vingar **o recíproco e fértil abstrato**. A noite vem a tempestade o navio ancorado os ouvidos da noite os peixes as ondas a viagem toda a extensão do que é triste se decompõe em alfabeto que forma palavras inapeláveis. Entreato. Minha sabedoria clandestina é feita de **pedaços úmidos** e **inexplicáveis** é feita de um cardume de uma **constelação** é feita de **anseios** de **desordens** de **arrebatamentos** de flechas de fichas perdidas sobre o feltro verde de **volúpias que assaltam** a criação concreta das coisas. Sagração das frases de ilimitada semântica.

Confidencio segredo o **nosso universo** e até as magnólias se surpreendem até as ondas se descabelam até a praia ri discretamente de mim e as algas e a areia e as longas crinas do corcel e até aquela antiga atriz os dentes amarelos da atriz que será encontrada sobre as águas.

Não importa. Essa noite encontro você e recupero **redondilhas mudez curvas regiões adormecidas mergulhos**.

Não importa. Essa noite transformarei aquele pedido de socorro em **festa** de deuses gregos em uma **poesia** que se bebe em **dança** da última **estrela**.

Não importa. Fiz em sonho **as asas um dia azul o veludo vinho dos lençóis** onde eu lhe quero ter onde os cegos clássicos enxergam onde a noite clássica nunca mais termina e **o nosso estado** sabota a condição morredoura que o tempo quer perpetuar por meio de suas negras espadas de suas regras medíocres de sua improlífica saga.

A grandiosidade, exigindo vozes, rege um madrigal extemporâneo.

Com palavras esculpi **você e o corpo seu aqui a obedecer cegamente as submissões** que eu invento. Os pássaros noturnos concordam: posso ter você assim modulação de uma lira que embora confessamente inobre e insana é inocente, atmosfera que respira pulsa multiplica peixes e profundidades – um deus me faz poder cumprir o mistério antigo: **você** figura alimentada cuidadosamente com os elementos óbvios do sonho. Existe.

Chamas crescendo corpo acima você canta eu sinto seu hálito ressuscita-se.

E **depois** então até o mar esquece ser definitivo.

Fausto Fawcett nasceu em 1957, no Rio de Janeiro (RJ). Artista performático e compositor, lançou três CDs e publicou *Santa Clara Poltergeist* (romance, 1990), *Básico instinto* (narrativas, 1992) e *Copacabana lua cheia* (narrativas, 2001). Fausto é também autor de sucessos como "Rio quarenta graus", "Garota sangue bom", "Brasil é o país do suingue", todas interpretadas por Fernanda Abreu.

O PACIFICADOR

I

Limpando o cocozinho dessa tcheca adolescente, bela tcheca adolescente esparramada numa cama de campanha da primeira guerra. Relíquia de mobília recebendo outra anatômica relíquia de garota traficada, eslava traficada tão profunda no teor da condição de criatura desgarrada. Higiênico papel com ilustrações de automóveis vou passando no assim chamado cu da tão branquinha escrava eslava, adolescente desgarrada tão branquinha vale muito no mercado paralelo que se nutre do despótico prazer de ver alguém em desespero se entregar às loucas regras da sobrevivência a qualquer custo numa selva de gincanas desgraçadas. Refinando a fera humana, refinando a fera humana. Quem sou eu – você pergunta numas de pedofilia ou perversão escatológica. Você pergunta – quem sou eu? Um traficante? E eu te digo – nada disso. Sou um pacificador. Escolho alvos pessoais de redenção. Trabalhei para polícias federais, ongs mundiais, serviços secretos, legiões estrangeiras, filiais mafiosas. Frequentei todos os ambientes de sujeira, loucura, adestramento e pesquisa humana. Refinando a fera, refinando a fera. Mas a fome de perigo e aventura não me deixou alternativa quando resolvi abandonar tudo e ficar curtindo apenas uma praia. Sou como aqueles caras que voltam da guerra e não conseguem mais se adaptar a rotinas sociais normais. Ficam meio desligados do parque humano. É claro que não é preciso uma guerra para que esse tipo de curto-circuito emocional, moral, mental aconteça, mas a probabilidade com ela é bem maior, talvez um astronauta ou gente de profissões perigosas, outras profissões perigosas. O que bate mesmo no coração é a clássica solidão de heróis de quadrinhos como batman, cavaleiro negro, surfista prateado. Solidão que jamais será curada mas pode ao menos ser aliviada voltando ao local ou aos locais onde ocorrem as degradações, os crimes e as fúrias sociais. Onde cada coração é um ralo de decepção, cada cérebro é uma fritura de ódio e ressentimento e sonhos de encanto devem existir ao menos num sanduíche ou num beijo de criança. Sei lá o que mais pode aliviar a solidão absoluta de todos os batmans que já foram prefigurados por dostoievskys e van goghs e kafkas e clarices lispector e cervantes e kierkegaards e nelsons rodrigues e becketts e joyces e augustos dos anjos e lovecrafts e conrads e melvilles e cruz e souzas, e também ele, o grande shakespeare, e toda a grande e infinita literatura mundial. Com tanta oferta humana, tanta demonstração e confirmação da capacidade humana de fazer maravilhas e atrocidades, o mundo caminha cada vez mais para uma paisagem mad max. China, estados unidos, europa, japão, rússia, brasil (ou algum conglomerado latino-americano) estarão funcionando como fortalezas civilizatórias enquanto áfricas e submundos fundamentalistas, cheios de máfias e conexões, vão botar pra quebrar configurando um mundo cheio de populações reféns do terrorismo de barganha negocista, ou seja: assim como os estados-nações, vários grupos paralelos também vão se apropriar de riquezas fundamentais para a vida urbana mundial, tipo água potável ou alguma espécie de erva componente primordial de algum remédio, e aí, meu amigo, vai ser foda. Sou um pacificador, e limpando o cuzinho dessa tcheca de nome petra, toda nua numa cama de exército da primeira guerra mundial, limpando o cuzinho dela, vou dando o serviço da minha existência maluca e te dizendo, leitor, que tô de novo na corda bamba como pacificador. Escolho alvos pessoais de redenção e essa garota heroinada, quero dizer, chegada numa heroína, é o meu alvo agora. Tem uma inteligência matemática violentíssima. Peguei a fulana num festival de cálculos que é realizado nas cercanias de moscou, próximo à avenida konzulskaya, onde fugitivas putinhas esfomeadas misturadas a divertidas safadas siberianas se aquecem como num cacho de garotas, deixando os traficantes de gente, os compradores e clientes a fim de fuder totalmente loucos com a visão. Avenida konzulskaya. Perto dali, num campeonato de cálculos, encontrei petra e pensei "essa vou mandar pra olga" – uma amiga que vive na alemanha oriental e faz triagem de fudidos de todos os naipes, desde malucos terminais que só viverão experimentalmente à base de drogas até hackers contaminados com varíola por agentes governamentais que não conseguiram convencê-los a parar de brincar de pirata contra o capitalismo, passando por criminosos normais e sociopatas de plantão. Na verdade ela é um agente duplo, pois dependendo da criatura o destino pode ser bem cruel. Se der pra voltar ao parque humano em forma de polícia ou campeão de alguma coisa ou mutante infiltrado tudo bem, mas se não... pode virar tranquilamente fornecedor de vísceras pra experiências. Petra certamente vai servir pralguma coisa, pois o cérebro da moça é potente e ela ainda pode improvisar disfarces como putinha de luxo. Estamos num hotel de três andares numa avenida chuvosa e, de frente pra ele, do outro lado da rua uma imensa boate – salão de jogos eletrônicos, abarrotada de telões imensos passando o último clipe de christina aguilera, toda cachorrinha pugilista de rebolado funk. A filha de equatoriano com americana descendente de irlandeses vai dançando e cantando e dançando num ringue e na lama, num ringue e na lama. Cachorrinha pugilista... No quarto, eu tomo um drink e minha visão escorrega num close pro whisky e, bem no fundo do copo, uma moeda muito antiga tipo espanha-século-dezessete vai se mostrando corroída, vai ficando destilada no seu valor histórico pelo encanto do malte que me faz viver um outro estado de consciência e foda-se, porque são tremendas bebedeiras que se apresentam no fundo do copo em cima da moeda espanha imperialista – porres de piratas e canhões detonando traidores ao mar. Volto do close cinema-século-dezessete na moeda do whisky e dou de cara com a exuberância do véu chuvoso atravessado pelos reflexos de christina aguilera. Nesse quarto existem espelhos enormes cobrindo as paredes, daí que dezenas de aguileras vão nos cercando enquanto a chuva desce que desce encurralando na loja-boate de jogos eletrônicos uma rapaziada ucraniana ou turca, ou sei lá como situar essa deliciosa circunstância de mundialização corrupta e promíscua que acontece de forma euforicamente contundente em lugares como natan, onde estou com petra, a bela vadiazinha matemática. Adora que os homens limpem sua bundinha como se ela fosse um neném de provocações eslavas e seu cu-de-rosa-vem seja um sorriso buraquinho inesquecível. Como situar essa deliciosa circunstância de lugarejo com três ruas, dez hotéis, vinte bares, três cassinos, duas lojas de armamentos, dois túneis de shopping clandestino e muito arame farpado, muito arame farpado em volta. Lugarejo faroeste meio terra de ninguém onde se falam várias línguas e se compra em várias moedas. Do fbi às farc, da disney à embraer tá todo mundo aqui, ou melhor, em lugares como esse onde as jurisdições nacionais estão suspensas e as negociações sorrateiras são animadas por muita diversão normal ou estranha e funcionam como o verdadeiro motivador da comunhão entre os homens e as mulheres de boa ou má-vontade. No quarto bizarramente espelhado (com exceção do teto e do chão, onde dois tapetes com o mesmo desenho labiríntico fazem as honras da captação visual), uma escrivaninha com busto de stalin e um maço de pautas musicais fazem companhia a um violino quebrado e a um baú com pele de urso. Aguileras rebolando refletidas enquanto a chuva vai batendo na janela sem cortina. Petra já está belamente vestida, misturando saia bielo-russa camponesa com blusa de lã tricotada na geórgia com motivos astecas, um casaco de caça mongol e botas do azerbaijão. Totalmente maníaca de automático comportamento profissional de puta cortininha-de-ferro resolve me mamar por mamar. Não consegue receber sem dar, apenas por hábito de explícita negociação afetiva. Habilmente pousa seus dedos de unhas grená nos pontos milimetricamente fundamentais do meu pau, obtendo um teor de ereção enlouquecedor.

Aproxima a boca da piroca chegando bem perto da cabeça enquanto fala baixinho, vai sussurrando pra cabeça da pica entre uma rápida lambida e outra beijadinha alguma reza eurasiana de inspiração erótica. De repente a outra mão pega o copo de whisky, ela sorve um gole e faz uma bolha de bebida destilada, soprando em seguida a bolhinha na glande, que fica assim dois segundos enfeitada como uma cobra astronauta enquanto ela explora o por assim dizer membro com chupadas laterais rápidas de lábios alcoolizados. Dois segundos e uau – uma sucção única de prospecção espermática (violenta mamada puxando de uma vez só a porra) feita pela eslava. É algo de outra vida kama sutra. Fica ali me olhando, acariciando a pica com o rosto, engolindo whisky com porra e me fitando com olhar maroto. Olhar maluco pra mim, olhar safado pra mim, olhar de superioridade, olhar de que idade pra mim? Dezessete anos não. Dezessete séculos de fêmea vivida me fitam entre aguileras espelhadas no meio da chuva. No radinho do quarto, animados rolling stones enchem de rock o ambiente roadmovie.

II

Rocks off, rip this joint, hip shake, casino boogie, tumbling dice, sweet virginia, torn and frayed, black angel, loving cup, happy, turd on the run, ventilator blues, just wanna see his face, let it loose, all down the line, stop breaking down, shine a light, soul survivor e BUM pé na porta do quarto anunciando a chegada dos aspones armados dos donos de petra (e amiguinhas e amiguinhos, porque tá cheio de garotinho e garotão na mão melada da densa prostituição) e foi assim – bum! enquanto eu lia os nomes das músicas do meu disco favorito de todos os tempos, exile on main street dos rolling stones – e quando eu tava simplesmente vagando a vista na capa do cd BUM! Bota zebrada assim, couro de zebra mesmo porrando a porta e eu e a tcheca desgarrada subvinte, ponto dezessete séculos de reencarnacões em videogames e arquivos policiais e sarjetas de autoramas, fomos, numa ânsia de paraquedismo ilusório, nos jogando pela janela entre tiros de espingardas cossacas. Pode crer, leitor, espingardas das antigas envolvidas com emaranhados chifres de bisões ainda infantis, por assim dizer filhotes de bisões com seus chifres enfeitando de forma emaranhada espingardas cossacas acompanhadas por artilharia mais moderninha de calibres hipernovos e pentes detonadores da morte com cem balas rápidas de perfuração espalhafatosa. Do segundo andar do hotel de quartos espelhados caímos na marquise de pano de um brechó de equipamentos cirúrgicos usados por charlatães medicamentosos que proliferam nessas estepes e montanhas e ermos lugarejos farpados. Despencamos da marquise de pano da loja rasputin e fomos pra tal loja-boate frontal cheia de videogames e telões com clipes de tudo. Sou um pacificador e escolho alvos pessoais de redenção pra cutucar minha solidão. Meu social é indireto e sorrateiro. É patético afeto voluntarioso que cutuca a vocação pra solidão de quem sempre frequentou os ambientes, as cenas, os colapsos da escuridão humana. Agora sou free lancer, sou um pacificador de almas à deriva, se é que elas, as almas, existem assim como o tal do espírito – mas esse é um papo neurológico assim moralmente místico transtornado que fica pra depois. Entramos no ambiente superlotado de lustres, cheios de pingentes gotejando coca-cola e os videogames gigantescos, quer dizer, a parafernália fliperâmica de várias e várias máquinas reúne verdadeiras hordas de alucinados apostadores jovens ou não, infantis ou não, tentando sobrepujar umas às outras, ganhar na marra da habilidade e da força de pulso as partidas, as corridas, as lutas, as perseguições etc. etc... Entre gotas de coca-cola caídas de lustres roubados da família romanov empurramos uns e outros pra tentar chegar aos fundos do lugar onde poderíamos tentar fugir, por assim dizer numa boa. Petra, do alto da sua condição de ruiva eslava, resolveu berrar e tirar a parte de cima da sua roupa mesmo naquele frio filho da puta. A visão pré-rafaelita da superlolita por instantes de segundos parou a ânsia de jogatina e chupação e drogação e conversagem de traficação ou simplesmente fica fica fode pra depois fugir daquele ambiente nebuloso. Deu um berro, foi tirando o casaco, a blusa de lã com figuras astecas e ficou de cachecol grená com os cabelos ruivos caindo sobre omoplatas inspiradoras de equilíbrio. Tempo de suspensão suficiente preu armar um bote no meio de uma rapaziada distraída e ela, mais que rápida, vem atrás. Uma escada surge no fim de um corredor. Descemos a dita cuja que é feita de madeira firme e antiga e num momento assim bem repentino surge um puta salão, um salão de boate mental com seletas pessoas plugadas a videogames e monitoradas com soro por médicos ou enfermeiros ou especialistas psiquiátricos que acompanham esse tipo de divertimento perigosíssimo, pois não se garante a volta de ninguém. É o coma induzido com complemento fantasioso de seriados, filmes, programas televisivos. É o salão das ausências mentais e visa a perscrutar o que acontece durante o coma, se há algo mesmo ou se o que rola é o nada absoluto da falência ou suspensão das atividades cerebrais. Esse salão faz parte de um circuito de lugares underground, quero dizer, clandestinamente científicos que fornecem piratamente, piradamente, informações para todos os cientistas e profissionais envolvidos com as tecnologias da imortalidade, o ramo mais avançado da, digamos, ciência atual. Você, leitor, vai me perguntar rapidinho que porra é essa de tecnologias da imortalidade e eu vou te dizendo que é o esforço conjunto de neurocientistas, biólogos, pesquisadores genéticos, fabricantes de próteses, implantes, biochips, especialistas em criogenia (conservação do nosso corpo por séculos em câmaras geladas especiais), centroavantes da clonagem, aventureiros botânicos do transgenismo, paleontólogos espaciais, exploradores de todas as técnicas que façam o ser ainda chamado de humano evoluir a partir de transformações mentais e corporais provocadas por potencializações das funções orgânicas. Não deixar que o conteúdo de informação vital contida na mente de alguém seja desperdiçado, abandonado com a morte. Tentar fazer dos fígados, dos corações, dos nervos, dos órgãos dos sentidos – enfim, fazer de todo o organismo uma máquina quase invencível na eterna guerra contra os vírus, bactérias, micróbios, invasores, parasitas desde sempre instalados, oxidantes que nos levam pro beleléu provocando o desgaste do material. Tentaremos fazer transplantes cerebrais ou guardar o eletromagnetismo das sinapses nalgum tipo de caixa-preta humana para ser inoculada noutra pessoa necessitada ou não de reforço mental pra sobreviver. Tentar driblar os primeiros sinais da morte, que hoje são encarados como definitivos, para que haja uma sobrevida de várias partes do corpo, principalmente a do cérebro. Domar os estágios da morte e realizar aquilo que a estética espírita e paranormal chama de metempsicose, ou seja, sair do corpo e vagar por aí nas ondas invisíveis, nas pistas invisíveis de tráfego de pensamento energizado. Fazer a vida de uma pessoa concentrada na caixa-preta do cérebro viajar para outra pessoa e para mais outra e assim infinitamente, noutro corpo, noutra cabeça ou mesmo dentro de um monitor humanizado de computador, pois aparelhagens com esse teor já estão sendo testadas. Monitores com interior carnal preparado pra receber sangue, nervos, oxigênio, cérebros. Tecnologias da imortalidade. Aumentar a potência orgânica das pessoas com experimentações de mutação no corpo e na mente.

III

A verdade é que nietzsche tinha razão quando disse que deus morreria, tornar-se-ia insuficiente como fundamento moral nos nossos corações e mentes (é só reparar no que as religiões se transformaram, meras patologias de consumo, calmantes emocionais pateticamente televisivos, máquinas de intoxicação ritual histérica monitorando a desesperança, a ignorância, a burrice existencial geral), sem falar nas perigosas estrelas da mídia mundial, as taras fundamentalistas de fé cega contra tudo que não esteja previsto nos seus, digamos, estatutos de comportamento. A fé é ou não é um tipo de hormônio, espécie de substância cerebral influenciadora do sistema imunológico e dos fluxos de emoções? Vamos situar isso logo pra acabar com essa aura de mistério – é que isso acarretaria guerras e mais guerras, já que entregues definitivamente a nós mesmos teríamos que fazer sangrar nossas convicções em conflitos de alucinada certeza ideológica. E o século vinte taí pra não desmentir o alemão. Só que na continuação da profecia de nietzsche ninguém prestou muita atenção. Ele disse que depois de deus seria o homem com agá maiúsculo que morreria, o tal humano universal que visa uma emancipação via refinamento do espírito, da nação, da educação, do entendimento inevitável entre os povos como uma conquista da tal razão libertadora e monitoradora de todos os escorregões irracionalistas e mistificadores – é o que estamos vivenciando todos os dias há pelo menos cinquenta anos. A eterna crise desse humanismo ocidental representado por estados-nacões, ciência-arte-burocracias de impostos, órgãos de regulamentação internacional entre os povos, progresso tecnológico, educação erudita-livresca como pilar da formação, do adestramento e da fabricação de seres evoluidamente humanos-consumismo-megaurbanismo etc... Sem deus e sem o humano imperativo estamos maravilhosamente jogados nessa dimensão terrestre tentando inventar confortos cada vez mais urgentes pra falta de sentido da vida que é o grande motor das nossas inteligências. A crise humanista manda no mundo e ninguém tem mais certeza de nada, nem de onde vem a próxima bala nem de onde vem a sensacional próxima cura ou solução para algum problema crônico. É nesse quadro de convulsão e carência espiritual que os tecnólogos da imortalidade chegam junto, oferecendo às pessoas ao menos uma vertigem de sensação a mais nesse mundo de tanta maravilha escondida mas muita mediocridade de subvivência mesquinha. Vertigem de sensação a mais com suas experiências genéticas, suas colagens cerebrais, suas transferências de personalidade e experiência mental de uma pessoa pra outra. Experiências com microscópicas máquinas alimentadoras de forças desconhecidas inscritas no dna de cada um de nós. As tecnologias da imortalidade são a nova coqueluche biofilosófica, anatomicopoética da dita humanidade. O ser humano que conhecemos – com todos os seus homeros e hamlets e capitus e otelos e engraçadinhas e einsteins e hitlers, napoleões, antônios conselheiros, gandhis e césares e toda a gigantesca fauna de tipos psicológicos, antropotemperamentos peculiares – enfim, esse cara já taí há milhares de anos gerando pequenas variações em termos de civilizações e tipologia humana biossocial. Cobra mordendo o próprio rabo.

Nós, os pacificadores, somos a guarda pretoriana da tentativa de imortalidade, capturando pessoas de intensidade mental única, vivência emocional violenta e capacidade de imaginação e abstração exemplares para fazerem parte de uma elite avançada de formação do novo ser humano, ou pelo menos do mutante inovador. Enquanto um batalhão de trabalhadores intelectuais, pesquisadores sociais, cientistas, voluntários de todos os tipos e profissões se esforçam na trincheira de transformação do planeta num lugar sustentável pra sobrevivência geral lidando com todas as dificuldades de interesses político-industriais-comerciais antagônicos, outro batalhão mais secreto, mais disperso e sorrateiro – os pacificadores – vai agindo pra produzir novos exemplares da espécie humana, ou pelo menos derivações potencialmente mais interessantes do que o normal humano atual. Os pacificadores são a elite de soldados supertreinados mental e fisicamente para aguentar a barra das situações-limite da vida na terra. Agora são responsáveis por outro comando especializado, muito mais instigante em termos de potencial humano.

IV

Toda essa digressão-janela de pensamento rola enquanto saímos do salão de coma induzido na boate dreyfus, situada num dos quarteirões de natan, lugarejo de todos os povos. Semiportão asiático central num fio de europa balcânica meio assim terra de ninguém, com todo mundo misturado e cercado de arame farpado. Escapando por um quintal cheio de sofás habitados por dobermanns acorrentados latindo sem parar, eu tenho realmente que usar minha quarenta e cinco dirty harry pra calar a boca de uns três. A turma de aspones armados que foram resgatar petra entra atirando na porra do estabelecimento e um dos puta lustres romanov cai em cima de uns dez. Fratura exposta de gente pisoteada e os perseguidores se viram embrenhados numa luta desigual com centenas de frequentadores da loja-boate. Enquanto fugimos pela direita do tal quintal de dobermanns, petra é atingida no ombro por um tiro meio do nada e eu também tomo uma azeitona no meio da perna meio vinda do nada – e, de repente, saídas do tal nada noturno, sete orientais armadas com rifles nos cercam e vão dizendo que agora sim, tinham caca decente. Petra, puta com a ferida, pergunta qualé em inglês de sotaque ural e uma das belas orientais militarizadas explica que elas precisam levar alguém pros subterrâneos de buda khan, um traficante de viroses totalmente na vanguarda do terrorismo biológico – ou, como ele mesmo diz, negociações de preservação biossocial. Buda só trabalha com joias e tem nos relógios, colares, anéis e pulseiras os mais perfeitos agentes de contaminação de uma população, pois basta uma pequena circulação de dondoca ou nova rica ou novo rico ou milionário normal por algum ambiente fechado ou não para que num aperto de mão, numa roupa experimentada ou num beijo ou abraço ou simples roçar de dedos em notas ou cartões de crédito para que a bactéria assassina se espalhe com rapidez total e fulmine em cinco, seis, trinta dias – dependendo do pedido feito – grande número de pessoas. Buda khan é amigo de rajneesh, seu pai era assim com khalil gibran e lobsang rampa, o que dá bem a noção de camarada inteirado nos segredos anatômicos do espírito ou na atômica consciência universal concentrada em todos nós e que o tal muambeiro de viroses conhece muito bem – daí o sucesso do seu empreendimento digamos escuso, já que ele também tem negócios legais em nova york, no rio, na espanha e por aí afora, ajudando as pessoas a lidarem com a tal loucura estressante e consumidora do ego que caracteriza os muito grandes centros urbanos, usando suas joias reguladoras de chacras, os pontos básicos de energia no corpo humano. As sete belas soldadas de buda khan nos levam para os seus subterrâneos em natan onde ele se diverte e faz negócios uma vez por ano durante um mês. Dentro do hiperjipe pick-up pra onde fomos levados, as garotas retiram a bala do meu joelho com um bisturi de campanha e cauterizam a ferida com alguma pólvora. Fazem o mesmo com petra. Truques de sobrevivência militar na selva. De repente, um beijo anestesiante com um batom de gosto meio pêssego, sei lá.

Apagamos em segundos e acordamos numa espécie de caverna cheia de alicates-estalactites colados uns nos outros e torneiras-estalagmites surgindo de todo o canto. Nas paredes de granito, grafites fosforescentes de ideogramas chineses, japoneses, todo tipo de escrita oriental longínqua. Ideogramas interligados com figuras de mulheres guerreiras e tanques e rifles, tudo brilhando na parede pedregosa como se estivéssemos numa caverna de lascaux, caverna pré-histórica inventada especialmente pra buda khan. O próprio está jogando uma sinuquinha normal quando chegamos. Normal a não ser pelo detalhe estranhíssimo de ficar lançando cartas no ar pra alimentar uma espécie de lagarto-a-vestruz ou bode-réptil, sei lá, só sei que o bicho come direto as cartas do baralho, tem uma língua enorme e fica em cima de um tronco de árvore completamente estático, só abrindo a boca e pegando as cartas no ar. Quando buda khan nos vê entre as suas soldadas eróticas fica exultante. Chega junto e suas mãos se fartam de curtir a superfície macia da ruiva tcheca. Resolve então nos guiar até uma mesa redonda onde outras pessoas já estão sentadas. Deitadas nuas em círculo em cima da mesa, umas nove meninas de toda oceania ou ásia. Antes que eu me atreva a perguntar o que vai acontecer, petra diz que já participou de uma porra ritual dessas. É uma espécie de roleta-russa só que com bucetas pompoaristas especializadas em lançamento de coisas lá do fundo, lá do fundo. Numa palavra, é uma espécie de roleta-buça. Uma dessas garotas está prendendo no fundo do músculo vaginal um raríssimo escorpião de três rabos com veneno fulminante. A mesa vai girar e eu estou novamente adrenalizado por conhecer um novo ambiente e por levar petra pra olga, que vai colocá-la num circuito de vida muito mais interessante. Também vou levar a tcheca pra conhecer a manjedoura criogênica. Vai ser aberta a primeira cápsula de conservação de alguém que foi suspenso nos anos cinquenta. Voltei dos meus pensamentos entusiasmados para os subterrâneos de buda khan. Uma das pompoarudas joga um hamster na cara do primeiro. Alívio geral pra alguns e decepção pros mais sádicos, que andaram apostando que o escorpião sairia de prima. Outra concentrada de vaginação e um charuto voa na cara de uma mulher assim mexicana. Petra recebe uma aranha inofensiva saída de outra aranha e também fica aliviada. Depois de mais cinco rodadas, sobramos eu e um argelino. Na verdade, essas mulheres ficam vaginando dois ou três objetos ou animais dentro das suas cavidades bucetoides (ou anais também, só que aí elas perdem feio pros travecas de rabo arrombado da indochina, que são mestres em lançar objetos analmente a distância), daí que não dá mesmo pra saber onde está o escorpião, mesmo depois de todas já terem expelido alguma coisa. E lá vou eu dar minha cara a tapa como alvo de uma buceta que antes de cuspir alguma coisa na minha face passa por um preparo de rebolado rasteiro que faz dessas mulheres princesas da sedução mais strip. Recebo um sapo na cara e não dá outra: o argelino dança tomando no meio da testa o tal escorpião de três rabos. Tremeu, tremeu e morreu ali mesmo.

V

Três dias depois estamos numa festa de iates perto de madagascar, costa oriental africana. Antes de levar petra para o centro de pesquisas tecnológicas júlio verne a fim de entregá-la a olga (não sem antes apresentá-la à manjedoura criogênica), resolvi passar nessa festa de iates clandestinos onde rola de tudo, de desfile de freaks pra serem contratados pra circo de horrores até compra e venda de tecnologia de ponta vinda diretamente dos laboratórios de empresas, governamentais ou não. O mestre de cerimônias dessa festa é acqualung, um índio brasileiro que ficou totalmente clochard, quer dizer, mendigo erudito pelas ruas da europa. Foi capturado por mim para as hordas técnicas da imortalidade. Possui um olho biônico com capacidade infravermelha e zoom absoluto a dois quilômetros de distância, uma câmera eterna passeando pelo corpo juntamente com substâncias experimentais revigoradoras do sangue, dos ossos e dos tecidos.

Acqualung – também conhecido, obviamente, por jethro tull (pra quem não sabe, o jethro tull é uma banda que ainda está na ativa, mas teve grande presença na mídia musical geral nos anos setenta como uma das estrelas do rock dito progressivo, unindo música erudita, música folclórica da britânia e rock. Acqualung – é o nome de um de seus discos mais famosos, de uma faixa desse disco e de um personagem que habita essa música – era originariamente xavante. Ele e a mulher foram contratados pra dançar e tocar percussão num conjunto chamado *a cara do brasil*. Acqualung foi com sua esposa batucar nesse grupo e chegando na frança apaixonou-se por um traveca sensacional, que por sua vez já tinha sido casado três vezes com mulheres de etnias e países diferentes, tendo com elas sete filhos, fora executivo importante de indústrias farmacêuticas e aeroespaciais mas resolveu ser dono de boate e benfeitor de transexuais de todos os mundos e submundos. Vendo a participação de joux joux rousseau (o tal traveca) no show da banda cara do brasil, o índio enlouqueceu de paixão e tesão estranho, e o pior é que a mulher também, e enfim o couro comeu entre os três numa paixão de foda e eremitismo sexual num barco atracado no rio sena. Belo dia, acqualung, que tinha aprendido inglês com uma americana indigenista de ong supramundial, acordou, olhou pra parede onde absurdos superoito projetados por dezenas de pequenas máquinas mostravam as trepadas deles, olhou pra cama imensa e nada de ninguém. Subiu pro deck e viu sua esposa índia companheira de sempre enrolada num cobertor. Ela disse que o cara tinha se mandado, foi sentir uma guerra lá no kosovo. Abandonara tudo por uma outra sensação. Roadpeople não é mole. Vendeu ou deixou tudo novamente para as famílias. Tirou os seios, remodelou a bunda e a face e se mandou pra guerra, totalmente homem de novo. Os dois foram atrás mas não passaram por certas fronteiras, e a índia queria brasil e acqualung só sabia que queria mais. A índia já meio alcoólatra mas muito muito esperta e bonita foi ajudando direto acqualung dançando enquanto ele batucava em tambores pelas praças e recantos das cidades europeias. Foi batizada pelo próprio acqualung xavante de serenata willis, depois de ter ganhado uma guitarra velha com amplificador e tudo de um admirador das causas terceiro-mundistas e da música brasileira e da sensualidade selvagem – tudo junto. As batucadas de falação exclamatória acompanhadas dos acordes dissonantes de uma les paul velhinha tocada por uma xavante seminua dançando sedutoramente viraram um must nas capitais e arredores da unificada. Foi tanto sucesso que serenata foi convidada para aparecer em revistas de mulher pelada, em boates de strip, em programas de tv. Os dois foram, mas um certo dia serenata apaixonou-se por um graúdo empreendedor imobiliário internacional que largou suas duas famílias por ela num arroubo paradoxalmente definitivo de paixão pela xavante. Hoje, serenata já é mãe e madame nalgum ponto da itália. Tem residência bacana nalgum ponto da amazônia também. Sempre se comunica com acqualung a fim de ajudá-lo (para sempre amiga) em qualquer coisa. Acqualung assumiu esse nome quando, andando de volta de fronteiras balcânicas, parou numa estalagem cujo dono era fanático pela rapaziada de ian anderson. O xavante ficou tão apaixonado pelo som, pelas letras, pela onda geral do que ouvia que raspou a cabeça e comprou uma barba e uma peruca compridas pra ficar parecendo com os componentes do grupo musical. Separado de serenata willis virou um clochard sensacional devorando livros que ganhava em troca de aulas de língua indígena pra certos interessados. Continuou com seus shows de batucada xavante de rap progressivo (misturando músicas do jethro tull com cânticos xavantes e de outras tribos brasileiras) só que agora acompanhado por vários laptops desregulados, uns dez espalhados pelo chão com suas luzes de recepção vazias. Era divertido vê-lo misturar em falação de dicção perfeita toda mentira de lenda indígena com trechos de shakespeare e seriado policial de tv servindo de conteúdo para enredos de aventuras que iam do araguaia ao danúbio. Brilhava nas avenidas e nos becos da europa unificada o xavante acqualung até que eu o descobri e lhe mostrei outras possibilidades de lidar com o seu senso épico absoluto. Numa missão de pacificador, meu contador geiger da inquietação brilhou e eu o levei para o quarteirão científico da rapaziada comprometida com as técnicas da imortalidade. Seção alemanha oriental. Agora fica por aqui totalmente madagascar comandando comércios, comendo aquelas putas da zâmbia ou do quênia ou do congo ou de onde eram mesmo aquelas que treparam com um porrão de aidéticos e não pegaram nada? Algumas delas estão nos laboratórios das tecnologias de imortalidade. A áfrica é um território à deriva, um campo de concentração e laboratório humano escancarado a céu aberto. O xavante acqualung tornou-se um pacificador também, e nessas feiras ele tem a chance de arrebanhar mais uma ou duas almas ansiosas pra nossa elite de inquietos. Presenteou petra com uma tiara de satélites, quer dizer, uma tiara-antena-de-comunicação com vários satélites por aí. Ela vem acompanhada de um monitor que cabe na palma da mão.

VI

De madagascar para o oriente da alemanha a bordo de um cargueiro militar inglês transportando, além de mim e petra, mais uma dezena de nômades participantes de projetos militares ou de assistência e pesquisa pelo mundo. Alguns delinquentes internacionais também estão a bordo e serão desovados nas cidades cujas forças policiais os esperam. São na maioria hackers, garotada informaticamente insolente e anarquista cheia de talento pra interferir em redes, fabricar softs e hards inéditos, além de falsificações de documentos e etc. Olhando a terra lá embaixo e toda a vastidão do cosmos acima e além, é impossível evitar a velha emoção de ser um ponto, sua mente ser um mínimo ponto de passagem para ondas de energias variadas, um microponto de microcosmo da tal imensidão e tudo bem, vamos em frente porque o golfo pérsico se aproxima e os monitores que transmitem as paisagens que sobrevoamos (quem quiser ver outra coisa aperta um botão e flerta com a programação de qualquer canal de tv mundial, mas a maioria gosta de ver o que as câmeras embaixo do avião com suas superpotentes lentes de aproximacão podem mostrar) nos apresentam porta-aviões e naves americanas em manobras de manutenção da vigília. Confesso que dá gosto ver as manobras americanas por uma questão de militarismo entranhado dentro da minha alma e porque, mesmo que de uma forma errônea ou equivocada ou sei lá, algum instinto de agressividade heroica ainda pulsa nos arroubos ianques. Sou um pacificador e todo pacificador tem senso épico absoluto; assim como um músico pode ter ouvido absoluto existem aqueles reféns da inquietação aventureira não apenas em termos de deslocamento geográfico, mas também no que diz respeito a uma megalomania de se pôr à disposição de todos os saberes e técnicas e condicionamentos. Para ser um pacificador é preciso passar pelo máximo de experiências sociais como numa espécie de ascese, processo de aperfeiçoamento espiritual só que em forma de gincana de circunstâncias sociais, você tem que ser um milionário durante um tempo, um mendigo noutro, meter-se em encrencas bandidas, ser policial, participar de experiências científicas como cobaia, ler e aguçar seu senso cultural como ninguém, viver casado depois abandonar tudo e ficar on the road, procurar profissões perigosas, e as mais perigosas são aquelas ligadas ao militarismo e às polícias secretas, um misturado com as outras. Oficial ou mercenário. Vou olhando o interior da aeronave de carga e vão se sobrepondo no meu campo de visão outros aviões, outras esquadras, rafs, luftwaffes, zeros japoneses, fiats da guerra civil espanhola, tupolevs, mirages, antonovs, b52, aviões totalmente invisíveis, helicópteros tomahawk, equipes de demonstração aérea russa com seus interceptadores sukhoi su-27, e novamente, no meu campo de visão da telinha, estão os f14 decolando pra treinamento no golfo. Você jamais será um pacificador enquanto não encarar seu instinto bélico, sua emoção guerreira, sua solidão antissocial, suas sociopatias. A real é que o mundo agora parece um quadro de bosch, um quadro de bruegel cheio de labirintos de negociações e mercados e etnias e subpaíses dentro de países e clandestinidades infindáveis de comércios e tráficos e arquivos x de segredos tecnológicos espalhados por máfias russas, por máfias chinesas ou asiáticas, e o mundo na real é um quadro de bosch, um quadro de bruegel. O estado perene de guerra que todas as civilizações sempre mantiveram não tá suspenso só porque não temos uma outra superpotência pra encarar os americanos. As guerras estão terceirizadas numa espécie de perigosa segunda divisão de conflitos abaixo daqueles determinados pelos estados unidos, principal nação do planeta. O estado de guerra, de persuasão absoluta está mais forte e paranoico do que nunca, já que ninguém sabe de que forma vão acontecer os conflitos – a partir de atentados variados, em nome do irracionalismo nacionalista, étnico, religioso ou simplesmente psicopata. E não me venham com islã nessa hora, porque esse islã terrorista é malhado, droga malhada – nada a ver com a pujança intelectual e estética de todas as mil e uma noites e otomanas temporadas de raridades árabes de excelência filosófica, matemática e estética. É claro que os americanos têm a ver com isso na velha medida imperial de excessos na sua hegemonia. Criou idi amins dadas e osamas, assim como fundamentalistas protestantes e puritanos tão malucos quanto. E treinou muito bem todos eles. Também é claro que nos excessos de negociação imperial o fator pró israel e o conluio com reis e comandantes feudais árabes pra manter vias abertas de penetração no oriente médio pesaram no surgimento de osamas mas definitivamente mercado, liberdade, consumo, indústria, democracia – tudo é melhor que histeria de teor feudal com molho psicopata. Esse outro islã tá mais pra facção punk de torcida organizada, comando de tráfico e etcéteras. Os olhos rútilos dos suicidas, dos homens-bomba, são os olhos rútilos dos torturadores e executores loucos que estão entranhados no coração do tráfico ou de quaisquer outras novas klu klux klans espalhadas por aí. E não adianta vir com antiamericanismo porque nunca vivemos sem algum império e todo império é arrogante, celebrador da sua potência de contribuição científica, tecnológica, artística, moral. Todo império acaba cheio de fragilidades que minam total suas resistências. Todo império gera o seu próprio alien, seu passageiro da agonia. Mas tem que ter império, senão não tem graça. O americano então, com todas as suas ligações comerciais, seus pactos industriais, suas negociações multilaterais, suas dívidas, suas falências, sua capacidade de recuperação, pode ter sua figura de atlas sustentando o mundo completamente comprometida por uma metástase advinda de subimpérios como a europa unificada (a que mais enche o saco com esse papo de antiamericanismo ou antimaçarandubismo americano. Logo ela que tá cheia de carnificina na sua cultura e junto com os americanos, via frança e inglaterra, é responsável por oitenta por cento da venda de armamentos no mundo, isso oficialmente), o japão mais asiáticos periféricos, a china, a rússia e, talvez, brasil e índia nalgum pacto inesperado. Isso tudo animado por zilhões de, digamos, estados paralelos espalhados por aí. E não me venham com antiamericanismo porque o âmago da vertigem cultural mundial há muito tempo passa pela força cinematográfica do consumismo tecnológico americano (com todos os reforços asiáticos e principalmente europeus). O mundo agora é um quadro de bosch e o avião de carga acaba de sobrevoar manobras americanas no golfo. O mundo, mano, é um fetiche americano.

VII

Petra dorme segurando um guia turístico com a foto de praga na capa. Pais separados e muito viajantes por conta das suas profissões internacionais. Sempre levando ela e o irmão ou separando os dois, que se acostumaram a estudar em vários cantos do mundo, várias línguas e também vários meses de solidão e desencontro com tudo, apesar das boas amizades sempre feitas e mantidas, e ela não sabe por onde anda o irmão e nem os pais porque não volta a praga há muito tempo. Muito tempo. Desde que se apaixonou por um camarada bem mais velho do que os seus quatorze anos e meio, e o cara nos seus trinta e cinco anos acabou também plugado de amores pela garota que, como já disse, tem pinta de highlander, e seu olhar demonstra isso, pois tem a firmeza e a serenidade de quem já circulou muito por dentro e por fora de si mesma. Os dois viveram um romance fugitivo porque o tal camarada tava devendo grana de jogo e ele era um bem-sucedido comerciante de móveis e cozinhas e escritórios planejados e mandava muito bem no piano ensinando petra, que já era iniciada, a desempenhar com desenvoltura todos os beethovens e mahlers e mozarts misturados com muita bobagem deliciosa de rádio. O cara foi assassinado e petra se viu levada para os porões da máfia russa de tráfico de adolescentes para a óbvia putaria escrava. Mas deu sorte a menina, porque acabou indo pra rua. Conheceu a heroína – a velha e boa guilhotina líquida das vidas à deriva (mas e o eterno prazer de dar um tempo dessa dimensão, dessa condição?). Desde pequena sofria de uma certa síndrome de pânico específico. Ficava totalmente paranoica e partia pra quebrar tudo que estivesse a sua volta, inclusive pessoas. Sem saber de seu distúrbio, os cafetões da máfia sentavam o cacete na ruivinha ou colocavam-na em solitárias improvisadas em caixotes de frutas. Ela, toda espremida durante dois, três dias, uma semana cercada de cães doentes de tanta raiva, latindo e mordiscando a porra do caixote onde ela estava numas de solitária improvisada. Deu sorte que mudou de dono e esse dono apresentou-lhe a heroína transgênica, tipo derivação feita em laboratórios americanos da verdadeira só que com efeitos mais específicos. Foi apresentada à droga que conseguia acalmar seu pânico seguido de violência desesperada. Deu uma namorada com esse facínora, conheceu lugares imprevisíveis no leste europeu, lugares óbvios no oeste europeu, na áfrica etc. Tudo sempre no pique de mudança de lugar pra negociar mais escusamente. A mente da ruivinha é um depósito de testemunhos de muitas coisas desconcertantemente terríveis em se tratando de humanidade. Mas também conheceu muitos lugares, muitas pessoas, muitos acampamentos de enfermaria ou ajuda internacional ou de simples reunião pra diversão ou ritual de conversa ou celebração que fizeram seu coração bater com um certo sentimento raro nela, o sentimento de comunhão geral e infinita com os da mesma espécie. Mas sempre numas de fuga. Até que eu a encontrei nos arredores de moscou. Lirismo turístico num avião de carga inglês. Algumas pessoas dançam num certo espaço do gigantesco avião. Por quê? Petra acordou e tá mandando uns hits românticos de elvis no piano, encostada próximo à porta de emergência. Lá embaixo, o nordeste da áfrica. Lirismo de ruiva tcheca num avião de guerra.

VIII

Não sei se é istambul ou ancara, mas de qualquer forma grande cidade turca abaixo da gente e um hacker, um bandidinho informático vigiado por um certo comandante aeronáutico, mostra numa telinha de celular centenas de milhares de câmeras ligadas vigiando populações em cidades supergrandes. De ancara ele muda pra lagos e depois buenos aires e londres e são paulo e rio de janeiro e detroit e los angeles e cidade do méxico e por aí vai. Só observando, trocando de canais de multidões noturnas ou diurnas. É muita gente, meu chapa. Seis bilhões. Não dá pra não desenvolver uma visão obscena dessa proliferação promíscua de tudo no planeta, principalmente de gente. Gente e seus produtos e energias de presença. Instabilidade, brutalidade, fatalidade são alguns dos cânones contemporâneos que brigam, dão carrinho por trás nos fundamentos iluministas, humanistas de liberdade, igualdade, fraternidade. Quadro de bruegel. Encarar as pessoas como fragmentos de vida à deriva em meio a intensidades simultâneas. Equações de gozo e destruição. A humanidade como um ensaio mamífero movido por fúrias de atração erótica e uma ânsia de recriar a natureza. Fonte de artifícios somos todos. Inventando, inventando, inventando. Muita gente. Acúmulo ambulante de personalidade geográfica com personalidade histórica com personalidade familar-profissional, acúmulo ambulante de temperamento sentimental com perfil de consumidor e é impossível não ter uma visão obscena da espécie olhando na tela as multidões nas cidades pulsando. Milhões de fragmentos de realidade entram incessantemente no cérebro como curto-circuito de estalos eletromagnéticos de percepção que se chocam gerando combinações e recombinações de realidade transmutada. A vida dentro do cérebro, no ambien-te da mente, dentro da gente vira veloz labirinto de mosaicos mutantes, ainda mais sendo fecundada por tanta imagem artificial, tanto cinema, tanto monitor. O mundo enquanto quintal da atividade humana é um labirinto de mosaicos mutantes. Sobrevoando o planeta e sentindo o peso do lixo espacial na atmosfera mas

174 Geração 90: os transgressores

também a vertigem de amplidão do cosmos, fico me divertindo na telinha do celular de hacker mostrando as massas de gente nas cidades do mundo. Sinto o ego dar uma dissolvida diante do cosmos, diante do planeta, diante das multidões. O avião chega no leste da alemanha. Olga nos espera.

IX

Descendo do avião dá pra ouvir o canto de joão gilberto turbinado em pick-ups numa rave, quer dizer, festa gigantesca em localidade inesperada. Essa é bem ao lado do aeroporto militar. João gilberto cantando lobão me chama, me chama, me chama, dinamizado por um baticum de lascar pedra asfaltada em rim de mamute. Frio pra caralho. Céu cinicamente lilás anoitecendo. Atravessamos a pista de pousos e decolagens bem espaçados, já que só missões especiais passam por aqui. Entramos num micro-ônibus com a bandeira da união europeia dirigido por um cara com camiseta do atlético de bilbao e um sotaque violento de franco qualquer coisa. Um basco separatista guiando um micro-ônibus com bandeira europeia no teto. Dentro do buzum, som ambiente com músicas militares, cantos da marinha, aeronáutica e exército de várias nações mixados sem parar. Non stop de hinos militares e comandos bélicos. Todo mundo ouvindo aquilo enquanto olha a paisagem que se apresenta cheia de usinas abandonadas onde estão instaladas algumas organizações de ciência mundial paralela e laboratórios de empresas ligadas às tecnologias de imortalidade. Todo mundo concentrado ouvindo marchas militares e vendo uma rapaziada subir e descer em elevadores panorâmicos por entre ferragens e torres e labirintos de contêineres transformados em salas de pesquisa e escritórios de administração. Muito arame farpado, muito arame farpado. Petra de repente me cutuca e aponta um caminhão desovando umas trinta figuras presidiárias que são imediatamente conduzidas para um túnel subterrâneo que começa dentro de uma pequena floresta. Um dos caras prisioneiros começa a babar e tremer e não tem jeito, engoliu cianureto pra não ficar ali. Criminosos urbanos, traficantes frontais, estupradores assassinos, enfim, todo tipo de facínora, elemento representante da violência urbana como fator normal de doença social contemporânea advinda não apenas de pobreza mas também de bombas-relógio emocionais, de ressentimentos e ódios e ânsias de consumo e mais que tudo pra marcar de forma sociopaticamente espetacular sua presença no mundo. A violência urbana, a violência humana na atualidade não têm razões que a própria razão da injustiça social desconhece. A verdade é que em muitas cidades, principalmente no terceiro mundo, a população classe média (os pobres ou fudidos de certa forma já sentiam isso) tá se sentindo encurralada por uma situação de insalubridade social temperada por uma quase guerra civil não declarada que transforma os espaços das cidades em campos minados de repentinos confrontos, de assaltos ou quebra-quebras ou ações pesadas de criminosos profissionais ou playboys da insanidade marginal que é no que se transformaram todos os jovens da bandidagem com sua ânsia de sangue pelo sangue. Dividem o troféu laranja mecânica com playboys da insanidade ricaça que há muito tempo agem por aí matando e surrando e matando e ficando livres pela grana da posição social e foda-se também. O que interessa é que muitos desses desgraçados furiosos são capturados por uma rapaziada vingadora que está oficialmente autorizada a trazer, de qualquer maneira, para o júlio verne esse lixo. É o comando charles bronson. Os bandidos participam de experiências sem compromisso com a sobrevivência, se é que me entendem. Quando não ficam nos esquartejadores pra transplante vão direto para as galerias botânicas onde ficam experimentando neolegumes, neoraízes, neoverduras, transgenismos gerais. Quem não sobrevive vira adubo pra novas empreitadas... O tal camarada do cianureto é um desses criminosos que vêm pra servir de cobaia pra testes com as novas coisas verdes engendradas, inventadas pelos feras da pesquisa botânica de transmutação genética. Esses caras são conhecidos como hiperbotânicos e às vezes perdem o controle das suas experiências – daí que corbeilles, musgos e trepadeiras gigantescas com teor nutritivo ainda experimental começam a subir pelas galerias subterrâneas e ganham as ruas do centro de triagem e pesquisa júlio verne, dando trabalho pra serem podadas rasteiramente.

X

Antes de nos encontrarmos com olga, levo petra para um passeio curto a fim de que ela se inteire com o ambiente. Ela adora uma gigantesca partida de xadrez que está sendo jogada num imenso edifício. Dois caras manipulando computadores. Um no alto do edifício, outro embaixo, é claro. O paredão do edifício de uns trinta andares está com um telão estendido como tabuleiro vertical maravilhosamente iluminado. A alma matemática da tcheca se manifestando, querendo participar, me perguntando onde tem mais e eu digo – fica pra depois. Atravessamos os gigantescos hangares cinematográficos onde superstands funcionam como cavernas de filmes. Você entra e fica inserido, em quinta dimensão, dentro de desenhos animados, ficções científicas, pirações intelectuais existencialistas, faroestes, documentários, musicais, terror, trashlândia e etcéteras. Vertigem total. Na saída, a exemplo dos mórmons que colecionam toda a producão intelectual do planeta em montanhas escondidas, lá está alexandria dez, uma construção arredondada toda em fumê verde-garrafa cheia de livros, bibliotecas generalizadas e, é claro, toda informatização cultural possível. O centro de pesquisa júlio verne é uma espécie de los alamos (cidade científica situada nos estados unidos) misturada com las vegas. Acabo de mostrar parte de los alamos, a parte científica espetacular do território, agora vamos dar um pulo na parte las vegas, prado júnior, rua augusta. Vamos tomar uns tragos no bar-sem-restaurante vaticana. É o ponto de encontro dos pacificadores. Ao som de rock anos cinquenta misturado com muita billie holliday e as tais mixagens de hinos militares, telões passam ininterruptamente seriados policiais de todos os tempos junto com filmes de guerra. A ruivinha chega comigo e vai logo se enturmando com duas garotas, uma inglesa e uma filipina, que ela conheceu nas quebradas da máfia russa de tráfico adolescente. Agora tão fazendo ponto aqui, mas sem pressão de maluco facínora. Ficam só um tempo enquanto trabalham como modelos de experimentação no centro júlio verne ou aguardam alguma convocação de trabalho militar ou policial. Algumas já estão bionizadas, implantadas ou nalgum processo de mutação. São todas escolhidas a dedo pelas suas capacidades mentais e resistência às pressões sociais. O bordel do júlio verne fica atrás do vaticana, numa espécie de condomínio ártico. São dezenas de iglus de dois andares cheios de chinfra confortável. Ficamos uma horinha no vaticana e saímos batidos rumo ao escritório de olga.

XI

Olga nos recebe carinhosamente e fica encantada do alto da sua quarentona beleza loura com o charme de petra, a ruivinha de praga. Olga já recebeu o cérebro de uma criogenada que sofreu um acidente e morreu logo após ressuscitar. Com duas pessoas dentro de sua mente, ela ainda procura se adaptar aos humores e descobertas da inteligência simultânea. Petra precisa de mais uma dose de heroína transgênica pra se acalmar e aguentar a nova crise de pânico seguido de fúria que já está vindo. Quando olga acaba de administrar a dose em petra, eu já não estou mais no escritório.

XII

A solidão do batman de dostoievsky chega no meu coração novamente e no meu arquivo emocional petra já está entregue à preparação pro melhor em termos de desempenho vital. Vou saindo pelo centro de triagem e pesquisa júlio verne rumo à pista de pouso. Pegar o próximo avião pra qualquer lugar já que tenho passaporte mundial. Exile on main street. Call me the tumbling dice. FUI.

Marcelino Freire

Marcelino Freire nasceu em 1967 em Sertânia (PE). Prosador e ensaísta, publicou *AcRústico* (contos, 1995), *eraOdito* (aforismos, 1998), *Angu de sangue* (contos, 2000) e *BaléRalé* (contos, 2003). Em 2002 idealizou e editou a Coleção 5 Minutinhos. É um dos integrantes da antologia *Geração 90:* manuscritos de computador (2001) e também participou da antologia *Putas*, lançada em Portugal pela Quasi Edições (2002). Possui contos e artigos publicados no jornal Rascunho e na revista Continente, entre outros. Em 2003 editou, com Nelson de Oliveira, a revista PS:SP.

VÊ CADA UM UM CADÁVER
(4 contos funerais e 1 de amor)

Para Jobalo

Primeiro:
Tá morto, é?

É?

Vai ficar fumando aí? Até quando? Esqueceu de mim? Acha que eu tenho todo o tempo do mundo? Que o mundo parou? Estacionou? Coitado de quem lhe chamou. De quem lhe mandou aqui. É o fim.

Parece que nunca sofreu no sacrifício. Nunca morreu na pindaíba. Socado nesse fiofó de mundo, meu Deus. Vai ver que é isso. Nunca foi à guerra por um prato de comida.

Não fala nada? Perdeu a palavra? Vai ficar mudo? O sol comeu seu juízo? E ainda pede pinga, o desgraçado. Dou a pinga. Não tenho medo. Só te digo um conselho: tanta gente precisando de emprego. Tanta gente na rua. No olho do desespero. Não reclame depois. A vida não foi boa, a vida foi uma merda só. Eu juro. Eu não vou ter dó, não vou ter.

Agora é pra valer.

Mostra ânimo, força, mostra. Morder fósforo não acende o fósforo. Babar até cair. Até fazer ferida nesse cigarro. Como pode? Esfumaçar até a morte? Depois nordestino reclama de oportunidade. Tem melhor oportunidade do que essa, me diga. Essa canja que Deus te deu, de graça? De mão e alma beijada?

Seu bosta.

Quem vê assim aposta que o diabo não tem família. Eu sei que tem. Menino e menina pra criar. Pra dar de comer e calçar. Não pensa em viajar para uma cidade maior? Fazer uma poupança para visitar o Ceará? Garimpar a estátua do padre Cícero, não quer? Rezar?

Todo mundo vai saber porque eu vou contar. Quem vai querer mais te empregar, me diz. Vou espalhar pelos cafundós. Você vai ter de procurar outra coisa para fazer. Sei lá o quê. Capinar, se matar cortando cana.

Dinheiro que é bom, nem pra cachaça.

Vai é morrer na vergonha. Atirado na primeira calçada. O povo mijando na tua cara. Isso quando não tocam fogo em índio, tá ouvindo? Tua cara não engana. Cara de tupinambá. Olho de tupinambá. Preguiça que veio da Amazônia, sei lá. Ou da Cochinchina. Preguiça que não leva a nada. Quer um balanço de cadeira? Uma rede? Um banho? Mais pinga? Quer, não é?

Tá aqui, toma.

Se der fome, eu trago um feijão com farinha. Um pescoço de galinha. Você é que manda.

Vai, anda.

Pensando em quê, posso saber? Pensar é tanto tempo assim? Pensar não tem fim? Leva uma vida inteira?

Ai, ai de mim.

É mesmo uma anta. Muito feio um homem pestanejar. Um homem sem saída. Eu não tenho mais o que dizer. Pra quê? Tenho pena de sua vida, pode crer. Você não merece a minha ajuda.

Meio-dia.

Vou começar a rezar uma Ave-Maria.

Vai ou não vai atirar, seu filho da puta?

Segundo:
Caderno de turismo

Zé, essa é boa.

O que danado a gente vai fazer em Lisboa? Bariloche e Shangri-lá? Traslados para lá. Para cá. Travessia de barco pelos Lagos Andinos.

Nunca tinha ouvido falar em Viña del Mar, Valparaíso. A gente não devia sair do lugar.

Quem já viu se aventurar na ilha do Cipó? Ilha do Marajó? Itacaré? Fugir de dentada de jacaré? O que você quer, homem? Sem dinheiro, chegar onde? Não tem sentido. Oklahoma, nos Estados Unidos. É delírio. Peregrinar até as múmias do Egito.

Que história é essa de cruzeiro marítimo? Caribe, Terra dos Vikings, Mediterrâneo? Enfrentar o Oceano Atlântico? Canadá, Canaã? Deserto de Atacama? Que besteira! Ir para Bali, Beijing, Xian, Xangai, Hong Kong.

Zé, olhe bem defronte: que horizonte você vê, que horizonte? Pensa que é fácil colocar nossos pés em Orlando? Los Angeles? Valle Nevado? Que língua você vai falar no Cairo? Em Leningrado? Nem sei se existe mais Leningrado.

Zé, esquece.

Nada de Andaluzia. Tahiti. A gente fica é aqui. Que Sevilha? Roteiro Europa Maravilha. Safári na África pra quê? Passar mais fome? Leste Europeu, Escandinávia, PQP.

Presta atenção: a gente nem conhece o Brasil direito. Bonito, Chapada Diamantina. Dos Veadeiros. A América Latina. Guiana e Guiana Francesa. Não existe beleza. Rota do Sol. Rota das Estrelas. Perca. Atrase a viagem, Zé. Não parta.

Você não vai para a ilha de Malta, não vai. Eu não deixo. A vida da gente é aqui mesmo. Sempre foi aqui mesmo. Não nascemos no Berço da Civilização, Istambul e Capadócia.

Zé, o que deu na tua cabeça? Ora, joça! Estamos longe de Miami, homem. Acapulco e Suriname. Nosso destino é um só. A gente não tem dólar. A gente não tem cartão. Deixa de imaginação. Você não tem medo de avião? Tanta asa que cai pelo chão. Atentado, bomba em Bengasi, doença em Botsuana. Zé, estou sendo franca: olha bem pra nossa cara.

Por que partir para a Dinamarca? Caracas? Cancún, Congo? Cachorro a gente enterra em qualquer canto. Enterra aí no quintal, Zé. E pronto.

184 Geração 90: os transgressores

Terceiro:
Maracabul

Toda criança quer um revólver. Toda criança quer um revólver para brincar. Matar os amigos e correr. Matar os índios. E os ETs. Matar gente ruim.

O medo é de brinquedo, pode crer.

Pa-pa-pá.

Gostoso roubar e sumir pelos buracos do barraco. Pelo rio e pela lama. Gritar um assalto, um assalto, um assalto. Cercado de PM por todos os lados. Ilhado na ilha do Maruim. Na boca do guaiamum.

Papai Noel vai entender o meu pedido. Quero um revólver comprido, de cano longo.

Socorro!

Ponho a boca do revólver na boca do garoto. Atiro se o outro garoto atirar. Pode tremer que eu não ligo. Chore se quiser chorar.

Eu sou um perigo.

Minha mãe fez frango. Tinha panetone. E o que mais tinha? Salgadinho. Mas não quero saber de tomar banho.

A gente se enrola na ribanceira. A gente se joga na brincadeira. A gente fica deste tamanho.

Quando eu crescer eu quero matar. Quem disse que eu quero morrer?

O Recife fica lá embaixo. Daqui a gente vê. As luzes do porto. O navio ancorado. Os homens soltando rojão.

Tiros de canhão.

O banho, você precisa tomar banho. É Natal. Papai Noel daqui a pouco chegará. Trará a arma. Nova, calibrada. De meter medo. Que tal uma pistola automática?

Meu amigo acha que o melhor é um fuzil. Uma dúzia de granadas.

Não.

Quero um revólver e só. Que estoure os miolos. Fuzile bem nos olhos. E pronto.

Acerte o peito dos outros meninos. A espinha. Para eles ficarem paraplégicos, tetraplégicos. Arrastarem a perna feito aquele rato, aquele gato. Feito aquela onda. Na praia, quando se levanta.

Mamãe me chama, diz que tá na hora.

A janta já está posta.

Coloco a cara na torneira. E a água leva a areia. E esfria o sangue. E os meninos, cada um treinado para atacar agora o refrigerante. Em bando. Atacar o panetone.

O quê?

Panetone.

Quem sair vivo do confronto, já pra cama.

Fico aguardando o presente. De repente, Papai Noel chegar enquanto eu estiver dormindo.

E sonhando.

Mamãe, este ano eu fui um bom menino, mas o ano que vem eu quero ficar rico. E ter um carro-forte, um carro do ano.

Juro que não estou brincando.

Minha vida de bandido só está começando.

Isso se Papai Noel não chegar atirando.

Penúltimo:
Após as mortes

Baixou no centro espírita. Queria falar com a mulher morta. Explico: o cara chegou lá, em carne e osso. Mais osso e osso. Baixou não no sentido de incorporar, entenda. Ele não era um espírito. Não era um fantasma. Um espectro. Nem voz penada. Era ele mesmo ali, bufando cachaça, meio tonto. Queria falar com a mulher à mesa-branca. Pálida. Desfigurada, sem graça. Todo mundo com medo do cara que esbravejava, possuído de uma raiva. Um demônio. Dragão infernal, beiçudo.

– Quero saber se Graça já mandou um recado pra mim.

A mulher dele, nenhuma palavra. Nada. É um absurdo. Bateu o punho à mesa, ridículo. Um recado qualquer de minha mulher e por aí. O médium tentando explicar que não é bem assim o fim.

– Ela sempre disse que chegando lá ia me mandar uma linha. A letra redondinha.

Até agora, nem vento ou arrepio. O espírito precisa de um tempo para elevação, alguém falou. Não adiantou. A mulher só faz três horas que foi embora, a morta. Mas ele não aguentou a dor, correu, quer saber notícias. Ouvir a voz da mulher, pela última vez. Receber um recado, pela última vez. Um alô, amor. A caligrafia miúda e tremida. De balconista. A mulher era balconista. A mulher era uma artista. Desenhava coração e poesia.

"Francisco, você é o homem da minha vida." Queria que a mulher repetisse, para todo mundo ouvir, ali. O amor é que é eterno. A morte já era.

– Uma linha.

Um anjo decaído tomou conta do marido, é isso. Claríssimo. Ele fazia gestos escuros, cuspia saliva vermelha. Um maligno cheiro de cerveja. Veja, por que o senhor não volta outro dia? Depois de amanhã, cedo? Se ela mandar bilhete, a gente guarda para o senhor. A gente liga para o senhor. A gente avisa.

– Tenho certeza. Minha mulher já chegou lá em cima.

Ele não sairia dali com a alma abanando. Não dormiria sossegado. Por acaso a mulher era espírito mau para ficar vagando? Já deu tempo sim de chegar à mansão dos justos. Onde? À mansão dos justos.

– Conheço a Graça. A essa hora ela já está na presença de Deus. Nem que entre pela porta dos fundos.

Bateu de novo. Toda a mesa estremeceu.

Possa ser que a sua mulher, assim que chegou, tenha sido escolhida para uma tarefa. Boa essa.

– Tarefa?

Sim. Espíritos privilegiados são assim. Mal chegam, já estão ocupados.

– Por acaso colocaram minha mulher para lavar prato, é isso? Roupa? Trabalhar para um bando de anjo preguiçoso? Deus sentado no Seu trono, pedindo suco de cenoura? Já não bastou o que ela penou comigo? Para criar os dois filhos? Essa não. Chegar no céu pra varrer chão.

Era muito desaforo.

Falou rosnando o cotovelo. Só podia ser coisa do tinhoso. Aquele homem não era normal. O seu nome é Francisco, não é? Pois Francisco não era Francisco. Quem estava ali era outro bicho esquisito. Um espírito imundo. Mofino. O anjo dos abismos insondáveis.

Senhor Francisco, alguém disse, calmamente. O senhor precisa descansar. Voltar para preparar o velório de sua mulher, é isso. Ninguém rezou, ninguém acendeu vela. A alma ainda está no corpo. Precisa ser encaminhada. A gente aqui, por enquanto, não pode fazer muita coisa.

– Balela.

Continuaram a conversa. Escute: Graça nem começou o caminho. É preciso que o senhor compreenda. Estamos prontos para ajudá-lo, mas o clima assim, pesado, não tem quem aguente. E se a gente rezasse, o senhor se acalmasse?

Pai-Nosso, o médium começou. Mas quando chegou na Ave-Maria, cheia de Graça, cadê minha mulher?, o marido perguntou, desatou a chorar, a urrar, a esmurrar com o pulso de novo no centro da mesa, o centro nervoso. Só pode ser brincadeira, alguém falou. Afinal, o que o senhor quer?

– Falar com minha mulher, porra.

E começou a se manifestar.

Silêncio, Francisco.

– O quê?

Estamos recebendo um sinal. O médium amarelo. A luz da sala foi sendo tomada por outra luz, por isso aquele movimento claro, escuro, claro. O coração do marido parado, nas nuvens.

– É ela, Graça.

Sente pelo cheiro do corpo. Pela fumaça do perfume. O zunido no ouvido, o beijo vindo de outro mundo. O espírito da mulher, até que enfim, estava voltando. Ele não havia dito? Bem que ele disse, hein? Não disse?

– Minha mulher jamais ia fazer isso comigo.

Sorriu, convencido, desarmado.

– Graça tinha prometido. Ela vai me perdoar por tudo. A vida que levei. Vai deixar uma mensagem também para os nossos filhos. Estou sentindo muita falta de você, Graça, muita falta.

Mas não era Graça.

– O quê?

Silêncio.

A voz que veio foi a de um homem. Voz grossa e meio baixa. É a voz de um homem, avisei.

Quem é?, perguntamos.

"Raimundo."

A voz foi além:

"Francisco, sou eu, Raimundo. Quem fala é seu amigo Raimundo".

Raimundo?

Pra quê? Ao ouvir o nome, o marido acabou de quebrar tudo, bateu na mesa o pulso do revólver, atirou três vezes para o alto, enlouquecido. Tição, bode preto, capeta, espírito imundo.

O amante da mulher ele matou dois dias antes, com dois tiros.

Último:
Viver

Primeiro foi o Cadu. Não lembro. Kiko, o meu primo. Não lembro. Tudo no banho do ribeirão. A gente ia mergulhar no açude. Lodo de caramujo. O Cadu foi o segundo, perto do campo. O segundo. A gente jogou bola. A molecada era só gritar que eu deixava o atacante passar. Minha lembrança de futebol é zero. Depois veio o Beto. Beto com doze anos. A gente ia jogar bafo. Essa figurinha é minha. E o vento assanhando as figurinhas. Passar a língua na palma da mão. O irmão do Beto também queria. O primo do Beto. Tem que completar o álbum para ganhar uma bicicleta. A gente se juntava e pulava o muro do cemitério. O cemitério quente. E as caveiras contentes. A gente chutava osso. A alma não doía. Aí depois eu conheci o Humberto. Humberto me levava para ver vídeo. E a gente discutia fotografia. E jazz. Humberto tocava saxofone. A gente desligava o telefone. E ficava aquela melodia. Humberto fumava maconha. Depois apareceu o João Gilberto. A gente foi junto ver o filme: "Não Lembro". Só sei que foi uma merda. Conheci também o dr. Salém. Nunca tive um amigo assim, bem mais velho. Aconteceu. Quando vi, viajamos para Nova Guiné. E Kawasaki. Não sabia que havia uma floresta fálica em Kawasaki. Depois apareceu o Hermes. Ele trabalhava onde eu trabalhava. E a gente saía para tomar um chope. E comer batata. O que me incomodava nele era o cheiro de cigarro. No cabelo encaracolado. Hermes morava na Pompeia. Não podia ficar tarde. Eu tinha de pegar metrô. Foi numa noite dessas que um assobio me convidou para descer na Liberdade. Segui o assobio. Lembrei de novo da floresta fálica. E do dr. Salém. Fiquei sabendo que o dr. Salém não está lá muito bem. Pegou uma uretrite. Faz frio, mas tudo bem. Eu enrolo um cachecol e meto as mãos no casaco. Passeio no centro. Marcelo eu conheci no centro. Marcelo faz design. Eu também gosto de garrafas. De rótulos. Latas. E de cadeiras italianas. Marcelo foi uma amizade mais longa. A gente chegou a dividir apartamento. Ele leva as garotas dele. E eu não levo ninguém. Saí fora. Segui o conselho da minha mãe e fui procurar um lugar só para mim. No Brooklin. Decorei a sala com umas plantas. E um quadro verde. Acabei de conhecer um arquiteto muito bom, antes de ontem. Rogério é o seu nome. Ele me deu uns conselhos a respeito de escadarias. De banheiros de cinema. Azulejos azuis. E amarelos. É dele o projeto da Praça do Choro. Da Passarela do Samba. Enquanto o arquiteto sumiu na bateria, fiquei pensando. Tenho certeza que agora, finalmente, conheci o amor da minha vida. Meu primeiro amor, depois de tantos anos. Aquele negronegronegronegro rebolando.

Claudio Galperin

Claudio Galperin nasceu em 1962, em São Paulo (SP). Formado em medicina, é prosador e roteirista de cinema. Publicou *O avesso dos dias* (romance, 1999), *Terra d'água* (em parceria com o fotógrafo Conrad Louis-Charles, 2001), *Os xeretas* (romance juvenil, 2000) e *Um dia, um ganso* (conto infantil, 2002).

O temor clínico do aniquilamento é o temor de um aniquilamento que já foi experimentado [...] e há momentos em que um paciente precisa que lhe digam que o aniquilamento cujo temor mina sua vida já ocorreu.
D. W. Winnicott

MÃES

verão

chuva mermão chuva da brava chuva chuva e mais chuva no couro chuva forte daquelas de fazer desaparecer até a sujeira do corpo de vagabundo ou de aleijado ou de sonâmbulo ou de qualquer filhadaputa vagando por esse inferno de cidade que faz o asfalto derreter igual o miolo da gente e depois ainda vem neguinho com cara de sonso se queixar da chuva como se pudesse ser de outro jeito com tudo que é sólido derretendo e as pessoas também derretendo e a pele descascando e desgrudando do corpo deixando uma farinha fina como testemunha da bebida e o cacete porque aqui tá duro de viver e tem que dar graças a deus porque sempre pode ser um pouco pior ou uma merda muito maior não viesse a chuva que acaba fodendo alguém noutro lugar qualquer mas que por aqui ajuda a esfriar um pouco o incêndio da carcaça da gente.

outono

"Um acidente... Tava bêbado... Tropeçou..."

A faca de cozinha enterrada nas costas. A camisa rasgada na gola e na costura da manga. Dois botões faltando. Um debaixo da cama; outro longe, no pé do armário.

"Um acidente..."

Sulco de dez unhas esculpido no rosto do amante.

Sêmen tatuado no lençol da filha.

"Tropeçou..."

inverno

Vila das Mercês. Da terra batida da rua até o alto da rampa de asfalto. Uma gota vermelha escorrendo lenta e decidida. Por debaixo do vestido. Pela face interna da coxa. Portas e corredores. Nenhuma janela. A médica é muito bonita. Deve ter tomado banho ainda há pouco. Cheira tão bem.

"Maria das Graças..."

para a primeira pergunta. O pulso fino. O teto branco girando com as paredes.

"... vou fazer doze no mês que vem..."

a mancha vermelha tingindo ambas as coxas. A náusea invadindo o corpo junto de um sono ruim.

"... aquilo, saiu de dentro de mim..."

com a voz sumindo. O brilho dos olhos fugindo para dentro do vidro de maionese Helmann's apoiado no colo da mãe.

JUSTIÇA

sete

Km 72. Limite do município de Cruz das Almas.

No bagageiro do ônibus, escondida entre malas e caixas, uma Menina se pergunta quanto tempo ainda falta para chegar em Jaboticabal.

seis

Câmara frigorífica. Ampla. Gelada.

Correntes do teto terminando em ganchos. Peças de carne suspensas.

O cadáver do Homem mutilado, sem roupa, estendido no chão.

cinco

Mata fechada, rasgada em fuga.

O Homem pisando galho, tropeçando no medo.

quatro

A porta, uma grade. Ferrolho e cadeado. Paredes de tijolo aparente. Chão úmido e sujo. O Homem encarcerado. A Moça guardando certa distância das barras.

– Ô Lúcia... Abre essa porta...

– Num posso...

– Pode sim... Você vem comigo... Eu gosto tanto de você, Lucinha...

Ela morde o lábio inferior, acena que não com a cabeça.

– Chega mais perto, então... Deixa eu contar um segredo... Só pra você...

Hesita.

– Vem...

Passos lentos.

– Isso... Chega aqui pertinho de mim...

Orelha entre as grades.

– Casa comigo Lúcia...

O hálito dele. O hálito dela. O beijo na boca. Os joelhos dele dobrando. Os olhos dela cedendo ao peso das pálpebras. As mãos do Homem deslizando pelas barras de ferro. As dela angustiando o pano do vestido. Ele abandonando a calcinha dela junto ao chão. A Moça içando o vestido. A ponta da língua do Homem abrindo caminho. O gemido dela:

– Jonas...

três

Golpe da tigela de alumínio contra a grade de ferro. A voz da tigela: Bléin... éin... éin... éin... éin... A voz do Homem: Tem alguém aí... í... í... í... í...

– Oi... – uma voz sem dono.

– Quem tá aí?

– É a Vilma...

– Ah...

– ...

– Que lugar é esse?

– O sítio do seu Lázaro...

– Parece cadeia... Puta cheiro de mijo...

– Aí é o canil...

– Canil!?

– ...

– Você mora aqui?

– ...

– Vilma...

– Quê?

– Você mora aqui?

– Eu só faço limpar...

– Quantos anos você tem?

– ...

– Vilminhaaaaaaa?

– Oi...

– Deixa eu adivinhar... Dezessete... Não! Dezesseis!

– É...

– É o quê?

– Dezesseis.

– Parece que eu já tô até te vendo, Vilma...

– Eu sei o que você fez...

– E o que foi que eu fiz?!

– Tá todo mundo dizendo...

– Tá todo mundo dizendo o quê, Lúcia?

– Eu me chamo Vilma...

– Eu sei... É que eu gosto tanto desse nome... Lúcia... Eu me chamo Pedro, mas eu gosto de Jonas... Você me chama de Jonas, Lúcia?

– ...

– O que é que todo mundo tá dizendo, Lúcia?

– ...

– Fala...

– ...

– Fala, porra!

– ...

– Ô, Lucinha... Aparece aqui pra eu poder te ver... Vem cá, vem...

– ...

– Você tem namorado?

– Não...

– Como é que uma moça tão bonita como você não tem namorado?

– Você acha que eu sou bonita?

– Linda! Aposto que você é a moça mais bonita que tem na cidade.

– Você nem me viu!

– Mas eu sei...

198 Geração 90: os transgressores

– ...
– Chega aqui... Pra eu poder te ver um pouquinho... Só um pouquinho...

dois

Rádio Guarani. 90,7 AM.
"Ele tava daquele jeito, com a filhinha da Dora, antes dela sumir de novo..."
"A mãe, coitada... Imagina... Estuprar uma menina, meu Deus! Nem seis anos ela tinha..."
"Uma hora dessas acabam achando o corpo da menina... Num terreno baldio, num buraco no meio do mato... Tem vez que demora pra achar... Outras vezes num acha..."
"Tem gente aqui que não vai deixar de graça não... Eu num vou dizer quem, mas vão acabar encontrando esse homem. Homem não, bicho! Uma hora pegam ele..."
"Cadeia!? Tem que esfolar o filhodaputa!"

um

Galhos de árvore, materiais reciclados. Um precário abrigo no meio do mato.
– Gostou?
– Que cabana bonita!
– Castelo!
– Castelo!
– Vem... Entra...
A Menina, com facilidade. O Homem, fazendo do corpo um arco.
Apoiado sobre um dos joelhos, cabeça roçando o teto, ele conduz para trás da orelha dela uns poucos cabelos que lhe recobrem a testa.
– Você é minha princesa...

– E você é meu prínci...
Frase amputada. A Menina arrancada para fora.
O terror da Mãe, correndo com ela, para longe dali.

zero

Lado a lado. Dois rastros de pés desenhados na terra da estrada.
– Você não pode contar pra ninguém...
– Pra ninguém!
– É um segredo!
– Juro! – dois beijos nos dedos indicadores em forma de cruz.
– Dá a mão pra mim...
– Tá longe?
– Tá perto... Cadê a tua mãe, Geovana?
– Em casa...
– Ela deixa você sair sozinha?
– Maaais ou menos...
– Você é tão bonita, Geovana...
– A minha amiga Simone também, né?
– É... A tua amiga Simone também...
– Sabe onde a minha vó mora?
– Onde?
– Em Jaboticabal!
– Puxa...
– Você sabe falar?
– O quê?
– Jaboticabal...
– Ja-bo-ti-ca-bal...
– Difícil, né?
– É...
– Sabe onde fica?
– Sei...
– Dá pra ir a pé?
– Não.
– E de bicicleta?

– Também não.
– E... de ônibus?
– De ônibus dá.
– Eeee... de avião?
– Não dá porque não tem aeroporto.
– Eeeeee... de navio?!
– Não dá porque não tem mar!
– Eeeeeeeeee... de foguete?!

A risada de um, a risada do outro, a gargalhada dos dois.

LEGÍTIMA DEFESA

9:00

Com a ponta do indicador, o Velho investiga um buraco no centro do registro da torneira. Procura, então, por uma rosca perdida no mosaico de cerâmica vermelha e preta que tem debaixo dos pés. Seria a primeira vez que se dava conta daquela ausência? Talvez o ralo já tivesse devorado aquela rosca há muito tempo...

9:04

O Velho afasta a cortina do chuveiro e alcança uma toalha gasta, pendurada num gancho de plástico grudado no azulejo. Enquanto seca a pele, confere manchas e pintas distribuídas pelo corpo. Uma preta, sobre o dorso do pé esquerdo, o detém por alguns segundos. Não lembra de tê-la visto antes. Depois acaba lembrando e se perguntando se ela estaria crescendo.

9:15

Na frente do espelho, sobre a pia do banheiro, o Velho produz uma risca no cabelo. Depois alisa metade do rosto com o dorso da mão. De baixo para cima. Atravessando a dureza da barba por fazer.

9:20

No quarto, sem pressa alguma, cueca samba-canção, camiseta, camisa de manga comprida, calça, meia, sapato, cinto, gravata, paletó, chapéu. Gastos. O espelho preso à porta do armário, tal qual o do banheiro, manchado. Imagina que seja uma doença dos espelhos. Ou que estivessem apenas ficando velhos também.

9:45

A fórmica amarela do criado-mudo ainda mais pálida, sob a lâmpada de 40 volts. A carteira recolhida para o interior do bolso de trás da calça, tão logo umas poucas notas dobradas ganham abrigo dentro da meia.

10:00

O Velho prende a respiração. Investe um passo acelerado, mas perde o fôlego antes de alcançar a rua. Não pode mais com o cheiro de mijo impregnando os corredores do Edifício Jardim Acapulco.

10:07

Rua Vitória. Na porta do bar, a conversa das putas. Para os olhos e ouvidos do Velho, o desenho mudo das bocas, o ruído amplificado dos estertores do centro da cidade.

10:15

O Velho protege a chama com a concha das mãos. Tragadas entre goles de café. Trânsito de gente, dentro e fora do bar. Do nada, uma viatura da PM rasga o asfalto, espanta a rua, enquanto as luzes coloridas do teto cintilam lentas impressões na retina do Velho. Para todos, o barulho ensurdecedor das sirenes. Para ele, o ruído da brasa ardendo a ponta do cigarro no instante em que traga.

10:50

Ônibus cheio. O Velho, de joelhos, no encalço de duas moedas foragidas. Do alto das solas e saltos, rostos deformados, fossem eles feitos de borracha. O vozerio das máscaras. O eco dentro da cabeça do Velho. Assustador, o barulho, não o sentido das palavras, porque, para ele, elas não fazem sentido algum.

11:12

O bairro rendendo o Centro. Fora da cabeça do Velho, ainda o ônibus lotado. Dentro dela, a mesma profusão de bocas e olhos imensos. Com dificuldade, vence a massa compacta de mulheres e homens em direção à porta. Finalmente, a rua.

11:20

O Velho volta-se para trás num sobressalto. O dono da mão que lhe alcança as costas, um menino. "Caiu...". Assustado, o Velho faz uma rápida inspeção nos bolsos da calça. Depois apanha a carteira que o garoto aponta em sua direção. Confere seu interior, dá meia-volta e segue andando, olhando para frente, para os lados e para trás.

11:30

O Velho e o interior da barbearia, fundidos na superfície da porta de vidro.

11:35

Ninguém além do barbeiro, de quem o rosto o Velho alcança apenas contornos imprecisos. Com rara definição, no entanto, os pelos e poros das mãos ao alcance dos olhos. O ruído dilatado da barba ceifada. O guincho da cadeira mal lubrificada girando ao redor do próprio eixo.

11:50

Maior a distância percorrida pela lâmina, mais angustiado o coração na clausura do peito. O ar entrando e abandonando o nariz, mal alcançando os pulmões. O movimento brusco do Velho quando o fio da navalha lhe tangencia a jugular. A mão direita, empunhando um revólver, debaixo do avental.

meio-dia

O barbeiro está morto, estirado sobre o chão da barbearia.

14:00

Em casa, na frente do espelho do banheiro, o Velho aplica mercurocromo sobre um pequeno corte no pescoço.

18:00

O Velho de cuecas. Deitado na cama. Imóvel. De barriga para cima, mirando o teto.

20:00

O Velho de cuecas. Deitado na cama. Imóvel. De barriga para cima, mirando o teto.

23:00

O Velho de cuecas. Deitado na cama. Imóvel. De barriga para cima, mirando o teto.

1:00

Seu olhar abandona o quarto, atravessa a sala e, finalmente, deixa o apartamento. Desce alguns lances de escada na penumbra. Ganha a rua e segue vagando por entre os mortos e os vivos, as baratas, os ratos e os carros.

CÁSSIA DOS COQUEIROS

meio-dia

Não gostava das sandálias de dedo. Ainda assim, preferia elas às agulhas de costura da avó lhe atravessando bolhas na sola dos pés. Como sempre, naquela época do ano, mais moscas aterrissando nas pessoas e nas comidas. O mato queimando sozinho.

Saúvas pegando fogo debaixo da lente de aumento que Davi ganhara, anos antes, de um tio.

– Como chama o cavalo do senhor, seu Onofre?
– Ele não tem nome...
– Todo mundo tem nome.
– Então dá um pra ele Juju.
– Alfredo!
– Isso lá é nome de cavalo, menina?
– Então que nome é nome de cavalo, seu Onofre?

As rodas da carroça desenhando os buracos da estrada. Os raios do sol vazando a copa das árvores. O couro das rédeas espremido dentro das mãos de Davi. A aba do chapéu escondendo Juliana. Seu Onofre mascando capim.

domingo

Os galhos mais baixos da jabuticabeira feito cabides. Lábios untados de manteiga de cacau. Boias de pneus. O frescor das águas. A generosidade de Deus.

Quarto minguante

Mais escuro o manto da noite, mais intensa a luz do lampião da cozinha desenhando, fora da casa, um quadrado no chão. Juliana e Davi ainda carregam baldes de terra, de um lado para o outro, empenhados na construção de uma cidade para as minhocas. Os primeiros vaga-lumes, o cheiro da sopa. Não demora muito para se ouvir, aos gritos, Alzira convocando os dois.

– Eu não entendo...
– O quê, Juliana?
– Uma porção de coisas...
– Você tá triste porque o teu irmão foi embora. É isso.
– E por que é que ele foi embora, Alzira?

– Porque todo mundo um dia vai embora.

– E a gente?

– A gente é diferente.

– E o Davi?

– O Davi é diferente também.

– Porque ele não fala?

– Por isso também...

– Quem é a mãe do Davi, Alzira?

– Eu sou a mãe do Davi.

– Você não disse que era a avó dele?

– Sou, menina! Eu sou a mãe e a avó dele! Eu sou os dois!

– E por que é que ele não fala?

– Ele não fala porque você não para de fazer pergunta o tempo inteiro e deixa todo mundo doido da cabeça. É por isso!

– É por isso, Davi?

– ...

– Viu, Alzira, ele não fala...

julho

A avó acabou por ir embora no inverno, o que fez cair por terra a teoria recém-formulada por Juliana de que as pessoas partiam no verão. Não tivera o mesmo destino do irmão. Segundo Alzira, outro ainda mais longe. Devia ser lindo aquele lugar perto das estrelas, embora Juliana não conseguisse entender como uma mulher tão velha pudesse ter ido tão longe. Ensaiou perguntar, mas recuou em vista da irritação que tomara conta de Alzira naqueles dias. Suas juntas das mãos e dos pés, por uma razão misteriosa, ficavam gordas e doíam sempre que a temperatura caía.

– Por que a vovó tinha barba, Alzira?

– Ela não tinha barba coisa nenhuma!

– Tinha sim... Uns cabelos saindo do queixo e de dentro do nariz...

– A tua avó era muito linda, Juju... Até miss ela foi... Bem aqui, em Cássia dos Coqueiros...

– O que que é miss?
– Miss é quando uma mulher é a mulher mais linda que existe.
– No mundo?
– É Juliana, no mundo!
– Então eu não acredito, Alzira!

aurora

Iguais os dias, os minutos, os segundos e as horas. Iguais as panelas de barro, a majestosa beleza das árvores, o curso das águas, as mandíbulas da noite, a avareza de Deus.

Dos gritos de Alzira, o eco de um tempo esgarçado. Do silêncio de Davi, a mudez da casa. Do irmão e da avó, um retrato. De si mesma, a menina sentada à sombra de um carvalho, distante do mundo, buscando entender.

Por que quando faz frio sai uma fumacinha da boca? Por que os olhos não caem da cabeça? Por que os bebês nascem enrugados? Por que a urtiga pica? Por que os peixes estão sempre abrindo a boca? Por que o leite transborda? Por que a gente sonha?

A razão de tudo. O sentido das coisas. Um arco-íris no jardim atrás da casa porque a Alzira ligou o esguicho. Outro no céu porque alguém encontrou uma mangueira gigante. Besouros voando de dentro da barriga das flores porque os besouros são filhos das flores. Minhocas cavando buracos na terra porque gostam. O sol se escondendo no fim da tarde porque tem medo da noite.

Ivana Arruda Leite

Ivana Arruda Leite nasceu em 1951, em Araçatuba (SP). Socióloga, publicou *Histórias da mulher do fim do século* (contos, 1997) e *Falo de mulher* (contos, 2002). Participou da antologia *Putas*, lançada em Portugal pela Quasi Edições (2002).

PRINCÍPIOS ELEMENTARES PARA UMA NOVA CLASSIFICAÇÃO DOS TIPOS HUMANOS

Introdução

Muito já foi dito a respeito da classificação das pessoas. Não foram poucos os que empreenderam essa árdua tarefa. Dos gregos aos chineses, de Freud a Jung, da astrologia ao candomblé, novas teorias são propostas todo dia. Não satisfeito com nenhuma delas, arrisco-me também eu nessa aventura, esboçando aqui o que penso ser a última palavra em classificação dos tipos humanos conhecidos.

Esta teoria é bastante simples, conforme se verá, quase singela, mas elucida de vez o complexo emaranhado das classificações já feitas até hoje.

Embora o trabalho que ora apresento ainda não esteja concluído, seus pilares fundamentais estão assentados. Convido-os a conhecerem o templo em cujo frontispício se escreverá: "Tipos da Espécie Humana".

Adentremos sem mais delongas.

Capítulo I: Eu e você

Na origem, o mundo se dividia em duas metades, eu e o outro. Logo que o homem pôs-se a pensar, reparou que eu sou sempre de um modo e o outro de outro. Esta é a primeira classificação de que se tem notícia.

Observando-se o eu e os outros, chegou-se à conclusão de que tanto este quanto aqueles podiam ser de dois tipos:

Tipo 1: lisinhos

Tipo 2: não lisinhos

Tipo 1: os lisinhos

Os lisinhos são aqueles cuja vida é toda certinha, a pele suave, a casa em ordem, a cabeça no lugar. São pessoas serenas e delicadas. Levam uma vida pacata, fazem tudo com método e dentro dos prazos estabelecidos. Vivem conforme o padrão, só modificado em ocasiões muito especiais. São bons conselheiros, bons ouvintes, sua vida não contém excessos nem excentricidades. Geralmente encontram parceiros para a vida toda e, apesar dos problemas da vida cotidiana, costumam ser mais felizes que a maioria das pessoas. Não acreditam que a paixão seja duradoura.

Tipo 2: os não lisinhos

Os não lisinhos são pessoas tumultuadas, confusas, múltiplas e apaixonadas. Estão sempre em ebulição. Buscam a paixão desesperadamente, ainda que sem a menor objetividade ou direção. Geralmente não têm educação.

Capítulo II: Eu, você, ele, ela

Como os gomos de uma tangerina, cada metade da humanidade abriu-se em duas outras e eis que salta aos olhos um elemento

diferenciador, elemento este por mim denominado *brilho nos olhos*. Portanto, os lisinhos (Tipo 1) dividem-se em duas categorias:
Tipo 1A: lisinhos com brilho nos olhos
Tipo 1B: lisinhos sem brilho nos olhos
Assim como os não lisinhos (Tipo 2):
Tipo 2A: não lisinhos com brilho nos olhos
Tipo 2B: não lisinhos sem brilho nos olhos
Os tipos 1A e 2A, descritos anteriormente, são considerados tipos-padrão. Os demais, anômicos. É sobre esses que falo a seguir.

Tipo 1B: lisinhos sem brilho nos olhos

São aqueles cuja vida é toda certinha, a casa em ordem, a cabeça no lugar. Levam uma vida pacata, metódica, mas são apáticos, desencantados e frequentemente pessimistas, o que os torna substancialmente diferentes do tipo padrão de lisinhos descrito anteriormente.

Tipo 2B: não lisinhos sem brilho nos olhos

São pessoas tumultuadas, confusas, múltiplas e apaixonadas, sem objetividade nem educação mas, ao contrário dos não lisinhos-padrão, naufragam no oceano das emoções sem conseguir tirar daí nada de positivo, a não ser a sensação de que estão numa confusão dos diabos.

Vemos, portanto, que as duas categorias iniciais agora já somam quatro:
Tipo 1A: lisinhos com brilho nos olhos
Tipo 1B: lisinhos sem brilho nos olhos
Tipo 2A: não lisinhos com brilho nos olhos
Tipo 2B: não lisinhos sem brilho nos olhos
Passo agora a detalhar com maior precisão cada tipo.

Tipo 1A: lisinhos com brilho nos olhos

São aqueles que levam vida de lisinho, mas têm fogo por dentro, ainda que seja um fogo domesticado, controlado, nada que extrapole ou saia dos limites. Estão sempre de olho num horizonte que nunca alcançam. Por vezes, o fogo do brilho nos olhos toma conta da vida de um lisinho e ele acaba chutando o pau da barraca e seguindo o lume dos olhos. Quase sempre dá certo.

Tipo 1B: lisinhos sem brilho nos olhos

São aqueles cuja vida é de uma insipidez total, embora isso não os aflija, pois não almejam muito mais. Quanto mais novela melhor, quanto mais segurança melhor, quanto mais mansidão e estabilidade melhor. São felizes a sua moda. Compram seus presentes de Natal em outubro e se dão bem no serviço público.

Tipo 2A: não lisinhos com brilho nos olhos

Esta é uma gente bagunçada, de vida desorganizada, com a cabeça a mil, mas sempre no lugar. Estão sempre correndo atrás de alguma coisa, elaborando algum projeto. Nunca se cansam, são desesperadamente criativos. O fantasma da loucura os persegue. Se a vida está pra peixe, acham tudo uma delícia, comemoram, bebem e comem sem medida. Se o vento muda, entram em depressão e pensam em se matar, embora sejam vitais demais para tanto. Geralmente são megalomaníacos, pois sabem o quanto a humanidade lhes é devedora. Tudo o que fazem tem um toque de gênio.

Tipo 2B: não lisinhos sem brilho nos olhos

São tumultuados, cheios de ideias, mas não extraem prazer algum do burburinho em que vivem. Raramente trazem à luz o que geram. Afogam-se num mar de possibilidades sem conseguir agarrar nenhuma. Passam a vida olhando para a outra margem. Nunca conseguem a mulher amada.

Capítulo III: Eu, você, ele, ela e nossas sombras

A tangerina se reparte novamente e podemos perceber a presença de um outro elemento diferenciador em cada uma das partes. Este novo parâmetro é o *encarceramento*.

Nascemos para realizar nosso tipo, seja ele qual for. Entretanto, é comum vermos pessoas que, por mais que se esforcem, não conseguem. Isto se deve ao encarceramento.

É interessante notarmos que após a inclusão do encarceramento o fato de não se ter brilho nos olhos deixa de ser considerado anomia, tornando-se fator secundário na diferenciação dos tipos humanos, o que nos permite extrair um importante princípio: todo elemento diferenciador configura-se, a princípio, como anomia. Entretanto, se surge uma nova anomia, o que era considerado anômico é imediatamente incorporado ao tipo padrão.

O pouco tempo de que disponho me impede de alongar-me em explicações. Passemos aos encarcerados:

Tipo 1Ab: lisinhos, com brilho nos olhos, encarcerados

Levam uma vida pacata, têm um fogo domesticado por dentro, mas se angustiam com a própria ordem e organização em que estão metidos. Sentem falta de algo, mas não sabem de quê. Sua casa é impecável, mas eles não são felizes; a mulher é linda, mas eles não são felizes; seus filhos vão bem na escola, mas eles não são felizes. Geralmente trocam a felicidade por um bom salário.

Tipo 1Bb: lisinhos, sem brilho nos olhos, encarcerados

A vida é toda certinha, a pele é lisinha, a casa em ordem, mas são apáticos, pessimistas e inconformados com o que têm. Detestam novela, mas não perdem um capítulo; detestam os vizinhos, de quem são compadres; detestam o bairro onde nasceram, embora morem nele até hoje. Nunca comem com prazer, não bebem bebida alcoólica e quando adolescentes têm o rosto cheio de espinhas. Acreditam que seja por causa da masturbação.

Tipo 2Ab: não lisinhos, com brilho nos olhos, encarcerados

Estes estão sempre em ebulição, mas são extremamente desorganizados em suas emoções. Não se matam, mas enlouquecem com o tumulto que os convulsiona. Vão à luta, mas se dão mal. São incompreendidos e metem medo na humanidade. Dormem sempre nos piores hotéis da cidade e costumam ter mau hálito pela manhã.

Tipo 2Bb: não lisinhos, sem brilho nos olhos, encarcerados

São tumultuados, múltiplos e apaixonados mas, ao contrário dos anteriores, são tragados pelo próprio furacão. Trancafiados na dor, vivem às turras com seus demônios.

Penso ser útil descrever de forma sintética os principais sintomas de encarceramento em cada uma das categorias:

Tipo 1Ab: lisinhos, com brilho nos olhos, encarcerados

Xingam a mulher, mas são incapazes de encostar-lhe a mão. Ameaçam os filhos com castigos que nunca chegam a aplicar. Chutam o cachorro, mas o recolhem se a noite está fria.

Tipo 1Bb: lisinhos, sem brilho nos olhos, encarcerados

Sofrem de úlcera, gastrite, bronquite ou qualquer outra doença que maltrate sem matar. São violentos, intempestivos e ávidos por descobrir quem trama contra eles. Quando fracassam, a culpa é sempre do outro, ao passo que o sucesso é só deles.

Tipo 2Ab: não lisinhos, com brilho nos olhos, encarcerados

São falsos, mentirosos e manipuladores. Geralmente se drogam para melhor atormentar os outros. São temidos por sua crueldade.

Tipo 2Bb: não lisinhos, sem brilho nos olhos, encarcerados

Esta é a categoria dos suicidas.

Duas importantes conclusões já são possíveis de serem extraídas diante do exposto:

1. Os que têm brilho nos olhos, encarcerados ou não, lisinhos ou não, sempre voltam sua agressividade para fora, ao passo que os que não têm brilho nos olhos voltam-na contra si mesmos.

2. A agressividade dos encarcerados é sempre mais truculenta, sejam eles de que tipo for. Quando doentes, preferem as doenças fulminantes, incuráveis, os ataques inesperados. Morrem no meio da noite, geralmente de desastre de automóveis ou assassinato.

Há ainda outras três conclusões em estudo:

1. No amor, os lisinhos têm vocação para corno. Geralmente são trocados por um não lisinho. A recíproca raramente se verifica.

2. Na escola, atrás de todo não lisinho bem-sucedido há um lisinho que toma nota de tudo pra ele.

3. No trânsito, os não lisinhos andam na contramão, estacionam em local proibido e atravessam no farol vermelho impunemente, ao passo que os lisinhos, quando tentam fazer isso, são multados e nunca mais cometem infrações pelo resto de suas vidas.

Capítulo IV: Vida em família

É na família que as características de cada tipo se manifestam de modo mais cristalino, uma vez que aí afrouxam-se as restrições impostas pelo convívio social. Vejamos:

Tipo 1Aa: lisinhos, com brilho nos olhos, não encarcerados

Estes são os pais que todos gostaríamos de ter: carinhosos, atenciosos, estão sempre de bom humor, rolam com os filhos no tapete e fazem dos filhos a alegria de suas vidas. Tudo que querem é um almoço aos domingos, criança correndo pela sala e lição de casa para corrigir. A família representa o ninho de amor. Nunca voam muito longe.

Tipo 1Ab: lisinhos, com brilho nos olhos, encarcerados

Apesar de serem essencialmente domésticos, a vida em família não os satisfaz. Demonstram isso claramente nos berros e safanões que distribuem aos pequenos. Quando crianças, vivem ameaçando sair de casa, colocam a mochila nas costas, mas voltam desenxabidos. Nunca vão além da esquina. Quando adultos idem.

Tipo 1Ba: lisinhos, sem brilho nos olhos, não encarcerados

Estes são os que não tiram o pijama aos domingos. A última vez que foram ao cinema nem se lembram quando foi. O mundo lhes parece tão pouco interessante que conseguem assistir televisão prestando atenção em tudo o que veem. Quando crianças são obesos, pálidos e chamados de bundões pelos colegas. Nunca reagem.

Tipo 1Bb: lisinhos, sem brilho nos olhos, encarcerados

Quando crianças estão sempre com o olho roxo ou dente quebrado, pois não levam desaforo pra casa. Exigem silêncio pra dormir. A comida deles tem de ser feita separada e o seu prato está sempre no fogão, pois o horário em que fazem as refeições nunca é o dos demais. É comum ver pessoas desse tipo dormindo em quartos anexos, fora do espaço da casa. Mentem para se fazer de coitadinhos. Com isto ganham atenção especial das mães, embora os pais raramente caiam na sua conversa. Geralmente têm chocolate escondido na gaveta quando pedem o do irmão.

Tipo 2Aa: não lisinhos, com brilho nos olhos, não encarcerados

Quando crianças estão sempre de castigo, mas conseguem sair antes do prazo, pois compram os pais com um sorriso de covinhas ou um afago inesperado. Na escola são uns capetas, embora sejam os queridinhos dos professores. Na maturidade são pais adoráveis. Quando de bom humor, são capazes de inventar os passeios mais divertidos, mas se algo os irrita mudam de ideia no meio do caminho, deixam todos em casa e vão ao futebol na companhia dos amigos.

Tipo 2Ab: não lisinhos, com brilho nos olhos, encarcerados

Estas crianças põem fogo no rabo do gato, escondem-se embaixo da cama da irmã e somem sem avisar. São os que mais se divertem com as peças que pregam. Quando adultos, brigam com os filhos de igual para igual, pois geralmente são mais crianças que suas crianças. Seus filhos amadurecem precocemente por terem de cuidar do pai maluco.

Tipo 2Ba: não lisinhos, sem brilho nos olhos, não encarcerados

Esta é uma categoria geralmente encontrada nos filhos do meio, aqueles que estão sempre perdendo a vez para os mais velhos e o colo para os caçulas. Quando adultos, reclamam da comida da mulher e do barulho das crianças, mesmo quando elas estão viajando. São os autores da frase: "No meu tempo não era assim" e os inventores do conflito de gerações.

Tipo 2Bb: não lisinhos, sem brilho nos olhos, encarcerados

Estão sempre descontentes, sentem-se abandonados e não há quem os livre dessa sensação. Quando crianças querem ser adultos, quando adultos dariam tudo para voltar aos tempos de meninice. Quanto aos filhos, melhor seria que não os tivessem, pois não conseguem dedicar-se a ninguém além de a eles próprios. Seus filhos crescem sozinhos e raramente cometem os mesmos erros dos pais, tal a clareza das lições que presenciam.

Capítulo V: Em sociedade

Tão logo escapou dos limites da tenda familiar, viu-se o homem em meio a uma feira, a uma oficina, a um salão de bailes, lugares onde as regras vigentes não eram mais as domésticas, mas as feitas pelos que o antecederam.

Fundada a sociedade, uns se deram bem, outros nem tanto, pois, assim como não se nasce habilitado ao manejo dos talheres, também não se nasce apto a viver entre os semelhantes.

Vejamos o desempenho de cada tipo no manejo das regras sociais.

Tipo 1Aa: lisinhos, com brilho nos olhos, não encarcerados

Ter amigos desse tipo é uma dádiva. Eles nunca esquecem o aniversário dos amigos, quando viajam trazem lembrancinhas pra todos e estão sempre prontos a emprestar a casa de campo. São capazes de ouvir nossos queixumes a noite inteira e, de madrugada, preparam-nos um chá. Por outro lado, é difícil saber de quem gostam realmente, pois tratam a todos com igual delicadeza.

Tipo 1Ab: lisinhos, com brilho nos olhos, encarcerados

Estes gostam do convívio social, desde que sejam o centro das atenções. Caso alguém lhes furte o brilho, logo inventam um compromisso e se retiram. Nas festas são capazes de conversar sobre um terrível acidente e trocar receita de bolo ao mesmo tempo, sem perder o fio da meada. Os homens preferem estar entre as mulheres e vice-versa, pois não veem muita graça num convívio que não inclua a possibilidade de uma conquista.

Tipo 1Ba: lisinhos, sem brilho nos olhos, não encarcerados

São de poucos amigos, mas os amigos que têm conservam para a vida toda. Demoram mais de vinte anos pra trocar uma confidência. Nas festas são de pouco falar, afastam-se das rodinhas de piadas e acham que a música está sempre alta, daí ser raro encontrá-los em reuniões sociais.

Tipo 1Bb: lisinhos, sem brilho nos olhos, encarcerados

Estes gostam de multidão, pois estão com todos e com ninguém. Costumam ir a partidas de futebol, shows em ginásios esportivos e feiras de utilidades domésticas. O convívio com eles é difícil, pois não têm papas na língua, falam o que lhes dá na telha e jamais pedem desculpas. Numa discussão é sempre deles a última palavra. Alguns usam a força física na falta de argumentos. Detestam conversas intimistas, filmes de arte e ambientes onde se tem que moderar a voz ou o apetite.

Tipo 2Aa: não lisinhos, com brilho nos olhos, não encarcerados

As pessoas deste tipo são altamente sociáveis e sempre brilham, onde quer que estejam. Adoram conhecer pessoas e tornam-se íntimas na primeira meia hora. Nas festas, passam a maior parte do tempo procurando com quem terminarão a noite. Nos bailes, dançam com todos sem ficar com ninguém. Detestam os pessimistas, os introspectivos e férias no campo.

Tipo 2Ab: não lisinhos, com brilho nos olhos, encarcerados

Conviver com estes é tarefa para poucos, uma vez que têm todos na conta de imbecis. Passam a noite nos bares da moda conversando sobre filmes de arte e espetáculos de vanguarda. Não perdem tempo com futilidades. Estão sempre rompendo relações, mas fazem as pazes na semana seguinte.

Tipo 2Ba: não lisinhos, sem brilho nos olhos, não encarcerados

Estes são avessos ao trato social, intransigentes, neurastênicos e cheios de manias. Seu passatempo predileto é falar mal da vida alheia. Estão sempre sozinhos, mas, estranhamente, quando se reúnem não deixam ninguém falar. Monopolizam o assunto a noite toda, pouco se incomodando com os bocejos da plateia. Quando recebem convidados em casa, costumam colocar ópera, sem perceber que os amigos cochilam no sofá.

Tipo 2Bb: não lisinhos, sem brilho nos olhos, encarcerados

Só saem de casa quando o programa é beber até cair. Conversam sobre qualquer coisa, pois tudo lhes é igualmente indiferente e entediante. Choram, bebem e se lamentam, mas podem ter um ataque de riso num velório. Que não se fale de casamento, filhos ou emprego perto deles. Detestam o contato com a realidade.

Capítulo VI: Da sexualidade

Nesta esfera vemos o que de mais recôndito há em cada tipo.

Tipo 1Aa: lisinhos, com brilho nos olhos, não encarcerados

No sexo são perfeitos, dóceis, sempre prontos a atender a vontade do companheiro, jurando ser esta também a sua vontade. Vendo-os, tem-se a impressão de que nasceram para fazer o outro feliz. As mulheres são católicas mas, paradoxalmente, têm vocação para prostitutas.

Tipo 1Ab: lisinhos, com brilho nos olhos, encarcerados

No sexo têm fantasias absolutamente surpreendentes, embora sejam pessoas comedidas, rezem antes de deitar e só se refiram ao ato sexual como "fazer amor". Mas nada impede que, de repente, um homem deste tipo saia do banheiro no baby-doll da esposa, ou que uma típica 1Ab nos surpreenda dizendo que vai se casar com sua melhor amiga.

Tipo 1Ba: lisinhos, sem brilho nos olhos, não encarcerados

Para estes, o sexo é um sacrifício que preferiam não fazer. Trazem isso estampado na pouca disposição que têm para a atividade. Só funcionam mediante muita solicitação. Na cama, pensam no que estão perdendo na televisão. Diante da televisão, torcem para que a mulher já esteja dormindo quando eles forem se deitar.

Tipo 1Bb: lisinhos, sem brilho nos olhos, encarcerados

Não são afeitos aos apelos sexuais, desafeição que os torna moralistas, preconceituosos e intransigentes. As mulheres dizem estar com enxaqueca, e estão mesmo. Para eles, sexo é pecado, menos quando praticado com prostitutas ou empregadas domésticas. Quando dormem com alguém que gostam vão embora na manhã seguinte, antes que o parceiro acorde.

Tipo 2Aa: não lisinhos, com brilho nos olhos, não encarcerados

Estes se divertem muito com o sexo, aliás sua principal fonte de interesse na vida. Tudo na vida corre por conta da sexualidade, que é de onde extraem o verdadeiro prazer de viver. Vivem para trepar. E bem. Acabam sempre fazendo o que querem e deixando no outro a impressão de que estava ali para servir. As mulheres deste tipo são o objeto de desejo do marido da próxima.

Tipo 2Ab: não lisinhos, com brilho nos olhos, encarcerados

No sexo, têm as taras mais estranhas e exóticas e não fazem segredo disso. Sua vida sexual costuma ser o que se chama de um livro aberto. Espalham aos quatro ventos as proezas que realizam. Abominam o que chamam "a insipidez das pessoas normais". Nesse intuito, podem tornar-se tanto sadomasoquistas como frades franciscanos.

Tipo 2Ba: não lisinhos, sem brilho nos olhos, não encarcerados

Estas são as mulheres que se casam com homens que sofrem de ejaculação precoce, mas que morrem achando que o problema é delas. Os homens deste tipo também chamam para si a culpa por qualquer fracasso, o que os faz preferir um copo de gim a uma noite de sexo com a mulher amada.

Tipo 2Bb: não lisinhos, sem brilho nos olhos, encarcerados

Para estes, sexo deveria ser tudo, por isso acaba não sendo nada. Perseguem um prazer tão grande que raramente encontram. Geralmente tornam-se cínicos ou promíscuos para esconder a frustração de não conseguir o que dizem abominar: casa, comida, roupa lavada e um pouco de carinho. Por vingança, escolhem viver ao lado de pessoas que fazem de suas vidas um inferno.

Capítulo VII: O homem de carne e osso

Como a biologia e a psicologia são irmãs inseparáveis, não é apenas o espírito do homem que obedece a esse princípio classificatório, mas também suas células, sua pele, seus músculos e ossos. O homem todo obedece a uma só lei. É natural que assim seja. Estranho seria se, por trás de um corpo 1Ab, estivesse uma mente 2Ba. Todo o organismo ver-se-ia em desalinho sob o comando de ordens tão contraditórias.

Passemos à análise dos aspectos biológicos.

Tipo 1Aa: lisinhos, com brilho nos olhos, não encarcerados

Mal de que padecem: nenhum. Quando muito têm uma leve dor de cabeça ou são tomados por uma indisposição passageira.

O sono: dormem mais de oito horas por noite e acordam sempre bem-dispostos.

Alimentação: alimentam-se de sonhos e doces em geral.

Compleição física: seus olhos são brilhantes e cheios de vida, sua pele é macia e seu andar gracioso. Dificilmente frequentam academias, mas fazem esportes com regularidade.

Tipo 1Ab: lisinhos, com brilho nos olhos, encarcerados

Mal de que padecem: os males da coluna vertebral.

O sono: por terem medo dos próprios sonhos, têm sono agitado, acordam inúmeras vezes durante a noite e falam enquanto dormem. Precisariam consultar um analista, mas fogem dele como o diabo da cruz.

Alimentação: costumam comer fora de hora e ter desejos repentinos. Às vezes andam a cidade inteira em busca de algo que nunca encontram. Adoram ganhar ovos de páscoa com relógio dentro.

Compleição física: seus olhos são grandes e expressivos. Gesticulam muito ao falar, embora tentem conter os gestos com uma falsa naturalidade.

Tipo 1Ba: lisinhos, sem brilho nos olhos, não encarcerados

Mal de que padecem: melancolia.

O sono: é tranquilo e profundo. Quando dormem, parece que estão mortos.

Alimentação: não trocam nada do mundo pela comida da terra natal.

Compleição física: seus gestos são lentos, seu olhar é vago e sua voz grave e profunda. O corpo é ereto e têm uma certa solenidade no andar.

Tipo 1Bb: lisinhos, sem brilho nos olhos, encarcerados

Mal de que padecem: ataques convulsivos em geral.

O sono: dormem pouco e costumam ter pesadelos.

Alimentação: são carnívoros. Gostam de qualquer carne, desde que malpassada.

Compleição física: são agitados e estão sempre prontos a dar um murro em alguém. Para se conter, roem as unhas ou estalam os dedos. Costumam ter tiques nervosos.

Tipo 2Aa: não lisinhos, com brilho nos olhos, não encarcerados

Mal de que padecem: raramente adoecem.
O sono: dormem bem, principalmente quando acompanhados.
Alimentação: gostam de tudo que lambuza: chocolate amolecido, manga, melancia.
Compleição física: seus lábios são carnudos, seu corpo é roliço e sensual. Mexem graciosamente o quadril ao andar. O olhar esconde sempre uma promessa.

Tipo 2Ab: não lisinhos, com brilho nos olhos, encarcerados

Mal de que padecem: angústia, alcoolismo e doenças nervosas.
O sono: sofrem de insônia e só dormem à base de comprimidos.
Alimentação: apreciam os sabores picantes. Tudo o que comem é exageradamente condimentado. Quanto aos restaurantes, preferem os exóticos.
Compleição física: seus músculos estão em permanente estado de alerta e os nervos, a ponto de explodir. Nunca relaxam.

Tipo 2Ba: não lisinhos, sem brilho nos olhos, não encarcerados

Mal de que padecem: inveja.
O sono: uma ou duas horas por noite.
Alimentação: a única comida que apreciam é a da mãe (principalmente depois que ela morreu).
Compleição física: desde pequenos parecem homens feitos. São precocemente envelhecidos. Têm a pele enrugada e um ar carrancudo. Geralmente têm mais de sete graus de miopia.

226 Geração 90: os transgressores

Tipo 2Bb: não lisinhos, sem brilho nos olhos,
encarcerados

Mal de que padecem: depressão. Têm frequentes crises de choro sem motivo algum. Geralmente sofrem do fígado em função do excesso de bebida.

O sono: só dormem ao amanhecer e à base de tranquilizantes.

Alimentação: comem pouco e se alimentam mal, ainda que por vezes devorem uma caixa de bombons em cinco minutos.

Compleição física: são pessoas belíssimas, mas que se acham horrorosas. Detestam exercícios físicos. Costumam ter problemas de obesidade. Só fazem regime quando estão apaixonados.

Capítulo VIII: O mundo do trabalho

Uma ampla pesquisa permitiu-me catalogar as profissões preferenciais de cada tipo, conforme segue:

Tipo 1Aa: lisinhos, com brilho nos olhos,
não encarcerados

Médicos, enfermeiros, assistentes sociais, aeromoças.

Tipo 1Ab: lisinhos, com brilho nos olhos,
encarcerados

Dentistas que queriam ser médicos; médicos que queriam ser bailarinos; os que mexem com computador.

Tipo 1Ba: lisinhos, sem brilho nos olhos,
não encarcerados

Funcionários públicos, arquivistas, professores primários, guardas-noturnos, poetas e psicanalistas.

Tipo 1Bb: lisinhos, sem brilho nos olhos,
encarcerados

Os torturadores de toda espécie, incluindo os dentistas por vocação, os vigilantes de colégio interno, os guardas de trânsito e os padres.

Tipo 2Aa: não lisinhos, com brilho nos olhos,
não encarcerados

Todos os artistas por vocação.

Tipo 2Ab: não lisinhos, com brilho nos olhos,
encarcerados

Artistas que vivem nas páginas policiais; bandidos que vivem nas colunas sociais; políticos em geral; intelectuais.

Tipo 2Ba: não lisinhos, sem brilho nos olhos,
não encarcerados

Os diretores dos filmes que nunca foram feitos, os autores dos livros que nunca saíram das gavetas, os críticos de arte, os líderes sindicais.

Tipo 2Bb: não lisinhos, sem brilho nos olhos,
encarcerados

Todas as profissões que acabam custando a própria vida: cantor de boate, herói de guerra, monja carmelita.

Capítulo IX: Animais, frutas, odores e demais preferências

Descrevo aqui aquelas preferências corriqueiras, mas que em muito ajudam na compreensão dos tipos, pois o que somos nós se não esta coleção de pequenos quereres?

Tipo 1Aa: lisinhos, com brilho nos olhos,
não encarcerados

Animal: gato doméstico e ursinho de pelúcia.
Flor: rosas cor-de-rosa com laço de cetim cor-de-rosa.
Cheiro: lavanda infantil.
Fruta: cereja.
Cor: rosa-bebê.
Ritmo: valsa.
Livro de cabeceira: *Madame Bovary*.
Objetos sobre a escrivaninha: caixas forradas de veludo com bilhetes dentro, papéis monogramados e um cristal de quartzo rosa. Na gaveta, sachês de macela.
Sonho que alimentam: a paz mundial.
Personalidades que admiram: Sting, madre Teresa de Calcutá.

Tipo 1Ab: lisinhos, com brilho nos olhos,
encarcerados

Animal: cavalo de raça.
Flor: violeta, camélia.
Fruta: amora, framboesa, pitanga, fruta-do-conde.
Cheiro: incenso com baseado ao fundo.
Cor: âmbar (ou qualquer outra cor que não se saiba direito qual é).
Ritmo: foxtrote, mambo, chá-chá-chá.
Livro de cabeceira: *Antologia poética de Fernando Pessoa*.
Objetos sobre a escrivaninha: peso de papel de mármore, abajur com pé de bronze, objetos de couro. Na gaveta guardam um espelho, pente, escova de dente e desodorante bucal.

Sonho que alimentam: ser presidente da república.
Personalidade que admiram: Don Juan.

Tipo 1Ba: lisinhos, sem brilho nos olhos, não encarcerados

Animal: qualquer um que se tenha há mais de dez anos.
Flor: do campo.
Fruta: banana.
Cheiro: alecrim, erva-doce, camomila.
Cor: o azul do céu das tardes de abril.
Ritmo: cardíaco.
Livro de cabeceira: *Em busca do tempo perdido*.
Objetos sobre a escrivaninha: a caneta do pai, a fotografia da mãe e um cartão postal da cidade natal.
Sonho que alimentam: voltar para a cidade natal.
Personalidades que admiram: Charles Darwin, São Francisco de Assis.

Tipo 1Bb: lisinhos, sem brilho nos olhos, encarcerados

Animal: cobras e lagartos.
Flor: cacto.
Fruta: jaca.
Cheiro: nenhum.
Cor: cinza-tempestade.
Ritmo: marchas militares.
Livro de cabeceira: *Juventude transviada*.
Objetos sobre a escrivaninha: espátula, canivete e demais objetos pontiagudos. Na gaveta escondem um revólver.
Sonho que alimentam: matar o presidente da república.
Personalidades que admiram: Mao Tse-tung, Fidel Castro, Leonel Brizola.

Tipo 2Aa: não lisinhos, com brilho nos olhos, não encarcerados

Animal: leãozinho, tigresa.
Flor: girassol.
Fruta: manga (ou qualquer outra com que se lambuzem ao comer).
Cheiro: de sexo.
Cor: vermelho Moulin Rouge.
Ritmo: bolero.
Livro de cabeceira: revistas pornográficas.
Objetos sobre a escrivaninha: cartas e cartões de antigos amores.
Sonho que alimentam: tornarem-se famosos mundialmente.
Personalidades que admiram: Mae West, Luma de Oliveira.

Tipo 2Ab: não lisinhos, com brilho nos olhos, encarcerados

Animal: furioso.
Flor: nenhuma.
Fruta: nenhuma. Deixam de comê-las após a primeira infância.
Cheiro: lança-perfume.
Cor: nunca se definiram por uma, mas abominam os tons pastéis.
Ritmo: descompassado, qualquer música experimental.
Livro de cabeceira: *Assim falava Zaratustra*.
Objetos sobre a escrivaninha: não têm escrivaninha.
Sonho que alimentam: colocar a vida em ordem.
Personalidades que admiram: Van Gogh, Kafka, Artaud.

Tipo 2Ba: não lisinhos, sem brilho nos olhos, não encarcerados

Animal: porco-espinho.
Flor: cravos brancos.
Fruta: sempre a que não é da estação.

Perfume: nenhum, são alérgicos a perfume.
Cor: ou branco ou preto.
Ritmo: tango.
Livro de cabeceira: *Ulysses*, de James Joyce.
Objetos sobre a escrivaninha: *Ulysses*, de James Joyce.
Sonho que alimentam: que o mundo se torne como eles.
Personalidades que admiram: Karl Marx.

Tipo 2Bb: não lisinhos, sem brilho nos olhos, encarcerados

Animal: todos os que perderam na infância.
Flor: orquídea.
Fruta: morango com champagne.
Cheiro: Chanel nº 5.
Cor: rosa-champagne.
Ritmo: blues.
Livro de cabeceira: *Orlando*.
Objetos sobre a escrivaninha: uma garrafa de uísque.
Sonho que alimentam: serem amados. Se não conseguirem, mergulhar numa piscina de vodca.
Personalidades que admiram: a pessoa amada.

Capítulo X: Da empiria

Para melhor compreensão da teoria exposta, coloco aqui alguns exemplos de cada tipo, lembrando que, apesar de serem tipos concretos, os exemplos aqui citados não esgotam a sua complexidade, devendo ser tomados como "tipos ideais" tão somente.

Tipo 1Aa: lisinhos, com brilho nos olhos, não encarcerados

Dom Hélder Câmara, Bruna Lombardi, Regina Duarte, Bill Clinton.

Tipo 1Ab: lisinhos, com brilho nos olhos,
encarcerados

Ciro Gomes, Carlos Menen, Elizabeth Taylor, Marília Gabriela.

Tipo 1Ba: lisinhos, sem brilho nos olhos,
não encarcerados

Carlos Drummond de Andrade, Paulo Autran, Fernanda Montenegro.

Tipo 1Bb: lisinhos, sem brilho nos olhos,
encarcerados

Karl Marx, Romário, Nelson Piquet.

Tipo 2Aa: não lisinhos, com brilho nos olhos,
não encarcerados

Leila Diniz, Norma Bengel, Sônia Braga, Hebe Camargo, Darcy Ribeiro.

Tipo 2Ab: não lisinhos, com brilho nos olhos,
encarcerados

Elis Regina, Glauber Rocha, José Wilker, Gerald Thomas, Jânio Quadros.

Tipo 2Ba: não lisinhos, sem brilho nos olhos,
não encarcerados

Paulo Francis, Tinhorão, Fidel Castro, Jair Meneghelli.

Tipo 2Bb: não lisinhos, sem brilho nos olhos,
encarcerados

Marilyn Monroe, Billie Holliday, Maysa, Pedro Nava.

Capítulo XI: Considerações finais

Termino aqui a apresentação dos primeiros capítulos dos *Princípios elementares para uma nova classificação dos tipos humanos*, informando que sua continuação já se encontra em andamento. Farão parte do tomo completo os capítulos a seguir:

Capítulo XII: Conclusões definitivas

Capítulo XIII: Exceções à regra

Apêndice

Bibliografia

Altair Martins

Altair Martins nasceu em 1975, em Porto Alegre (RS). Professor, publicou *Leituras obrigatórias* (indicações para vestibulandos, em coautoria, 1999), *Como se moesse ferro* (contos, 1999), *Dentro do olho dentro* (conto acompanhado de um ensaio, 2001) e *Se choverem pássaros,* (contos, 2002). Participou da antologia *O livro dos homens* (2000), e é um dos integrantes da antologia *Geração 90: manuscritos de computador* (2001). Possui contos publicados em diversos jornais gaúchos. Dos prêmios que recebeu destacam-se o do Concurso de Contos Guimarães Rosa, patrocinado pela Radio France Internationale (França, 1994 e 1999), e o Prêmio Açorianos de Literatura, na categoria conto (2000).

SAPATOS BRANCOS

Sapato Branco, número 42. A seriedade aparece no fato de não haver costura alguma. Sapato liso, sem sorriso. A única concessão é para as duas costuras encontrarem a sola, que, moderna, é de borracha densa. São esses poucos nós que unem sola e corpo, borracha e couro brancos. Há somente quatro pares de furos para os cadarços, que, fazendo tope, são fios de bigode. Estão arranhados ambos os pés, de fato. O direito um pouco mais que o esquerdo. Tem o direito, no bico, leve descolado de sola. Está também um pouco gasto no calcanhar, parecendo fruto de muito asfalto, apesar de frequentar pouco a rua. A cicatriz mais visível, entanto, risca o rosto do esquerdo mesmo. Ao direito cabe acelerar o carro, embora dirigir não desgaste sapato algum. No mais, são corredores sem tapete, passos rápidos abafados de sirenas, sapatos cantando até o anúncio de alguma criança nova no mundo. Sapato Branco, de três anos, a julgar pelas rugas. Sapato de muita corrida.

Nessa noite, mais ou menos dez horas, ele correu até a árvore de natal. Chegou tarde: só o que pôde ver foi a bola vermelha estalando no chão, quase sobre os presentes. Quase sobre um, em especial, o do pacote dourado com detalhes em estrelas mais claras. E caiu perto, muito perto.

Muito perto da Sandalinha, número 28, de um rosa claro, quase transparente. As fivelas amarelas rimam faceiras como os

238 Geração 90: os transgressores

movimentos, que saltitam. A Sandália ficou rindo, feliz com a explosão vermelha. E foi de repente, diante do Sapato Branco 42, que parou. E num súbito como as coisas especiais da noite, a Sandália foi erguida do chão para depois pousar sobre o Sapato Branco e ensaiar valsa.

Ensaiaram valsa convidando o Sapato de Salto médio, número 36. Sapato de bico fino, o salto esguio como mulher de pernas compridas, sustentando um longo vestido preto. Sapato cujo decote, em detalhes prata, é feito gargantilha escolhida para a noite. O calcanhar expõe as costas e insinua um calor que atinge o tendão e numa linha imaginária sobe. Sobe a tira preta, que faz xis e se enlaça em fivela e brilho e depois sorri pra foto. Um pé ao lado do outro, juntos, são impecáveis como diante de um espelho. E quando pisam, se é que pisam, o que deslizam é delicadeza.

E nessa noite que desliza, perto dos pacotes, em especial do dourado com estrelas mais claras, o Sapato de Salto Preto, número 36, veio ter com o Sapato Branco 42. E ficaram, o branco no preto, frente a frente, juntos, e tão juntos que a ponta de um ameaçou beijar a ponta do outro, um direito num esquerdo e assim assim. E assim foi que o Sapato Preto, de salto esguio, ficou na ponta dos pés, e as pontas dos pés, agora as quatro, não puderam resistir. Um toque sutil, o couro no couro, um toque como se mãos, apenas mãos, saíssem do Sapato Branco e abraçassem o calcanhar descoberto sobre o salto, ameaçando tiras e fivelas.

E foi num mover-se frenético que a Sandália 28 quase transparente caiu à frente do Sapato de Salto. Quedaram quatro pés, os pequenos sob as asas dos grandes, apontados pra frente. As unhas visíveis da Sandália 28, pequeninas como botões, eram iguais às unhas escondidas sob o preto do Sapato de Salto. Mas o formato dos dedos só encontrava paralelo dentro do Branco do doutor, sorrindo batidas no soalho ali na frente.

Depois, foram juntos para o sofá. Sentados eram os três perfis da fotografia rasteira da casa.

Nessa noite, extraordinariamente, cruzavam-se outros: o Tênis 44 que fazia muito barulho, sempre perto da mesa, acompanhado do colega Cano Longo, 42; o Sapato Marrom de Camurça, 36, desamarrado, com as franjas das calças desfiadas nos olhos, estava perto da árvore; um Sapato Dockside, 38, escorado num canto, parecia procurar alguma coisa que o chão havia engolido, e pensava no triste do ano, quase acabando; a Sandália de Borracha 38 já se imaginava na areia de férias da praia; a Sandália de Couro 44, tiras largas e fivelas lembrando coleiras de cachorro, arrastava os pés com dificuldade; um Mocassim em tons de laranja, 40, trancou-se no banheiro; alguns tênis luminosos, quase do mesmo número, brigavam espaço e discutiam a partilha dos presentes; e por toda a casa outras vozes de sapatos e sandálias e grandes e pequenos. Alguns de quando em quando cuidavam o relógio e os pacotes sob o pinheiro.

E antes que o Chinelo Peludo 35 trouxesse o peru da cozinha o Sapato Branco 42 foi chamado ao telefone. Houve o silêncio do Sapato Preto, com os saltos hirtos, 36, que já sabia: o Sapato Branco iria ao hospital. E por isso, porque o Preto sempre entendia o Branco, tiveram conversa curta, ali mesmo, ao pé da mesa do telefone. E mais uma vez o Preto ficou suspenso na ponta e entendeu e virou as costas.

Antes de sair, cercado por sapatos que queriam saber, o Sapato Branco foi até a Sandalinha quase transparente. Chegou por trás, quando a Sandália pequena estava vivendo o doce feitiço de, sob luzes e pacotes, adivinhar a noite.

"Papai vai trabalhar e já volta, viu?"

A Sandalinha 28, triste, estava vendo. Mas olhava pro chão. E rapidamente os dois pés ficaram muito juntos como a dizer que alguma coisa, quase transparente, se apertava.

"O pacote dourado foi o meu Papai Noel quem trouxe. Papai vai ver uma criança que pediu pra nascer no natal e volta para abrir o presente contigo, está bem assim?"

Para a Sandalinha não estava, e, úmida, buscou o Sapato de Salto, que a ergueu no ar, de onde tudo era bem mais visível. Lá em cima sempre houve sussurro bom de entender.

Mas a Sandalinha não conseguiu. Por mais que quisesse, tinha uma maneira doída de aceitar que a profissão de Sapatos Brancos era estar sempre pronto para alguém.

240 Geração 90: os transgressores

E o Sapato Branco, pisando firme, despediu-se de alguns, desviou de outros e fugiu no carro, porque tinha pressa.

E rápido chegou ao hospital. Descobriu, contudo, que o Sapatinho de Lã, pendurado na porta do quarto, estava com medo do mundo. Não era ainda a hora do grito, quando ele, Sapato Branco de pediatra, número 42, daria aval ao que nascia. Outros Sapatos Brancos teriam ainda muito trabalho.

E então esperou o que viria, olhando os vidros das janelas até que o chamassem a entrar.

E chamaram, e houve choro forte de macho. E o Sapatinho de Lã veio ao mundo, três quilos e meio de saúde.

Voltaria antes dos presentes? Morava perto, mas voltaria? Tinha de voltar, o Sapato Branco 42 só pensava na Sandalinha 28 e sabia que tinha de voltar.

No meio da estrada, o pé direito acelerou. O esquerdo mal pisava. Ambos anteviam o pacote dourado aberto: Sandalinha 28 pulando de surpresa e contentamento, expondo a todos um pezinho seu de vaidade.

E foi rápido ele já via a meia-noite explodindo no céu. E esses primeiros foguetes diziam Mais rápido. E mais rápido. As estrelas dos pacotes dourados são todas cadentes no natal.

No assoalho da casa, naquela noite, muitos sapatos pularam. E uns abraçaram os outros. E houve sapato que exagerou no champanha. E houve sandália enrolando passo em papel laminado.

Muito perto já, o Sapato Branco poderia avistar a casa. Mas não avistou. Mas não avistou.

Mas não avistou.

Mas não avistou o Sapatinho Branco, número 30, com plumas cor-de-rosa para decorar a parte de cima do pé, atravessando a rua. Veio delicado, escondido no sereno, voando, suspenso pelo rosa da pluma e ao som de algumas luzes. Mas um vento rápido como que lhe soprou a pluma como que lhe atingiu a pluma como que lhe arrancou a pluma. Era um voo de criança avulsa que, na noite de Natal, sai para mostrar pras estrelas o presente. Houve um choro que parecia riso que parecia choro seguido por um silêncio fácil de se entender e mesmo dentro do barulho intenso daquela noite. Era entender a pluma soprada pra longe e de repente piso-teada no chão.

O Sapato Branco 42, que tanto correu para abraçar a Sanda-linha 28 quase transparente, nessa noite de natal, mais uma vez chegaria tarde. Queria ele mesmo abrir o pacote dourado, com estrelas mais claras. Mas um meio-do-caminho se interpôs, e ele não mais poderia abri-lo. E não foi preciso descer do carro: um Sapatinho Branco número 30, com plumas para decorar a parte de cima do pé, viera de dentro de um pacote dourado, aquele com estrelas mais claras, para atravessar o vidro do para-brisa e pousar sua pluma morta no banco do carona.

E o Sapato Branco, de médico, imóvel e em silêncio, ficou olhando os próprios pés, sem nada que pudesse fazer. Tinha aprendido com tantos momentos assim, e não tinha aprendido o insuficiente de um seu momento. Então espremeu-se como a estrangular a própria sombra e.

O fato é que é triste querer chorar e não conseguir.

E após a própria sombra, pois, é o silêncio. Sapatos Brancos têm uma maneira doída de fazer entender que, quando eles não podem dizer sinto muito, é porque é, e é legítimo: estão mesmo sentindo muito.

SEGREDO

ela disse assim, ó, É segredo!, e eu quis abrir a tampa da palavra segredo, e a rede balançou um pouco a minha tia com o livro na mão, livro sobre a vida curta das borboletas, e a tia disse Do-mingo eu me sinto gorda., e eu disse Segunda me dá um medo!, porque só o que eu pensava era que ia deixar de ver as pernas da minha tia, e eu disse Que vontade de ver o que tem dentro., e a tia ergueu o livro no ar, e eu vi uma borboleta de asas abertas, e ela perguntou se eu gostava de borboleta, e eu disse Não sei., e ela perguntou Não sabe se gosta de borboleta?, e eu disse Tem muita coisa que eu não sei se gosto!, e pensei em dizer que não gostava de ler mas gostava de ver a tia lendo, exposta na rede, com pouca roupa pra eu adivinhar o que tinha dentro, mas a tia riu, e eu finquei meu olho no bonito daquele joelho e me assustei porque a minha tia me olhava, eu sentado num banquinho perto da rede, ela riu, e eu ri, e fui sentindo o momento, sentindo que dava, e a tia falando coisas preocupadas com o fato de eu não ler, e eu querendo dizer Tudo o que eu leio eu esqueço., mas eu dizia Sábado e domingo, últimos dias de férias, tô que nem a borboleta da capa do livro, que parece que morro amanhã! e eu ri, e a tia ficou satisfeita, sorrindo mais os olhos que a boca, e disse Engraçado, do outro lado do rio, onde tu moras, é a Tristeza, e aqui é a Praia da Alegria., e eu fiquei um tempo em silêncio e depois eu falei que me sentia muito triste em casa, na Tristeza, e repeti, olhando a praia, Alegria., e disse ainda Por mim eu morava aqui contigo., e a tia disse A Alegria está morta há muito tempo! e colocou um pé pra fora da rede, e eu entendi uma porção de coisas me correndo os sentidos, e tentei alcançar com o olho toda a extensão da minha tia, mas me rendi pra blusa de laicra cor de areia respirando seios que me chamavam, e foi me dando uma sede e olhei além do rio e imaginei a casa na Tristeza e o pai e a mãe, mas voltei pras pernas curvadas da tia, com celulites de mulher de verdade, e continuei olhando o pé, as veias sutis, os dedos com unhas me atiçando vontades, e a tia na leitura, e por isso me arrisquei balançando a rede, pegando soltando o pé que ia e me vinha, Praia da Alegria, muito perto do rosto já tocando o rosto, e eu pegando no tornozelo, dizendo que os pés da tia eram iguais aos da mãe que eram iguais aos meus também, e a tia lendo no livro um riso gostoso, e eu esfregando meu nariz naquele pé de mulher, eu ia parar se ela parasse de ler, mas ela continuou, e tive a impressão de ela ter parado a rede e empurrado mais o pé contra mim, e então lembrei que eu morava na Tristeza e que eu ia embora da Praia da Alegria no outro dia e coloquei o dedo maior do pé aquele na boca e fechei os olhos e escutei a tia lendo, e depois coloquei todos os dedos de unhas pequenas na boca e mordi um pouquinho as pontas, e abri os olhos, e o livro quase tapando o rosto da tia, e agora o pé brincava comigo, e a minha boca subiu até o tornozelo e pedaços de perna, e eu sentindo os pelinhos trancando nos dentes e subi até a fisionomia redonda do joelho, e a tia lendo, e então me arrisquei entrando lentidão na rede para não acordar a leitura, e a boca descobrindo a fundura do umbigo, e a tia lendo, agora em voz alta, coisas de borboletas, e eu descendo meu rosto até a calcinha, e um medo estranho me veio, era pra tia dizer Que isso, menino?, mas não disse, e eu pensando Que isso, minha tia?, e ela lendo e me pegando pelos cabelos, e eu conversando com a calcinha branca, e aquele maravilhoso no fundo, e fui, beijando beijando o tecido, e o meu coração beijando beijando o peito, e o cheiro forte que vinha da tia que lia e apertava a carne das pernas, e eu, com sede, mordendo parte do tecido da calcinha, parte da tia, Praia da Alegria, e beijando o leito das coxas e fui baixando a calcinha, e um aperto na garganta, e ela com as borboletas no alto e ajudava lá embaixo, colocando o meu nariz nas entradas, e fiquei respirando a tia de dentro da tia, e a minha língua foi lambendo pra cima e pra baixo todas as linhas, cachorro bebendo água, e o molhado da tia mais me chamando, e as coxas me fazendo labaredas nas orelhas, e muito líquido na boca, e a língua estalando fascínio, e a tia inchando labelos com bocas e pentes de pelos, e a língua lábil no labirinto língua ao longo língua longa lingualinguando lá dentro, língua adentro linguadentrando a tia, indo fundo, mais fundo, fundoundo no leme, até não haver mais fundo nem mundo, e a tia lendo quase gritando me liando com centenas de pernas, e eu sufocando no quente lambendo mais água tirando mais água do dentro de dentro da alma da tia, e beijando lábios com beijos de novela, e dizendo coisas apaixonadas para a coisa dela, e lançando a língua pro gosto amargo do leite-saliva, e volvendo às palavras e mordendo pelos de raiva, e a tia gritando o livro com trejeitos de vozes agudas, e eu enfiando um dedo dois dedos três dedos e o quarto e a ponta do quinto pra dentro da coisacoisacoisacoisa da tia e mexendoendo querendo me querendo para dentro da tia que gemia o livro das borboletas faceiras e me lanhava atrás das orelhas, e então a tia foi nos fechando dentro da rede me afogando a Tristeza na Praia da Alegria e então gritou mais alto que o já alto e se derramou no tentando apagar a fogueira de dedos e se liquescendo foi descendo mole feito coisa toda corpo que sai pra vida com muita fome

fome que tive dele, que me fez perder os contornos de mulher mais velha e arranquei-lhe a bermuda, ele dizendo Minha tia minha tia minha tia..., e coloquei ele para falar isso no meio das minhas pernas, e ele falou coisas no idioma interno dos ossos, e então levantei a cabeça dele e quis beber o que ele bebia, e a língua do menino correu na minha boca e brincou nos meus dentes, provou da minha praia, e uma coisa-saudade me levou a pegar o menino todo duro, dureza da idade, e eu puxando os pelos e roçando as minhas unhas e pegando, e indo e vindo, e os olhos do homem pequeno descobriram meus seios, de que eu já tinha vergonha, seios de trinta repletos de pintas, e a boca do menino diminuindo as minhas idades, e eu me sentindo crescer do umbigo pra cima e indo e vindo com a mão com a mão no meninomenino dele, e ele trocando de seio, buscando meu leite invisível, nutrindo o terreno ferido da boca, e fui ao mundo dele beijando o peito de poucos pelos meus pelos, e mordi as ilhas dos bicos vermelhos, e fui descendo, e ele dizendo Minha tia minha tia minha tia..., e eu descendo, e ele Tia., e dei o livro pra ele dizendo Lê!, e sussurrei várias vezes, Lê., e eu descendo, Lê..., e ele pegou o livro, eu descendo chegando, e alguma coisa ele lia, em voz rouca ele lia, borboletas voando alto, Isso, lê pra tia., falei pro tímido do umbigo, e peguei com duas mãos o menino duro pele macia fruto maduro, e beijei a ponta e os lados e embaixo, e ele tremelendo foi deitando deitando, e abriu as pernas durinhas, e do livro fez a cortina, e eu fui com ânsia de boca molhada querendo provar gosto novo, e fui envolvendo sabores com lábios apenas, em seguida com a ajuda dos dentes, e a língua tateando a cabeça, sentindo o menino latejando no céu da minha boca, deslizando e invadindo, e ele foi e empurrou até a minha garganta, e eu querendo que além ele fosse, que o menino duro me entrasse no estômago e me tateasse um caminho lá dentro lá dentro, avançando intestinos, e ele ia e vinha pro oco sufoco da boca, e eu, quando mordia, era um apenas a ponta da ponta, e ele, tadinho, sem parar de ler borboletas, e eu corajosa fui coloquei enfiei o menino duro a preencher meu escuro, entrando sabão, duromacio, e ele tremetremeu me sentindo e subindo e descendo no liso menino e ele com mãos nas minhas costas puxando cabelo me apertando e dizendo Alegria! onde a Tristeza morria e falando nomes de borboletas e cores de borboletas e bobagens de borboletas e inventando borboletas com palavrões-bonitos me furando no dentro ele ia e vinha e ia e vinha e coçando o umbigo embaixo do umbigo e um barulho de água e eu borboleta e ele mais dentro de mim mexendo delfins na altura do estômago e Tia! ele dizia e metia com força alargando aberturas me fincando alfinetes em pontos sedentes e pontos nascentes e pontos crescentes e quentequeimando incendiava o que eu respirava e eu toda água muita água e ele tocando por dentro a minha coluna e eu sentindo o valente menino me subindo subindo intestino estômago esôfago garganta e grito eu gritando ele gritando tadinho gritando e gritou e eu dizendo Gritagrita menino dentro da tia! e ele chorando Alegria e a tia sentindo o jorro farto fogo forte do menino explodindo chovendo lavando por dentro a vida perdida a carne perdidaidaida ardendoendoendo ida endo ida endo e ele chorando nino nino menino e eu num respiro, fundo, respiro, querendo, dizer, já dizendo, respiro, qualquer, coisa, e ele, chorando, respiro, meu peito, Tristeza, Alegria, e eu disse assim Ai, é segredo!, e assim ele disse

Marcelo Mirisola nasceu em 1966, em São Paulo (SP). Bacharel em direito, não exerce a profissão. Publicou *Fátima fez os pés para mostrar na choperia* (contos, 1998), *O herói devolvido* (contos, 2000) e *O azul do filho morto* (romance, 2002). É um dos integrantes da antologia *Geração 90: manuscritos de computador* (2001) e também participou da antologia *Putas*, lançada em Portugal pela Quasi Edições (2002). Possui contos publicados em diversos jornais e revistas do país, sendo que a novela *Acaju (a gênese do ferro quente)* apareceu em capítulos na revista Cult (2000). Não tem prêmios nem medalhas, tampouco se considera *outsider*.

RIO PANTOGRÁFICO
(um beijo vendido, outro pela metade),
as gôndolas de praxe e Carla Camurati
linda em 1982.

para Mara Coradello

As donas de casa se profissionalizaram. Ao contrário das putinhas – elas, nossas mães –, não beijam na boca. O que acontece com as putinhas?

Sabe, Barletta, fui acusado de ter o pau macio e de usá-lo com doçura. Aí eu disse que não, nem tanto. A verdade é que não tenho a libido de outrora – nem a ciência – para escrever sobre a genealogia das bucetas, mondongos e cus comprados e me recuso, outrossim, a pagar (nem que fosse pra mamãe) para beijar boca de puta. Isso porque flerto com abisminhos triviais e me apaixono por lésbicas no final do mês de setembro e começo de outubro, sou um cara arbitrário, regrado (embora deletério) e, apesar de tudo, acredito em Márcia Denser, Reinaldo Moraes e primaveras. Ética é uma coisa que o sujeito – aprendi nas gôndolas do Carrefour – cheira, mede, usa, evita e descarta conforme o prazo de validade e a necessidade que imagina ter ao apaixonar-se por si mesmo. Assim, diga-se de passagem, é que o diabo valoriza os ingressos na bilheteria e penhora as alminhas em seus respectivos escaninhos e baciadas, comme il faut. A crepitação e o tempo de cozimento ficam ao gosto do freguês – eu, por exemplo, escolhi ser untado aos solos de bandoneón e dissipações em praças impossíveis, barbitúricos fora de moda do tipo benzedrina (elixires paregóricos...) e batatinhas

250 Geração 90: os transgressores

sabor queijo provolone. Jamais, porém, cogitei – nem quando arremetido em espirais pela tesão mais cabeluda – em beijar boca de puta mediante paga. A fruição do prazer, como queria G. K. Chesterton (ele mesmo de joelhos, vergado pelo próprio peso), requer não somente eletricidade, mas disciplina e, creio, principalmente, distância da boca das putinhas. Os lácteos e colostros, bem como os produtos derivados da melancolia, estão, estiveram e estarão diabolicamente e desde sempre – como veremos logo em seguida, Barletta – dispostos em suas malditas, sedutoras e eternas gôndolas. Ah, meu amigo.

Assim, confesso que meio de supetão e encantado, vim parar no Rio de Janeiro. Imagine só, Barletta. Me venderam um beijo. O que eu, diferente das minhas batatinhas sabor queijo provolone e dissipações, poderia ter feito? Sou um cara xucro e seminal. Só isso, Barletta.

Tá certo que às vezes é divertido você não saber qual a discrepância entre a putinha bem-sucedida e sua irmã, Barletta, devidamente matriculada numa dessas fábricas de diplomas da vida. Tudo bem. As duas, enquanto cinderelas – e aqui vai meu palpite – querem beijar na boca e chupar os caralhos de praxe, a diferença sutil (?) – vos digo, meu caro – é que, embora ambas carreguem a maternidade e o germe das prendas domésticas incrustados nos fundilhos da alma (e a despeito mesmo das gôndolas do Carrefour), sua irmã, aquela pobre coitada, branquela e comedora de disque-pizza, está devendo um ano e três meses de faculdade. Taí. Não tem ética ou cirurgia plástica que dê jeito! O que faz a diferença – evidentemente que em favor da putinha – são as porras dos carnês atrasados que a gordinha da sua irmã, Barletta, jamais vai pagar. O resto – a música que elas ouvem, as roupas e a conversa ao telefone, até os olhos revirados na hora de negociar o beijo – é tudo igualzinho: o mesmo shopping, o programa de computador e as sodomas às quais inopinadamente são aniquiladas. Os carnês atrasados, Barletta, são uma espécie de purgatório impagável. O inferno não existe nem pra sua irmã nem pressas putinhas que beijam na boca. Mas isso é irrelevante. A classe média – vamos ao que interessa, Barletta – entrou nos eixos via boquete. Um ajuste, aliás, merecido e há muito ensejado desde os tempos das soirées dançantes de Sylvio Mazzuca & Orquestra, naqueles tempos dourados.

Ademais, os flats – a descontar beijos e aniquilamentos – oferecem serviços de putaria e conforto que qualquer mãe, hoje (ou pelo menos as responsáveis, aquelas que NÃO beijam na boca), desejaria para o seu filho ou trocaria, sem pestanejar, por seus 25, 35 anos de fracasso no casamento. Até aí beleza. O problema é não ter uma coisa, o dinheiro, para trocar por outra, a felicidade – e é exatamente nesse ponto que irrompem dona Zíbia G. & congêneres e VENDEM – agora você entende o que é sobrenatural, Barletta? – a quantidade de livros que EU deveria estar vendendo. Ética, meu caro, é uma biscate que não existe.

Mas logo no meu primeiro dia no Rio faltava alguma coisa na teta da mina que eu fodia e aí ela quis me beijar na boca e eu perguntei: "O que aconteceu com o bico da sua teta?".

A mina saiu de cima da minha pica (cavalgava...), virou-se pro lado do abajur e se pôs a alisar um bordado roxo de Ibitinga que pendia do criado-mudo. Eu, a despeito do *enjambement* interrompido e da minha falta de habilidade em lidar com criados-mudos, paisagens e descrições eletrodomésticas em geral, insisti: "E aí, gata, tá faltando um bico, qual é o negócio da sua teta?".

Um carcará sobrevoou o moquifo escapado de um deserto morto e se escafedeu pras bandas da praça Saens Peña. O céu – evidentemente cúmplice – ameaçava peidos sufocados. "E aí, gata?"

Ibitinga, famosa por seus bordados, é uma das muitas excidades tranquilas e pacatas do interior de São Paulo que exporta cabeleireiras e gente profissionalmente desqualificada pros quatro cantos do planeta e dista poucos quilômetros de Barra Bonita, outra cidade na bacia do rio Tietê, igualmente famosa por suas eclusas, pelas cabeleireiras em fuga e responsável por minha nostalgia pré-transamazônica. Uma obra ruminante, essa eclusa, Barletta – se formos ter em boa conta a orientação grandiloquente de um país de merda como o nosso e que, apesar das jequices épicas e talvez por causa delas e apesar de tudo, funciona.

Mas tava faltando um bico numa das tetas da mina. Quando ouvi um sussurro vindo lá dos arrasta-pés desse interior parabólico e/ou "por quilo" onde você, meu caro, além do turismo bovino, pode adquirir lãs e malhas com até 50% de desconto no cartão de sua preferência e já tem incluídos a passagem de ônibus executivo, alimentação e hotel duas estrelas, ISSO, Barletta, e os agrados para a fiscalização, enfim, dizia-me o seguinte ao pé d'ouvido:

– É de "nascência", gato.

Veja só, meu amigo. Ela, a putinha sem um bico numa das tetas, disse e fez questão de repetir essa ignomínia para mim, toda dengosa. Tive que amolecer o pau. Por acaso, Barletta, você já ouviu falar de uma cidade chamada Sertânia?

– O quê?, então você não é de Ibitinga?

O carcará, Barletta, se escafedeu pro lado da Saens Peña, via Ibitinga ou uma porra de Sertânia que eu não sei onde fica. A mina alisava o bordado roxo. Mas como é que alguém pode nascer sem o bico de uma das tetas, alisar bordados de Ibitinga, querer me vender beijos na boca e cavalgar minha pica ao mesmo tempo?

– Chama o gerente, por favor.

Resolvi reclamar. Expliquei ao cafetão que a mina não era de Ibitinga e que não tinha o bico de uma das tetas e que, entre outras falhas, não sabia o que lhe faltava. Um desaforo.

O sujeito fez um desconto especial pra mim. Sabe, Barletta, saí de lá me sentindo um eleitor de Orestes Quércia, o tocador de obras. Tô intrigado. Ao longo do tempo venho "trabalhando a minha sensibilidade" e, desde aquele curso de origami e escopetas, noto que os matizes da minha aura têm alguma coisa a ver com a lua cheia e a orientação de Vênus no meu segundo quadrante em escorpião. Hoje, sem receio – e com uma visão holística da coisa (é sério, Barletta!) – e apenas com um bico de teta para lembrar, posso dizer que sou um sensitivo a contragosto. Quer dizer, nem tanto. Ou serei um intuitivo? Bem, não importa.

Vale que tenho um discurso pronto e um caráter no lugar do repertório (e vice-versa) – já disse isso... –, e vale, sobretudo (né,

Barletta?), que aprendi a não cuspir no meu interlocutor e que às vezes me enche o saco repetir sempre a mesma ladainha e então eu começo a gaguejar para dar mais veracidade e emoção ao meu discurso – isso também funciona.

Algo, meu caro Barletta, que vai além da canastrice e das triviais e ululantes aberturas da prestidigitação. Isto é, sob os auspícios de escorpião na última casa de Vênus, a terra em transe e a gambiarra que fiz com meu caráter influenciado por São Jerônimo da Pituba, consegui separar o esperma da melancolia – num átimo pérfido e milagroso – e esporrar sem levar maiores prejuízos. Ou seja, depois da punheta a contabilidade que se estabelece é a seguinte: "legal, né?, economizei tantos reais me punhetando". Depois, Barletta, perco o controle e essa gambiarra (ou esse maldito milagre que é o gozo) encerra-se invariavelmente em crises de choro, dedo no cu e Piazzola.

– São os meus desdobramentos, Barletta.

Virou nisso. Um cara xucro e seminal desembestado no Rio de Janeiro. No meu segundo dia, entendi que o Cristo ficava prum lado e o Pão de Açúcar pro outro. Mas não conta isso pra ninguém, Barletta. Em seguida, catei uma mina em Copacabana (com os devidos bicos nas devidas tetas) e a levei pruma livraria onde fiz questão de presenteá-la com meu livro de estreia: *Um pouco de Mozart e genitálias*, e tive – o que raramente acontece – o bom senso, Barletta, de dizer que aquilo fazia "parte do meu show" e adivinhei o passado, o presente e o futuro da gata por eliminação e por causa dos peitões dela: "são múltiplos os critérios para as escolhas... que são múltiplas, baby". Aí, depois dessa canastrice, ela me deu meia língua pra chupar e a gente mais se alugou do que se arretou lá no posto 6, perto da praça Sara Kubitschek, onde – segundo atesta Millôr F. – inventaram o frescobol.

– Ops! Desvia do cocô do mendigo, amor.

Aquilo tudo – como diria Reinaldo Moraes no apê da Ledusha – "debaixo do sovaco direito do Cristo Redentor". Embora o meu Cristo não estivesse exatamente no mesmo lugar do redentor do Reinaldo, era primavera e começo de setembro no Rio, vinte e um anos depois do "Tanto Faz". Eu, caipirão, queria conhecer o

Copacabana Palace, onde em tempos idos Ray Coniff e recentemente Ray Coniff haviam se hospedado.

Um pouco antes era sábado e final de tarde – entre o posto 4 e a rua Duvivier. Ouvi uma batucada em deslocamento da praia que passava pelo apê do Ferreira Gullar via Ítalo Moriconi e ia em direção à Barata Ribeiro, pro metrô. Aí, Barletta, veio outra batucada e trouxe uma horda de crioulos apocalípticos a reboque. Eu não quis – em princípio, Barletta – fazer minhas associações. Mas eu e a minazinha recém-lambida (no contrafluxo do funk, digamos assim) acabávamos de sair do caixa vinte e quatro horas, na avenida Atlântica. Lá, Barletta, naquilo que algum dia devia ter sido a praia de Copacabana, pairava uma atmosfera de genocídio e maresia que suprimia pesadamente o tempo e comprimia as almas em teto-baixo e era pior do que decadência porque, embora pesada e vagarosa, não estava parada, mas escorria – a lava do baques –, vinda de um lugar em direção a outro, enfurecida e arrastando carrinhos de bebê, e tudo o mais que poderia ter sido esperança, azul e mar, engolfava aposentados e enfermeiras, o tempo e o espaço e, enfim, o cerco (eu lá, saindo do banco vinte e quatro horas com a mina recém-lambida) estava inexoravelmente fechado – naquele instante, Barletta, quis ter uma uzi israelense para me defender do Sérgio Cabral, do Ruy Castro e do pôr-do-sol nas pedras do Arpoador, que fica – dizem... – logo ali, no final da avenida Nossa Senhora de Copacabana bem atrás do bingo pra quem vem de um sonho estragado, o meu, particularmente, desde as ressacas do Carlinhos Oliveira em 1970 até aquelas lambidas mal dadas no posto 6, depois de terem inventado o frescobol. O coração das trevas, Barletta, do tamanho de um coração de galinha e arregaçado a céu aberto para quem quisesse se arriscar debaixo do sovaco do Redentor.

Naquela primavera, Barletta, minha dieta consistia em cu fechado, bolinho de bacalhau – Sérgio Sant'Anna íntegro apesar de tudo –, outro chope aí e o caldo das negrinhas que sambavam no pé para alegrar o safári dos gringos vindos lá do primeiro e único mundo. Eu, aliás, fazia questão de me incluir nessa selvageria. Entrementes – *volenti non fit injuria...* –, o bonde do

Tigrão dominava tudo, o Rio de Janeiro morria negligenciado em si mesmo e Ed Motta estragava mais uma canção, acho que era "Wave", do Tom Jobim.

Então eu e a minazinha subimos no primeiro ônibus e nos escafedemos pra Ipanema de mãos dadas. Aos sábados têm feijoada e caipirinha.

– Cuidado pra não pisar no cocô do moço que está dormindo na calçada, amor.

Domingo é dia de cozido. Os gringos e os canalhas em geral não se cansam de descobrir... essas merdinhas maravilhosas. Eu, da minha parte, antecipava meu funeral e havia me empoleirado na esquina da Djalma Ulrich com a avenida Nossa Senhora de Copacabana. Aluguei um moquifão por três meses e adquiri um mau hálito de aviário pré bossa-nova já no quinto andar do terceiro dia pantográfico da minha estada no Rio de Janeiro. Do meu moquifo – sob o ponto de vista das cortinas negras (sempre) – eu acompanhava canelas rodopiando, lá embaixo, no mezanino de um prédio redondo do outro lado da avenida, era uma escola de dança e eu também via um pouco dos joelhos das bailarinas quase na bifurcação das primeiras putas da noite e à direita de quem pensava em suicídio. E, logo atrás desse prédio redondo, umas duas quadras até chegar em cima do túnel da Barata Ribeiro, tinha um morro no meio do caminho, e, de lá do alto, fuzis e metralhadoras se alternavam aos vômitos como se arrebentassem as sobras do pôr-do-sol ou despachassem pro céu uma cidade inteira junto com as primeiras estrelas da noite crivada de balas. Uma enxurrada, Barletta, que fazia "o contrário, outra vez" pro meu desalento e em direção à lua recém-dependurada e até, finalmente, cobrir de mortalhas aquilo que poderia ter sido a bosta de uma poesia. Ou um começo de noite no Rio de Janeiro. Tanto faz. Isso, de certo modo, era a música dos tocos e canelas do baile silencioso que eu não ouvia quando cogitava sobre Myrna e o que eu poderia ter feito para que ela acreditasse na minha solidão e nas minhas paisagens e nostalgias de tocos e joelhos, dos outros e pela metade, de quem chegou depois da festa. A praia de Copacabana tem mau hálito. E foi no travo amargo da garganta (com o tal bafo de aviário que sobe e desce elevadores pantográficos) que aprendi a desviar do cocô dos mendigos e a fazer associações românticas envolvendo os peitões da Carla Camurati, Nasi, e eu em Copacabana de perfil, entornando chopinhos. Então, imaginei um embate entre o vocalista do Ira! e uma plateia de adolescentes idiotizada pelo doutorzinho da MTV. Nasi tentava explicar, em vão, praqueles idiotas o que era o Rock and Roll e o que eram os peitões da atriz em 1982 – um treco caído, desnecessário como os adolescentes e constrangedor decorrido todo esse tempo e eu, assim meio que barrigudo e bêbado, tive álcool o suficiente e fiz minhas associações esquisitas ou quis entender que depois de vinte, trinta ou quarenta anos de babaquice estava tudo irremediavelmente perdido. Fuck you, baby.

Aí, Bortolotto, quer dizer, aí, Barletta, a gente chegou em Ipanema. No "contrafluxo do funk", como resolvi chamar aquela merda saindo da praia em direção ao metrô. Eu falava pra minazinha alguma coisa sobre as auroras do Paulo Mendes Campos e me perguntava o que é que "aquilo" (meu contrafluxo em particular) tinha a ver com a leveza do poeta e a Roma Negra mal-ajambrada pelo Darcy Ribeiro.

Tudo a ver. A antropologia ou aquilo que os baianos usam para enganar a gente (penso nos falecidos livros do Jorge Amado e no autismo babão da Zélia Gattai) sucumbia à realidade do Jardim Ângela. Hoje, Barletta, essa impostura virou, no máximo e com muita boa-vontade, souvenir para mau-caráter manipular deslumbramentos ou dar a bunda. Basta ver as porcarias que o Ferréz escreve ou andar de ônibus por aí para entender que a alminha brasileira não vingou.

– Fudeu.

Quem entende da compra e venda de negrinhas, almas vexadas, loteamentos na periferia e comércio fast-food de acarajés, quem entende disso, Barletta, é pastor da Igreja Universal do Reino do Edir: o resto são crianças putas e o Brasil em volta, caindo aos pedaços. Taí, Barletta. É o que tenho para chamar de antropologia. Um cara como eu, que anda de ônibus por aí, não tem como escapar ao inferno tosco da verdade. E foi assim, fugindo dessa verdade tropical, odara e criminosa, que chegamos a Ipanema. Aí eu disse pra minazinha:

– O insuportável só existe uma vez, baby (com exceção do Ed Motta, fiz a devida ressalva, é claro).

Ela pegou na minha mão e eu me senti um racista enternecido pelas auroras e pela intolerância, quase um Hitler misturado com o autor de "Ossi di Sépia" – tratava-se de um outro contrafluxo, Barletta –, todavia sem os molhes e os penhascos de Montale, porque estávamos perto do posto 9 e nós (mais ela do que eu?) não devíamos ter cometido aquele beijo pela metade.

Mãozinha fria, a dela. Em seguida, Myrna escreveu o telefone no guardanapo, "Myrna Corelli", e eu fiz questão de jogá-lo contra o vento: na direção sul, para dar um clima de deserto de Mojave na favela do Vidigal – e para homenagear John Fante bem na hora em que o Hotel Marina acabava de acender e eu e "Myrna, a garota do guardanapo", meio que sem perceber, cantarolávamos umas canções da chupa-grelo mais talentosa (depois da Ângela Ro Ro, é claro) da música popular brasileira. Um treco bonito. Mas não conseguimos beijar pra valer. Em cima da gente tava fazendo – como se isso, "fazer uma lua", fosse possível – uma meia-lua turca e eu tive que estragar o esquema ao enfiar a mão no rabo dela depois de dizer que tudo o que eu lhe poderia dar era "solidão com vista pro mar". Myrna corcoveou:

– Por que você não enfia a mão na bunda da sua mãe? – foi o que disse antes de ir embora.

Então, Barletta, fiquei ali, ralhando com o ululante, sozinho e de frente para o mar. O ululante era o seguinte: fazia uma meia-lua turca, como se isso e a bunda da minha mãe fossem possíveis de frente para o mar, depois daquele beijo.

Das três minas que catei no Rio, Barletta, essa, Myrna Corelli, foi a única que me rendeu medias-lunas e algo parecido com um começo de noite. As outras duas, além do sumiço, me deram um prejuízo de três a quatro dúzias de reais (dois livros autografados) mais uma porção de salaminho, camisinhas que usei a contragosto, azeitonas pretas e uns chopes sorvidos com gosto de desespero e complacência pela figura triste e obsoleta em que acabei me transformando. Ou seja, virei um tiozinho que veste largas camisas havaianas e dá tiros no pôr-do-sol. Virei um tiozinho que escreve uns trecos bonitos. Às vezes exagero, Barletta.

Tem minazinha que acende o farol das tetas quando digo que "esse treco de escrever é uma maldição", larguei tudo e não tem volta. O aluguel do moquifo eu pagava com sofismas e a única lei era a do cheque especial da minha mãe (e a da gravidade, porque nossa conta sempre foi conjunta) misturada ou incorporada ao tráfico de tucanos e outras lorotas, uma cruzadinha de pernas e araras azuis na serra da Canastra – em tempo idos, querido(a).

O diabo do caráter que compromete. Daí, Barletta, eu tinha que "limpar o 'espeto' entupido de sangue" (uma das muitas gírias do meu repertório "junk" fora de moda) e explicava pra elas, na medida de uma selvageria cuidadosamente distanciada, qual o procedimento para se "interromper" a vida de um capangueiro inconveniente e outra vez misturava alhos com bugalhos, o passado com o presente (que era para valorizar a vidência) e também, Barletta, as iniciava no processo de decupação dos diamantes para, logo em seguida, estabelecer a diferença entre a pureza das gemas e os melhores indícios, marumbés e caboclos, para encontrá-los. Nesse ponto, fazia uma pausa, retomava a cafungada e dizia pras minazinhas que, a despeito do isolamento no garimpo e da eventual disposição do cozinheiro em dar a bunda, dragas furiosas desviavam o curso do rio São Francisco para chegar às piçarras, e Marivone, a "greluda", conseguia assorear até cinco peões de uma só vez:

– Sabe, baby, eu era uma espécie de xamã praquela gente. Um Rimbaud de Furnas e arrabaldes (etc., etc. enfim, Barletta).

Ou um sujeito que mudava de signo conforme a necessidade e/ou a intumescência dos mamilos das minas e que não estava nem aí pras musas, endereços e paisagens. Isso tudo, porém, com doçura, cinismo, algumas reticências sob medida e deturpações generalizadas. Assim, Barletta, eu discorria sobre declives e a primavera das lésbicas, caprichava nas falésias e alcançava o ápice, veja só que situação curiosa (até para falar em "ambiguidade" eu fazia um tipo), ao abordar as grandes *depressões*... onde? onde? No Brasil meridional (?) Eia! A geografia mequetrefe da qual os momentos mais dramáticos, você sabe, e os mais ridículos, como os pontos cardeais – norte, sul, leste da p.q.p. e o oeste do deserto onde o Judas perdeu as botas –, me foram se não legítimos, úteis; tanto na retórica da vidência quanto na loteria dos mamilos. Se, por exemplo, Barletta, as auréolas inchassem no litoral norte lá pras bandas de São Sebastião, eu me obrigava a especular sobre restingas, marambaias e arquipélagos. Quanto às flores, meu caro: eu usava orquídeas, principalmente:

– O corno é o último a saber – isto é São Jerônimo da Pituba segundo Abelardo e agora você pode ir abaixando a calcinha, amorrrrrr.

Ah, meu amigo. Não consegui pagar o beijo e Myrna sumiu atrás das pedras do Arpoador. A partir daí escolhi acreditar em dissipações, solos de bandoneón e noites únicas e derradeiras. A extensão das carreiras cafungadas e das punhetas intermitentes somada aos sonhos-de-valsa em papel celofane e aos barbitúricos fora de época, imagino, devia ter alguma coisa a ver com isso – no meu contrafluxo, Barletta –, e minhas gambiarras prediletas, a bem dizer, acompanhavam esses e outros vagares relativamente brilhantes depois de um tempo desperdiçado (sempre é tarde demais) e em virtude do meu desalento, isto é, conhecendo-me como me conheço – a cura e o perdão já não surtiam o mesmo efeito de antes –, eu perco/perdia ou estrago/estragava tudo aquilo que consegui ou cheirei a bem da verdade e apesar dos pesares.

Ademais, Barletta, amanhã é feriado aqui na cidade maravilhosa e eu não vou conseguir me suicidar antes do meio-dia (o repertório, o maldito repertório... você me entende?). De qualquer jeito, isso, "o meu repertório" e a morte são escolhas que fiz e às quais me apliquei com esmero e dedicação e que, portanto, tenho a obrigação de levá-los – a morte: ainda tenho alguma coisa comigo, eu vou junto, sabia? – até o fim.

É isso aí, Barletta,
Um forte abraço do seu amigo e admirador,
Marcelo Mirisola, Rio de Janeiro,
18 de setembro de 2001.

Daniel Pellizzari nasceu em 1974, em Manaus (AM), e vive em Porto Alegre desde os 10 anos. Editor e tradutor, foi um dos primeiros autores brasileiros a explorar a internet como meio de criação e divulgação. É um dos fundadores da editora Livros do Mal. Publicou *Ovelhas que voam se perdem no céu* (contos, 2001), traduzido para o italiano em 2003, e *O livro das cousas que acontecem* (contos, 2002).

NÉQUEM

para Julio Lemos,
traidor do movimento

Deu-se na Vigésima Terceira Hora. Mal deitara os olhos nos gravetos que adornavam o candelabro do teto de minha cela, pronto para contemplar o Néquem, e fui forçado a vislumbrar um monge esquálido chorando. Não que ele estivesse passando por alguma dificuldade ou que a visão de minha pomba flácida o tivesse levado a um êxtase pentecostal, nada disso. Ele apenas sentou em um dos degraus da porta e começou a uivar num crescendo aparentemente infinito, enquanto eu despreocupado coçava as coxas.

Percebi que de forma alguma ele sairia dali, e também não demonstrava intenções de parar de chorar. O que mais poderia um uranista honesto fazer nessa situação? Seguindo o manual, descolei a bunda das palhas de minha cama, esfreguei minhas nádegas em um ímpeto de quentura e lasquei-as no frio dos degraus, ao lado do monge que uivava. Enrosquei-lhe o corpo em um abraço sem subtexto de pederastia, suspirei fundo, esvaziando com rangidos minha caixa torácica, e declarei:

– Homem, deixe disso.

Em troca, ele enfiou a mão direita no meio do próprio rosto, de um modo que – confesso – me pareceu deveras canhestro. Ficou ali, em sua sinfonia lupina de lamentos polifônicos, enquanto a baba e as lágrimas escorriam elásticas por entre seus dedos: finos, compridos e nodosos como o cacete do abade Johannes. Não era

264 Geração 90: os transgressores

exatamente a cena que eu gostaria de vislumbrar entre a última Hora e minha meditação pré-morfeica. Ainda havia o Néquem, ora. O Néquem. Desisti do espírito cristão e da fraternidade entre enfornadores-de-robalo, devolvi meu rabo à palha de minha cama e entoei uma Salve Regina, Mater misericordiae, vita, dulcedo et spes nostra salve.

Antes de monasticamente cogitar uma socada de bronha, já estava sonhando com

[o escaravelho chegou perto como se fosse meu amigo de anos. começou a falar dos tempos que vivera no deserto, rolando sua esfera de bosta pelo oceano de areia, e me trouxe a lembrança de que rezar não tiraria a vida. só pude piscar e ficar observando o reflexo dos sóis em sua carapaça negra. a última pedrada havia quebrado os poucos dentes que me restavam, deixando minha cabeça com nada mais do que uma língua inchada pela sede pendendo para fora de uma banguela sanguinolenta. indiferente a qualquer desgraça que não a sua, que por sinal não via, o escaravelho continuou seu discurso durante éons, até revelar ser um mensageiro daquilo que nas entranhas geladas do Néquem se esconde. tentei enxergar bem dentro dos olhos do rola-bosta mas não consegui. ele mudara novamente de assunto e caminhava impaciente de um lado para outro do meu campo de visão proferindo suas lembranças sobre as cobras que encontrara pelo caminho. se eu ainda tivesse mãos e não fosse apenas cabeça eu as esticaria e me dedicaria a estraçalhar o inseto com toda ciência que meus anos de estudos permitiram. ao invés disso, apenas abri ainda mais a boca e estendi ao máximo a língua para fora, como um tapete, e fiquei esperando que ele entrasse. não demorou muito, e enquanto eu ainda estava com a boca tomada por seus sucos recebi outra escarrada, desta vez de uma mulher que usava trapos acinzentados que ainda assim guardavam um tanto do rubro que exibiam quando eram novos. bem no meio da testa ela me acertou com uma catarrada grossa e pesada, que aos poucos foi escorrendo pelos meus olhos, pelo meu nariz, pela minha boca, como se o mundo me acariciasse pela última vez, um carinho leve e úmido e quase dáctilo, quase, quase dáctilo, mas não, o carinho é apenas um catarro, não, uma das pernas do rola-bosta ainda se move dentro de mim, não, é apenas um catarro, apenas isso, não, não, não são teus dedos, preciosa]

e com os barris de vinho da velha adega. O sabor ácido do esperma do diácono Salvatore, ainda cálido em meus molares, pode ter contribuído com alguma encorpada influência na matéria deste meu digressio nocturnum, mas como faltei metodicamente a todas as aulas de Latim me resta apenas este balbuciar de línguas moribundas, este uivo infinito do monge efebo nos degraus de minha cela e estas pulsações ritmadas que, como se cagasse pétalas, sinto diuturnamente na cloaca última de meu corpo ebúrneo, este carne vale de penitente virtude que alegra uma a uma das cansadas pregas deste meu cabeludo rego veterano. Et semen, benedictum fructum penis tui, nobis post hoc exsilium, ostende. Amen.

DIOTIMA

o universo: uma malha de letras minúsculas,
de proporções infinitesimais.
Joca Reiners Terron, *Não há nada lá*

1. Sou a noiva e o noivo, e por meu esposo fui gerada.

Soterrada pelos lençóis azuis, sua avó parecia um resto encarquilhado de pernil. Estava morrendo havia tempo demais, sentada pelos cantos da casa, quase imperceptível se não fosse o cheiro de merda que nem a enfermeira particular nem as fraldas geriátricas pareciam capazes de fazer sumir. Desde o primeiro derrame, estava sempre encolhida em alguma poltrona, com um terço imóvel na

266 Geração 90: os transgressores

mão, como se fosse um holograma que de noite precisava ser carregado até o quarto. No último sábado, desabara de um só golpe no chão da sala de jantar, um pouco antes da sobremesa. Ninguém a tinha visto ficar de pé, e depois que caiu a família toda permaneceu em um semicírculo quieto ao redor de sua carne minúscula até que Lucas, de joelhos, anunciou: Tá viva, chamem uma ambulância. Do chão da sala de jantar ela seguiu direto para o leito do hospital, sem abrir os olhos até ontem, quando despertou do que os médicos consideravam uma espécie indistinta de coma e começou a falar.

2. Sou a mãe de meu pai e
a irmã de meu esposo
e ele é meu fruto.

Carolina!, ela sorri quando apareço na porta, Vem cá! Puxo uma cadeira e sento ao lado da cama. Ela agarra meu braço com sua mão cheia de manchas e começa a delirar: primeiro anuncia que minha mãe vai ter outro filho, depois diz que eu vou ter um filho, e agora, olhando para algum ponto atrás de meus ombros, repete sem parar que Deus vai ter um filho, Carolina, Deus vai ter um filho. Olho um tanto constrangida para a enfermeira que vem retirar o almoço e explico baixinho que Vó, a mãe morreu de câncer há muito tempo, não lembra? Eu e o Lucas éramos pequenos ainda, e aí depois a senhora veio morar com a gente. Ela desvia o olhar para o teto, cruza as mãos sobre o peito, faz um bico e diz Deus vai ter um filho, Carolina. Levanto da cadeira, passo a mão por seus cabelos finos e digo Vó, isso já aconteceu, vó. Ela agarra de novo meu braço, nunca imaginei que ainda tinha tanta força, e desata a falar. O arcanjo Gabriel apareceu para mim noite passada, Carolina. Deus vai ter um filho, e o filho novo de Deus vai nascer de mim. Pego minha bolsa pendurada na cadeira e resmungo que Conheço essa história, vó, mas tu não é mais virgem, fica quietinha e descansa, fica quietinha e descansa, e saio do quarto sofrendo o sorriso entre aquelas rugas.

3. Sou a escrava daquele que me preparou. Sou a soberana de minha prole.

Quando chega na festa, acompanhada de seu tradicional atraso de hora e meia, Carlos já está bêbado. Em cinco minutos já estão gritando quase mais alto do que o som mecânico, e quando cansa da briga ela se afasta e o deixa encostado no balcão com o copo de vodca. Dança com as amigas, fuma maconha, bebe tequila, volta a dançar. Está caminhando em direção ao banheiro quando Carlos a puxa pelo braço e diz Vambora, ela diz Não mesmo e ele a puxa pelo cabelo repetindo Vambora, porra. Arrastada até o carro, não diz uma só palavra durante todo o trajeto, nem reclama quando ele a empurra para cima do sofá, já em casa. Tenta dizer alguma coisa quando ele enfia as mãos em suas coxas por dentro da saia e puxa sua calcinha até os joelhos, mas percebe que não há mais o que fazer quando enxerga seu pau duro. Em menos de dois minutos Carlos já gozou e está colocando as calças e dizendo Não sai daí que eu vou sair pra comprar fumo e quando voltar tu vai fumar comigo, mas demora demais para voltar. Quando ela acorda, perto do meio-dia, Carlos está deitado nu no tapete ao lado do sofá. Ainda com sêmen escorrendo pelo interior de suas coxas, ela acende uma das pontas que estão sobre a mesinha.

4. Mas foi ele quem me gerou antes do tempo de nascer. E ele é meu fruto no tempo devido. E dele vem meu poder.

Um mês e pouco depois da minha primeira visita, o Lucas me avisa que a vó saiu de novo do coma e não para de falar em mim. Vou até o hospital e logo que entro no quarto ela, sem nem me olhar, diz Espia aquela mancha no teto, Carolina, é um sinal de que o Messias vai chegar. E ele vai nascer de mim. Antes mesmo de conferir, já sei que não existe mancha alguma no teto, e me sentindo bastante ridícula pergunto Como tu tá, vó, tão te tratando bem? Ela tenta de novo agarrar meu braço como da outra vez, mas eu me esquivo de suas mãos enquanto ela sorri e pergunta se eu ainda gosto de ler. Respondo que sim e ela me olha de um jeito que lembra minha mãe e diz Então lê, Carolina, está tudo nos gnósticos. A mesma enfermeira da minha outra visita chega com um prato de sopa. Os gnósticos, vó? eu quero saber, enquanto ela balança a cabeça recusando a janta. Como a senhora sabe quem são os gnósticos? eu insisto, e ela sorri e diz Foi tua mãe, Carolina. Já falei que ela está grávida de novo? Que alegria, ela vai te dar um irmãozinho!, e aí eu fecho os olhos, respiro fundo e não escuto mais nada até chegar no estacionamento e fechar a mão direita sobre as chaves no meu bolso.

5. Sou o cajado de poder de sua juventude, e ele é a vara de minha velhice.

Está saindo da faculdade quando toca o celular. É Carlos, convidando para um jantar na casa de um dos seus amigos do novo emprego. Ela acha engraçado quando é recebida por um homem de terno e máscara de diabo, que a conduz até uma sala de jantar. Continua achando graça quando encontra o namorado e outras três pessoas ajoelhados em círculo, e segura obediente uma risada quando o homem de chinelos usando uma máscara de porco que lhe cobre apenas metade do rosto manda que ela também se ajoelhe. Quando o homem de camiseta regata e máscara antigás aparece na porta com uma escopeta na mão, começa a não entender mais que tipo de brincadeira é aquela, afinal. Olha para Carlos, que sem corresponder o olhar aperta sua mão e sussurra Assalto, assalto. Ela não consegue mais se mexer e fixa os olhos ansiosos nas havaianas brancas do homem com a máscara de porco, que monta guarda na sala de jantar. Ficam os quatro quietos por um bom tempo, ajoelhados e olhando para o chão, enquanto o homem com a máscara de porco fuma e apaga seus cigarros no tapete. Assim que pisoteia a sétima guimba com a borracha de seus chinelos, grita Eaí? na direção da sala. Surge o homem da máscara de diabo e diz

Feito, vambora. O homem com a máscara antigás dá uma risada catarrenta e fala Olha só que bonitinho, todo mundo ajoelhado. Parece uma igreja, diz o diabo. Acendendo outro cigarro, o porco anuncia que A missa tá acabando, ninguém se mexe nos próximos vinte minutos ou vai pro inferno. De longe, o diabo grita Fiquem com deus, jesus breve voltará, e bate a porta.

6. E o que ele desejar acontece comigo.

No hospital, antes de chegar no quarto, encontro a mesma enfermeira de sempre. Sinto muito, ela diz, como eu achei que só faziam em filmes, e fala que minha vó tá morta, que estão avisando a família, que eu preciso me acalmar. Pergunto se não nasceu algum bebê, se alguém percebeu que ela estava grávida, e ela olha para os lados e logo percebo que estou rodeada de pessoas em jalecos brancos me ouvindo gritar Vocês mataram minha vó! Seus filhos da puta! O que vocês fizeram com o nenê? Quando a enfermeira encosta as mãos em meus ombros eu cuspo na cara dela e saio de lá e pego meu carro e dirijo sem olhar para a rua e atropelo um cachorro e não tiro o pé do acelerador e faço uma curva fechada e chego na casa do Carlos e ele abre a porta e já vai perguntando O que foi, Alice, tu tá branca, e eu empurro ele pela sala até a gente cair no sofá e digo que minha vó era tão bonita quando era jovem e sei que ele nunca viu nenhuma foto da minha vó quando ela era nova e nem sabe que meu vô brigou com toda a família só pra poder casar com uma gói e digo que no hospital ela ficava me chamando de Carolina que era o nome da minha mãe e o Carlos fica me encarando com os olhos vermelhos e eu pergunto se ele já ouviu falar dos gnósticos e ele ri e diz O quê, aqueles caras que dão cursos esotéricos grátis? e aí me dá um beijo mole e enfia a mão suada no meio das minhas pernas e quer saber se minha menstruação ainda tá atrasada e pergunta se eu tô a fim de fumar maconha e eu começo a me sentir mudando de tamanho e fico tonta e saio correndo e ele vem atrás de mim gritando Alice? Alice? e eu me tranco no banheiro e começo a vomitar.

ONTOLOGIA DO SACO CHEIO

para o viaduto goeladentro de Eduardo Fernandes

I

Chupo teu pau por cinco pila, me disse a garotinha manchada no meio do parque, duas e meia da tarde, e eu perdi toda a vontade de escrever ficção.

II

Quando a cabeça do meu melhor amigo explodiu de encontro à bala perdida, pensei logo na melhor maneira de descrever aquilo em meu blog.

III

O carro freou no cruzamento, o cavalo subiu por cima do carro, o carroceiro espancou o cavalo, a multidão linchou o carroceiro e eu, olhando, me atrasei.

TANSO

*Onze coisas são impuras: a urina, os excrementos,
o esperma, as ossadas, o sangue, o cão, o porco, o
homem e a mulher não muçulmanos, o vinho,
a cerveja e o suor do camelo comedor de porcarias.*
O livro verde do Aiatolá Khomeini

Abro os olho e pego o festerê comendo. Levanto rápido do sofá e vou até a cozinha pegar uma ceva e procurar o negãozinho Buiú. Abro caminho por entre a rafoage, chego na geladeira e me abraço numa latinha. A geladeira tá tricheia. Eu amo essa baia. Sento numa mesinha, onde uns cara que nunca vi antes tão esticando umas carreira.

Odeio pó. Esse parece ser do bom, amareladinho e tudo mais. Com certeza os cara são trafi. Bá, olha que estupidez o tamanho dessa bucha, o lance é quase um pedregulho. A fubangage faz fila em volta dos caras, dando gargalhada, se abraçando neles e essa coisa toda. Bá, que chinelage. Bando de vagabunda cheiradora. Porra, por que esses infeliz não arranjam umas gatinha? Que eu saiba, mulher bonita também cheira.

Lembro duma vez em que fiquei um dia inteiro cheirando cuma gostosa. Isso foi logo que eu cheguei em Porto, faz uma cara, tipo quase uns nove anos. Quando o pó acabou, ela disse que tinha mais em casa e nós se abrimo pra lá. Eu já tava um pouco de saco cheio da função toda, nem sentia meu nariz direito, meus dente parecia ter sumido, minhas beiçola já tinha virado chiclete. A gente chegou na baia dela, eu me ajojei no sofá da sala, tinha umas revista legal espalhada pelo chão. Ela foi no quarto pegar a cocada. Mulher que cheira é sempre pior que cheirador boludo. Não sei qualé que é, mas já percebi que é assim que o negócio funciona. Enquanto ela tava no quarto, apareceu um piá na sala. Filho dela, pelo que ela tinha me dito enquanto me enchia de falatório. Eu devo ser meio psicólogo, porque fico prestando atenção nesses lance. A maioria das pessoa deixa entrar e sair como se fosse brisa, ou vai logo mandando à merda. Eu sou diferente. Tridiferente, na real. Mas o guri era bonitinho, uns cinco anos, ou seis, sete, sei lá. Não sou muito bom em chutar idade de prego. Mas aí fiquei brincando com o piá, ele sentado na minhas perna e puxando minhas orelha e perguntando meu nome sem parar. Parecia triesperto, o guri. Ria muito. Fiquei cum pouco de pena dele ter uma mãe daquelas. Sei lá, deviam esterilizar tudo que é cheiradora. Aí eu perguntei se ele sabia quem era o pai dele. Na hora ele largou minhas orelha, ficou meio sério, cabelo bem lisão lambido pro lado, fez um bico e começou a rir de novo. E o teu pai?, eu quis saber. Ele se pendurou de novo nas minhas orelha e começou a berrar É TU! É TU! É TU! e eu Peraí piá, ainda sou novo demais pra isso e por sinal nem comi tua mãe ainda. Ele não largou minhas orelha, puxava com muita força, as mão pequeninha mas tava começando a doer. Aí a mina voltou do quarto.

Ficou toda atucanada quando viu o piá comigo e começou a berrar mandando ele ir pro quarto. Ele largou minhas orelha, pulou do meu colo e saiu correndo. Ela pediu desculpa e eu bá, nada a vê, o guri é parceria.

– Quem é o pai dele?

A mina nem parou de esticar os lagartão, só largou um:

– Vai te cagá.

Então tá, eu nem queria saber mesmo. Pelo menos não tanto assim. Vadia de bosta. Ela me passou a nota enroladinha, dinheiro novo, de onde deve sair todo esses pila? Mandei ver no polvilho. Era coisa boa, ardia sem incomodar e deixava o neguinho triligado. Mas eu não queria mais ficar me mordendo, já tinha me estricnado além da conta, queria mesmo é comer alguém. Eu tinha camisinha, não só pra não pegar pereba, mas pra não dar irmão pro piá. Essas mina que emprenha uma vez emprenham mil. Ainda mais que essa aí tava cheia dos pila, morando num baita apê e gastando horrores onde ia. Muito gostosa, rabo durinho e bem redondão. Aposto que deve se achar gorda e bunduda. Baita cheiradora filha duma puta. Meio tansa. Triburra pra caralho, na real. E fazida, ainda por cima. Tentei agarrar ela que ficou cheia de riso e espera aí, depois me avancei de novo e ela ficou puta porque atrapalhei bem na hora em que ia cheirar, quando cheguei junto pela última vez ela riu, me deu um beijo chocho de travada e disse Peraí que eu vou no banheiro. Tá limpo, vai com deus.

A guria não voltava nunca. Fiquei com medo de que tivesse morrido de over. Não por causa dela que era um zero qualquer que tinha só um rabo gostoso, mas por causa de mim. Bá, a porra do prédio tinha porteiro e o caralho, me viu entrar com ela, ia me ver saindo sozinho com essa cara de alucinado. Se tem uma coisa pra qual eu não nasci é cadeia. Bá, vai te fudê. Teje viva, vagabunda. Era só isso que eu pensava. Vive, vadia de merda, não me inventa de morrer sem nem ao menos ter dado pra mim. Cheirei uma carreira que parecia um dedo, pra ficar mais calmo. Lembrei do piá.

Se ela morresse, também ia ser foda pra ele, já não tinha nem pai, criança precisa de família.

Tirei a bunda do sofá e fui ver o guri. Entrei no quarto e ele tava ajoelhado do lado de uma cama baixinha, cheguei mais perto e o gurizinho tava cum prato e tinha umas carreira e aí fiquei puto e comecei a berrar MAS PUTA QUE PARIU QUE CARALHO TÁ ACONTECENDO AQUI LARGA ISSO PIÁ DE MERDA aí ele começou a chorar e eu fiquei assustado sem fazer nada e a mina chegou por trás de mim berrando comigo IH QUALÉ MEU FICA FRIO FICA FRIO e eu falei fica frio o caralho, o piá tá cheirando, olha o tamanho da criança, tu não tem vergonha, nem me inventa de dizer que foi tu que deu a cocada pra ele, aí ela começou a rir que nem louca, riso de cheirada, horrível.

– Mas tu é meio tanso, hein? Bá, como é tanso.

Odeio quando me chamam de tanso, e isso tá acontecendo cada vez mais seguido. Eu não sou tanso. Sou triligado nos esquema. Sou ligado a ponto de perceber que não sou tanso. O pior é que quem geralmente me chama de tanso são os cara mais burro que já pisaram na face do planeta. São tão tanso que me acham tanso. Vadia vagabunda que nem camisinha sabe usar. Fiquei puto, mas ela continuou:

– Deixa de ser tanso, meu. Isso aí é açúcar de confeiteiro. Eu dou pra ele brincar, tá ligado?

Ele sempre me vê cheirando, ela disse. Fica com vontade e me pede, mas não sou estúpida pra dar pó pra ele, aí faço umas carreira de açúcar pra ele se distrair. Ele nem cheira nem nada, porque começa a espirrar. É só brinquedo.

– Mas vai à merda, ô puta mangolona! Te liga no que tu tá fazendo com a criança!

A luz do quarto não era das melhor, mas vi direitinho quando ela ficou meio séria, meio com cara de cu, dizendo eu sou boa mãe, eu sou boa mãe. Aí eu falei vai te fudê e saí do quarto, ela veio vindo atrás, me abraçou e disse Pera aí, onde tu vai? e eu Tô me abrindo, tô me abrindo, bá, chorei pra ti, tô fora dessa, ela me abraçou com mais força, as teta se esmagando nas minhas costa, aí agarrou meu pau e ficou toda Vem me comer, vem me comer, tu não queria? eu dei um safanão e ela:

– Bá, além de tanso é viado.

Ah, não. De novo não. Tanso uma vez eu tô acostumado, duas vezes eu até deixo passar se for uma vadia prestes a abrir as perna pra mim, mas três vezes é abuso. Não tem boquete que valha tanta humilhação. Mandei o controle à puta que pariu e guindei ela bem no nariz. Foi um e dois, e a mina se esmurrugou toda no chão. Ficou lá, caída e quieta. Filha da puta, ainda por cima fica fazendo teatrinho. Deu vontade de guspir em cima. E o piá ali, chorando sem parar. Boa mãe, é? Vai consolar teu filho então, porra. Saí do apê sem olhar pra trás. O porteiro devia tá mijando. É por essas história aí que eu odeio pó. A coisa até seria boa se não fosse os viciado. Odeio gente fraca.

Os trafi e sua comitiva de vadia tão cos nariz tapado, tudo travadinho ao mesmo tempo. Fico besta quando vejo os sorriso dessa gente. Parece um bando de robô. Dou um último gole na ceva, pego outra na geladeira e saio da cozinha. Preciso achar a irmã do Buiú. Falando nisso, cadê esse negãozinho de merda?

– Não veio, tchê – diz o Friage, cabeção encostado na escada, com dois dedo enfiado na boca da mulher mais feia que eu já vi em toda minha vida.

Antes que eu diga qualquer coisa, ele dá um sorrisinho de filho da puta e continua falando:

– Mas tem uma neguinha maletuda na banda, perguntando por ti. Tens ideia de quem seja?

Nunca te vi pegando alguém, ele diz, e começa a meter a língua na mulher mais feia do mundo. Ela tem uns olho esbugalhado que parece não piscar nunca, e nada de lábios. Os dente parece começar direto na cara, uma coisa muito escrota. Quase comecei a dizer se não era mais negócio ele tá fudendo uma melancia, mas escuto de novo a voz dele na minha cabeça repetindo Tem uma neguinha maletuda na banda perguntando por ti. Pra não dar motivo pra que me chamem de tanso pela milionésima vez, abro a latinha de ceva e saio pela casa atrolhada procurando a Katiúscia. A cabeça do meu pau tá piscando, dizendo em código morse que Hoje ela não me escapa, bá, não escapa mesmo.

JULIA PASTRANA[1]

pra Mrí, a Messias

Quente, o dia em que morri. Pela quantidade de pessoas ao redor de meu cadáver, ainda sou amada. Foi o que eu disse, antes de morrer: Fui feliz e amada. O sr. Lent, meu gentil marido, conversa no canto da sala com um homem de sotaque duro. Meu filho nasceu morto. Antes de o levarem embora me deixaram vê-lo e percebi que, como eu, era uma pessoa interessante. Eu poderia fazer roupas para ele. Talvez o ensinaria a dançar. Viajaríamos juntos pelo mundo e seríamos vistos por todo tipo de gente, e provavelmente conheceríamos outras pessoas interessantes. Eu era A Mulher Mais Interessante do Mundo.

Na beira da cama em que estou morta, vejo um homem muito branco e gordo, que carrega um pequeno cão embaixo do braço direito. Ele está nu. Ao contrário de mim, ele não tem pelo algum, e mesmo assim sua sem parar. Seu corpo todo brilha, parecendo coberto de gordura. Também me parece interessante, com sua enorme pança composta de dobras de pele sobrepostas. Presto atenção no caminho que o suor faz em seus seios pendentes, com mamilos roxos e redondos. Apenas eu olho para o homem, que passa um longo tempo suando em frente à cama. Percebo agora que ele não tem um dos olhos.

---

[1] Julia Pastrana (1834-1860), conhecida como "A Mulher-Macaco", foi uma pequenina índia mexicana cujo corpo era inteiramente coberto de pelos grossos e sedosos. Seu rosto era de proporções simiescas, suas gengivas eram hipertrofiadas e com fileiras duplas de dentes pontiagudos. Inteligente e curiosa, falava várias línguas e adorava livros. Era exibida por toda a Europa por seu marido-explorador Theodore Lent, em espetáculos nos quais cantava com sua voz mezzo-soprano e dançava usando as roupas típicas que ela mesma costurava. Morreu dias após o difícil parto de um bebê natimorto que carregava o mesmo problema genético. Seu corpo e o do bebê foram mumificados por Lent, que continuou a exibi-los até enlouquecer e morrer em um sanatório. Depois disso, as múmias de Julia Pastrana e de seu filho sumiram e reapareceram várias vezes, em diversos lugares diferentes. Sua localização atual é incerta.

O homem larga seu cão no piso do quarto e logo surgem crianças de todos os lados. Nenhuma delas é interessante. Meu filho, o que nasceu morto, era peludo como eu. As crianças brincam com o cachorrinho do homem gordo, que continua em pé em cima de uma poça de suor grosso. De repente o cachorro chega perto demais da cama adornada por meu cadáver, e as crianças finalmente me enxergam. Todas, menos uma, gritam e saem correndo. Pobrezinhas. Gente morta deve dar medo. A que ficou no quarto se aproxima devagar de mim, até ficar ao lado de minha cabeça. Quase abro os olhos e desmorro, mas ao contrário do que esperava não ganho beijo algum. O garotinho puxa com força uma das minhas costeletas e sai correndo do quarto com um tufo dos meus pelos nas mãos.

O homem gordo agora sorri e me estende os braços. Caminho com ele em direção à porta, enquanto olho para trás e vejo que o sr. Lent e o homem do sotaque estranho apontam para meu corpo de uma maneira que não consigo entender. Ainda há muitas pessoas ao redor da cama. Sempre gostei de ser vista e amada, mas existe alguma coisa no olhar dessas pessoas que me incomoda muito. Não era o mesmo olhar das crianças para o cachorrinho. Tão bonito. Meu filho era bonito. Como eu. Quando passo pela porta encontro Rab, o anão escocês, recolhendo dinheiro de quem entra. Pergunto ao homem gordo para onde estamos indo, ele pisca o único olho que lhe resta e não diz nada. Fico feliz em deixar meu corpo para trás. Ele agora será enterrado e desaparecerá. Nunca mais será olhado daquele jeito. Talvez eu não tenha sido amada pelo que fui.

Tropeço uma canção de amor em espanhol, pego uma das mãos rechonchudas e úmidas do homem gordo, sorrio e pergunto se posso renascer como um cão. É o que desejo. Renascer como um cão: ou isso, ou o nada.

A PRÓSTATA EM DEBATE INTERCONTINENTAL

*consistindo nas partes 6 e 7 (de um total de 23) das
peripécias do corsário freelancer Crumbo Parsifal,
o caolho, quando de sua peregrinação jubilar*

Peter Piot saiu apressado através da porta azul. Isso só acontece quando sua facção vai fazer uma aparição pública, Engonga me cochicha. Continuo mastigando minhas cascas de yohimbe enquanto meu único amigo entre os tutsis vai abrindo caminho pelo corredor. Não sei se todos os dias são assim, mas hoje a Central está movimentada. Todos têm sobrancelhas que deixam escapar preocupação com algum assunto que ignoro. Engonga abre a porta azul, mas não entra. Fico observando seu uniforme camuflado, que cai muito bem com a cor de sua pele. Mãos enormes segurando o cabo do facão. Ele nunca larga essa coisa. Vai lá, ele me diz, sorrindo. Mas volta rápido, certo? Eu digo Tudo bem, cara. Nem sei o que você quer que eu veja aí, mas sinceramente não me interessa muito. Só estou em Madagáscar porque a merda do hidroavião que deveria me levar de Serra Leoa aos Emirados Árabes não quis levantar voo. Não me importam os Illuminati, a África ou coisas que existem atrás de portas azuis. Mesmo assim, entro.

Mal coloco os pés dentro da sala e Engonga bate a porta. Escuto a chave girando na fechadura. Confiando que o negrão não está de sacanagem, dou uma conferida no lugar. É um escritório qualquer, com aquele ar bunda-mole de sempre. A única mobília é composta por uma escrivaninha velha e descascada, uma cadeira giratória de couro e um enorme arquivo de metal. Olho uns papéis timbrados que estão sobre a escrivaninha. Nada de mais. Gosto bastante desse logotipo com o olho no triângulo, mas o conteúdo é cheio do papo espertinho dessa gente, que só me dá vontade de largar um barro. Dou alguns passos até o arquivo. Abro a primeira gaveta, que faz um barulho da porra. Lá dentro, só encontro uma pasta verde, cheia de papéis que não me sinto inspirado a furungar.

278 Geração 90: os transgressores

Sento na escrivaninha e quando olho para a frente dou de cara com algo que ainda não havia percebido. É uma composição de três painéis. São enormes. Desisto de tentar entender o porquê de não tê-los enxergado antes e resolvo prestar um pouco mais de atenção. Dois têm inscrições um pouco difíceis de ler a princípio, mas é só fechar o olho esquerdo que tudo fica claro. O primeiro anuncia:

PESSOAS PRESAS AO MUNDO DOS CONCEITOS OBJETIVOS NÃO DEVEM TRABALHAR NESTE LUGAR. AQUI NÃO SE AFIRMA NADA QUE NÃO POSSA SER CONTESTADO. IMAGINE, INCLUSIVE AFIRMA QUE NADA PODE SER AFIRMADO! HE-RESIA! AS PESSOAS DEVEM ESTAR ACIMA DOS CONCEITOS PARA REALMENTE ENTENDEREM O QUE SE PASSA AQUI.

O segundo painel é um enorme retrato de um sujeito ruivo de enormes bochechas, com um sorriso no meio da boca minúscula. Na parte inferior há um cartão com algumas palavras em árabe. Desisto de tentar entender e passo para o conteúdo do último painel:

PESSOAS PRESAS AO MUNDO DOS CONCEITOS SUBJETIVOS NÃO DEVEM TRABALHAR NESTE LUGAR. AQUI SE AFIRMA TUDO MUITO EXATA-MENTE, INCLUSIVE COM UMA EXATA ESCOLHA DE PALAVRAS. NADA NESTE LUGAR PODE SER CONTESTADO. IMAGINE, INCLUSIVE AFIRMA QUE TUDO PODE SER AFIRMADO! HERESIA! OS CONCEITOS DEVEM ESTAR ACIMA DAS PES-SOAS PARA ESTAREM INCLUÍDOS NO QUE SE PASSA AQUI.

Hmm. Mais papo espertinho. Não sei como essa gente aguenta, mas paciência. Ouço o barulho das chaves e antes que possa piscar o velho Engonga enfia seu rostão para dentro da

sala e diz Vamoindo que teu guia árabe chegou e o helicóptero
tá pronto pra sair.

Levanto da cadeira e, antes de sair da sala, dou uma última olhada para o retrato do ruivo gorducho. Ele está mostrando a língua.

* * *

Ainda estava em território saudita quando Hadji Alef Omar
Ibn Hadji Dawud Al-Gossara me convenceu de que entrar no
Iêmen por via terrestre não seria uma boa ideia. Estacionamos
Cosmo, nosso ônibus roxo, em uma área qualquer do deserto,
estendemos nossos tapetes e ficamos observando a tempestade de
areia levá-lo embora. Quando só restava o estepe, demos as costas à
Meca e esquecemos de fazer nossas abluções. Em poucos minutos
já estávamos dentro do avião russo das Linhas Aéreas de Omã, e
Hadji Alef Omar Ibn Hadji Dawud Al-Gossara me traduzia a fala
do piloto, que até então me soava como *alsalamaleikumarakara-*
kmohammad. Estávamos prestes a pousar no aeroporto de Sanaa,
a capital iemenita.

Quando coloquei os pés no último degrau da escada, fui rodeado
por uns sujeitos vestidos com camisolões azuis e ak-47s dependu-
rados nos ombros. Sequestro, Hadji Alef Omar Ibn Hadji Dawud
Al-Gossara me revelou. Haxinxins?, eu perguntei. Não, apenas
Qatifes. Mesmo assim, resolvi seguir caminho. Não era dessa vez
que eu conheceria Haroun Al-Rachid ou Hassan Ibn Al-Sabah, o
Velho da Montanha. A comunidade dos Qatifes também tem seus
atrativos, a começar pelas quantidades incontáveis de qat – a planta
do Olho Seco – e de beduínas lascivas com os corpos inteiramente
pintados com henna. Mas a atração principal é seu líder, Edouard
Ibn Pinheaux Al-Morseau, o Ruivo da Caverna.

Depois de algumas horas viajando em uma kombi chamada
Winnetou, os Qatifes retiram a venda de meus olhos e percebo
que estou dentro d'A Caverna. Eu e Hadji Alef Omar Ibn Hadji
Dawud Al-Gossara somos desamarrados e levados aos empurrões
até uma das grutas internas, cuja entrada está encoberta por
um tecido com padronagem semelhante à de nossos tapetes.

280 Geração 90: os transgressores

Encimando a entrada, uma inscrição que pode ser lida até pelo meu conhecimento rudimentar de árabe:

NADA É PERMITIDO.
TUDO É VERDADEIRO.
VERDADEIRO É PERMITIDO.
TUDO É NADA.

Somos recebidos no interior da gruta por um cheiro adocicado que gruda em nossas túnicas. Desvio a atenção para um dos cantos, onde enxergo, afundado em almofadas, Edouard Ibn Pinheaux Al-Morseau. Está rodeado de garotas nuas, com os corpos pintados de vermelho. Não parecem árabes, e sim orientais. Todas usam colares feitos de pequenos crânios. Talvez não sejam orientais, mas índias da tribo dos encolhedores de cabeças. Uma delas, a menor e mais bonita, está sentada no colo do Ruivo da Caverna, acariciando sua enorme barriga tigrada. Ele percebe nossa presença, sorri e entrega um rolinho para um de nossos captores. É um pergaminho muito delicado, provavelmente feito de intestino de ovelha. Recebemos instruções de não abri-lo antes de estarmos novamente em Sanaa. Coloco a coisa no meu bolso enquanto somos empurrados para fora da gruta. Gordo de merda, nem pra dividir uma vermelhinha gostosa com as visitas.

Antes que possamos pedir para explorar melhor as cavernas e as beduínas pintadas de henna, somos jogados de volta ao interior de Winnetou, vendados, amordaçados e amarrados. A viagem de volta à capital do Iêmen é um saco, principalmente por eu estar com uma forte coceira perto do rêgo. Os Qatifes nos abandonam em um mercado ao ar livre e desaparecem nas vielas da cidade. Hadji Alef Omar Ibn Hadji Dawud Al-Gossara, morto de fome como sempre, se dirige a um dos mercadores para comprar comida. Antes, resmunga Ei, precisamos procurar nosso ônibus, deve estar aqui em algum lugar. Dou de ombros e, aliviado, finalmente dou minha coçadinha no rêgo. Descubro que o que me cutucava era o maldito pergaminho do Guru dos Qatifes. Rompo o lacre, desenrolo e passo os olhos no conteúdo:

AS DEZ VERDADES ABSOLUTAS
de acordo com a encarnação passada de
EDOUARD IBN PINHEAUX AL-MORSEAU

1. *Nenhum sistema é completo, pois não é possível explicá-lo completamente partindo dele mesmo.*
2. *Não existe nenhuma verdade. Esta afirmação é falsa. Paradoxos transcendem paradoxos.*
3. *Todos os conceitos são válidos (apenas e somente) dentro de seus sistemas de crenças. Um sistema de crenças é um conjunto de conceitos que se complementam ou se justificam.*
4. *Todos os critérios, julgamentos, arbitrariedades e morais são baseados em sistemas de crenças específicos, e portanto são circunstanciais e não universais.*
5. *Abandonar quaisquer sistemas de crenças, embora desejável, é impossível. O livre-arbítrio é paradoxal. O poder verdadeiro vem da liberdade relativa que o indivíduo obtém dentro de seu ambiente.*
6. *Cada elemento – da partícula à galáxia, passando pelos homens – carrega sua peculiaridade intransferível.*
7. *A consciência é o foco da atenção. "Ampliar" a consciência é alterar este foco. Graus podem ser assinalados, e esses níveis podem ser descritos por sistemas de crenças. Existem técnicas para alterar este foco.*
8. *Nenhuma ação é ilícita, porém todo ato tem seu momento ideal. A consciência, estando capaz de transitar por diversos focos, experimentando diversas realidades, pode determinar que ato e que momento devem ser utilizados no sacramento da interação com o mundo.*
9. *Já existem algumas pessoas ou seres que alcançaram esses estados e estabeleceram uma rede de símbolos para indicar o caminho. Não faz sentido falar qualquer coisa sobre essas pessoas, visto que estão além do tempo e do espaço e com certeza além dos conceitos usados pelos homens. Essas pessoas não precisam ser identificadas ou rotuladas – devemos prestar atenção somente aos sinais que deixaram.*
10. *O mundo é cheio de detalhes que nos passam despercebidos, mas nem por isso ficamos irritados com nossa falta de atenção. A Grande Obra é realizada fora do mundo das imagens, símbolos e categorias – ela se faz no "vazio", o mundo real.*

Humpf. Blá blá blá, blá blá, blá, blargh. A mim me parece coisa de fumeta. Pico o pergaminho em pedaços minúsculos enquanto Hadji Alef Omar Ibn Hadji Dawud Al-Gossara caminha a meu lado, devorando um joelho de cabrito. Dou uma rápida olhada para trás e vejo um cachorro sarnento nos seguindo e engolindo todos os pedaços do pergaminho. Bicho burro. Volto a olhar para a frente. Estou tão absorto na procura de Cosmo que só percebo que o cachorro levantou voo quando seu corpo desaba à minha frente, abatido por um dos iemenitas de camisolão azul. Tomo cuidado para não tropeçar. É. Vai ser mais uma noite dormindo de cabeça em merda de camelo.

Jorge Pieiro

Jorge Pieiro nasceu em 1961, em Limoeiro do Norte (CE). Professor de literatura e sócio-diretor da Letra & Música Comunicação Ltda., publicou *Ofícios de desdita* (novela, 1987), *Fragmentos de Panaplo* (contos, 1989), *O tange/dor* (poemas, 1991), *Neverness* (poemas, 1996), *Galeria de murmúrios* (ensaio, 1995) e *Caos portátil* (contos, 1999). Possui contos, crônicas, ensaios e resenhas publicados no jornal O Povo, de Fortaleza, entre outros. Dos prêmios que recebeu destacam-se o 5º Prêmio Literário Cidade de Fortaleza, promovido pela Fundação Cultural de Fortaleza, na categoria poesia (1995), e o do Concurso de Poesia promovido pela Casa de Cultura Germânica (1990). É um dos integrantes da antologia *Geração 90:* manuscritos de computador (2001).

CADERNO DAS FALSAS HOSTILIDADES

Felizes os que podem descarregar
sua culpa no próximo:
cedo ou tarde se aliviam.
Adolfo Bioy Casares

10h35

Janete. Meu nome é Janete. Já repeti isso milhões de vezes.
Quando comecei a falar – sabia que podia falar mas não falava,
você entende isso, não entende, doutor? – eu pensei, não falo
porque não quero ouvir a minha voz, também não quero dar
gosto nenhum para meus pais. Eles viviam esperando nem
que fosse um gemido, assim, os olhos arregalados, fazendo
um gesto engraçado com a boca, as mãos abanando o ar,
esperando, esperando. Não queria dar esse gosto. *Mamãe*, eu
pensava – imagine, doutor, a cara dela ouvindo aquilo – *mamãe!*
ou *papai!* – ia deixar aqueles dois malucos, mortos de paixão
pela filhinha – *ela não é muda, Marisa, ela falou papai!, ouviu,*
Marisa, minha filhinha. Não, eu não merecia aquele elogio,
doutor. Sabe, eu queria mesmo era ser muda, abobalhada,
olhando para os cantos da casa, para o telhado, lendo a idade
das telhas, trocando a mancha das paredes por um búfalo, uma
nuvem de chuva ou uma vaca cheia de carrapatos, empatada
no meio do pasto. Por quê? Ora, doutor, você nunca quis ser
doido de verdade? doido assim que nem uma pedra cheia de
lodo, segurando os pés da menina grávida de uma serpente,
olhando para o chão do abismo? doido assim feito uma palavra
que se enterra na lama e se encorpa de alma e no terceiro dia

ressuscita, assustando o silêncio? vai dizer que nunca pensou nisso, doutor?

....
....
....

Água, doutor, água. Estou falando demais. Quero água, doutor, estou com sede. Veja como se desinteressa por mim, pensa que não tenho sede, língua de papagaio? Olhe, medo eu não tenho. Nem de pai, de mãe, fantasma. Só tenho medo de pensar. Como é que posso dizer tudo de uma vez? Por isso que nunca quis falar, porque nunca pude dizer tudo de uma vez. Não era só para infernizar a vida daqueles paizinhos, não. Aliás, ontem pensei muito neles. Já morreram, ouviu? Morreram de veneno. Engoliram a própria saliva. Juro que tive vontade de chorar, mas não chorei. As pessoas iam pensar que era de tristeza. Sabe por que estou falando essas coisas? Para deixar de engolir a voz, de mastigar essa borracha da palavra, e cuspir no prato para dentro as aranhas do verbo. Isso me dilacera.

....
....
....

Doutor, está prestando atenção? Vou contar até dez. 1, 2, 3, 4... Não gosto do quatro. É arrogante com aquela perna passada, espaçoso. 5, 6, 7... 8, de merda! parece um cachorro mordendo o rabo. 9, 10... Contei até dez para não matar. Mataria qualquer pessoa. Aquele que me perguntou as horas, e nem relógio eu tinha... poderia ter sido um. Aquela vaca balançando os peitos amassados no vestido preto, que me pediu desculpas, quando esbarrou em mim na esquina. O diabo do menino chorão dependurado no bico seco daquela magricela. Mas não, todas as vezes contei até dez. Como agora, doutor.

noite

Esta casa empoeirada.

Preciso é de um homem. Um homem que me deflore. Que se lambuze na minha língua de víbora. Que me cubra de gozo e bofetada. Que enfie a mão na minha buceta. Que cuspa porra dentro da minha boca. Que seja!

O alemão, aquele. Sonho todas as noites com ele. Por onde anda, Herr Schattenmann? Foi o único homem que me deixou com os pés na cabeça. Era forte. Tinha uma grosseria, talvez da sua raça, mas que não humilhava. Um típico ariano na maneira de ser, mas não de pensar. Pensando, era um amor. Por que penso nele todas as noites, se não passei mais que algumas horas nos braços dele? É, preciso mesmo é de um homem que limpe a poeira dos meus desejos.

escrevendo

Larguei a mania de escolher palavras. Qualquer uma serve para precipitar o pensamento. O que vale não é o pensamento? Aquilo que se desprega do mais íntimo e revoluciona as sensações e se expande como uma bolha elástica e se funde com o silêncio e, por fim, denuncia a miséria de estar vivendo? Vou escrever umas bolhas. Você não pode mais me impedir.

. . . .
. . . .
. . . .

a bolha e o espinho

> *começar é perecer assim: de costela,*
> *de grito e caos, de lama e ossos.*
> Georg Schattenmann

10" coisa

– Quantos anos você tem? cinco milhões? dez? cria bichos? por que não olha para mim? gosto, seu cheiro, sabe? por que não me

288 Geração 90: os transgressores

responde? acaso sou feia? quer se sentar? assim você quer me sufocar? por que está me engolindo? – perguntas.

35' fato
Beijo o seio da virgem enquanto ela bebe veneno, pronta para a morte. Gáudio. Alguns minutos mais e poderei armar o prazer: abutre que ama a carne a ser devorada por vermes. Agonizante, olhou-me, balbuciou:
– Vem!
– Ainda não...
Até que suspira, os olhos perdem a efervescência, a carne esfria, o perfume do corpo atrai e as moscas surgem para tocá-la.
Tomo-a, então, entre meus braços, beijo os lábios tensos e penetro no mundo maior do remorso. Com prazer.

39' freud
O pênis é o infinito. A agulha do orgasmo. O grito. Dentro da gruta, o morcego. Radares no corpo. O pênis soluça a sua própria morte.

sonho
Ele quase não vai mais em casa. Ela e Filho se abandonam ao silêncio do sol. Esta noite, Ele sente o peito apertado. Noite de gelo na alma. A coruja rasga o pano do céu a gritos. Folhas secas dão motivos de espanto. A noite está diferente. Ele anda como se estivesse de olhos vendados. Os passos afundados vão macios, medrosos, em versão de calúnia e remorso. Neste instante pensa nEla, somente nEla. Reza por Ela. Ela sonha em casa, beliscada pela oração dEle e pelo exconjuro de Filho. Ele não se lembra, nem quer lembrar de Filho. Ela acorda chorando um córrego de areia, que seus olhos não têm mais aquele mar. Filho se remexe no chão onde dorme, pois é ali que prefere trocar sementes com a terra. A noite é comprida nesta noite. Ele se encosta para descansar. A respiração atropelando o pensamento. Ela sua. A fome comprime os nervos dEla. Pressente. Filho grunhe. Parece sonhar. Parece ensaiar um riso pelo canto da boca, mais próximo a um esgar. Se se pode compreender, há

felicidade dentro daquela cabeça desafinada, naquele instante. Agora, nesta hora exata em que uma luz queima a escuridão no meio do mato e parte para cima dEle. Ele sente a urina inundar a perna. As pernas apodrecem, enquanto um gosto de poeira passeia pela língua. Ele fecha os olhos. Mais a claridade aumenta. Ela, de tristeza e dor, desfalece os sentidos. Filho grunhe de felicidade. É mesmo uma aura de felicidade pairando no instinto do louco. No meio desta noite, Ele se defronta pela segunda vez com o demônio. O bicho com a cara de Filho, um pesadelo, uma sombra, mas não é Filho, é o diabo medonho beijando a face dEle. O pavor é uma grande dor. Ele vai se encontrar com Ela no lugar dos desmaios. Filho se aquieta. A coruja rasga o céu de uma vez por todas. A noite chega ao fim. Chega a mordida da manhã com um gosto de salitre e dois faróis acesos nos olhos esbugalhados dEle. Recupera a última força e se impõe à velocidade dos desesperados...

10h35

Doutor, não me arrependo de ter que lhe falar todas essas coisas. Se tenho a intenção de escolher um caminho para o que penso, melhor dizer o que sinto. Você já sabe do meu sonho, dos meus desejos. E agora? O que faço com eles? Deixo na ponta da agulha e devolvo a explosão para o mundo?

Ontem senti o diabo no corpo. Não era o alemão, não; era a figura do espanto roendo minhas entranhas. Era o diabo. Sonhei. Tenho certeza que fodi com o diabo. Estou prenhe, doutor, do diabo. Minha buceta é agora uma terra de fogo, um inferno, uma labareda mais encarnada que a tocha nos olhos do diabo. E, passando por ela, trago no útero o filho do diabo. Um bicho. Sinto as unhas, sim, ele já tem unhas que se cravam nas paredes do útero, é uma dor lancinante. Mas sinto prazer, doutor. O filho do diabo me fode por dentro, com as unhas.

Doutor, passei a noite rolando na cama. O sol entre as pernas. Sabe como é isto, doutor? Não, não sabe, você é muito comportado. Um merda! Um burguesinho de merda, que rói as unhas enquanto me escuta. Você se masturba, doutor? Diga a verdade. Quer dizer que não pensa numa buceta, na dona da buceta, no ato da buceta se avolumando e se comprimindo, como a boca de uma bezerrinha chupando o leite do peito de uma vaca? Você é viado, doutor?

rua

Vestido ao vento. As pessoas passam escorando os olhos na carne das outras. Se os olhos pensassem, o que pensariam? O mundo me vigia. É uma sensação irritante, ter que experimentar agulhas picando o corpo por todos os lados. Aquele mendigo estenderá a mão em minha direção, não farei nada. Detesto esse olhar de nuvens de chuva. Olhos de boi. Pedirá esmola feito uma máquina. E vai me perseguir, quando eu passar, ignorando-o.

As esquinas estão flanelinhas. Elas esfregam o tempo na cara da rua. A minha vida é suja como um arco-íris, um arco-íris sujo de tanto ficar exposto na arrumação da chuva que não veio. Sinto-me na corcunda desse tempo.

E o coreano? A cara de amargura eterna vendendo falsidades. Ele não vende o pênis, penso. Ele vende hipocrisias. E quem compra sente-se feliz, realizado, a melhor coisa do mundo, posso andar com esse tênis, não devo correr, mas dura quase cem quilômetros, com cuidado... Amargura é o que não passa por essas mentes desalinhadas.

o dedo na aliança

Eu..
....
.... me penetro.

o erro de amar

Faz muito tempo que não sento à beira da cama e fico pensando em coisas que poderiam romper com o silêncio após a catástrofe. Não me sinto com essa disposição para encontrar uma posição mais confortável para resumir minha vida. Todos os meus instintos estão na posição de partida sobre a linha de chegada. Não significa nada para mim escolher a hora de dizer adeus ou, tanto faz, a hora do debruçar sobre os pés da pessoa amada.

O melhor silêncio é impossível. A nossa cara grita. Ninguém consegue esconder os pedaços que sobraram da agonia.

Escolhi, um dia, amar. O que me disse naquele dia? Vá, vá, entregue-se ao desejo, ao espelho da alma, ao mistério, ao soluço da loucura, vá. Fui. Encontrei uma porção de luzes, uma prateleira de coisas subjacentes ao sol, uma alegria incomensurável, na verdade, uma agonia eternizada pela gula do desejo. Foi muito bom, muito bom. Só não conseguia entender como poderia depois escapar das paredes, e eu nem sabia que elas sempre se postam diante dos nossos olhos, prontas a nos bater com a mesma força. Ninguém me havia ensinado direito a lei de Newton. Mas fui, e foi bom. Encontrei o celeiro, o pasto, o silêncio das bocas tão desejadas, a memória perdida dos possíveis instantes. Encontrei tudo isso. Mas no meio de toda essa dor, sim, porque tudo isso depois se transformou em dor, eu jamais pensaria encontrar o vermelho do diabo em clichê.

Ele era o metal mais precioso.

– Por que eu te amo?

– Porque é assim. Amar é compreender a dor ainda por nascer.

– E, depois, como poder sobreviver aos pesadelos?

Então, ele apareceu como um espantalho no meio da chuva e destruiu minha ilusão.

Georg Schattenmann

Não posso desprezar meu desejo. Quero este homem para mim. O primeiro encontro, ah, o primeiro encontro foi em silêncio. Ele chegou. Não foi surpresa para mim. Eu já o procurava. Ele me olhou, passou a mão em meu rosto como um cego querendo perpetuar uma face, e sem nada dizer apertou meus seios. Gemi. Jamais esperei algo tão rápido. Afinal, eu nem sabia se ele existia realmente. Fechei os olhos e deixei que me tocasse. Enrodilhei-me no corpo dele espiralado.

Ali descobri, ali naquele sótão descobri o caderno dos mistérios. Algumas folhas amassadas, outras podadas pela insanidade das traças e do tempo, outras por despertar a flama do pensamento. Ali o descobri. Uma letra sem esperança, como o desejo de um onanista diante da sombra.

292 Geração 90: os transgressores

traduzindo, i

E foi assim. Repito. Certo dia, entre papéis e objetos de um sótão exemplar, no vilarejo de Bug, próximo à cidade de Bamberg, na Alemanha, deparei-me com um caderno envelhecido. Deu-se-me a iniciação. Tentei decifrar, até encontrar um auge de silêncio no registro de páginas diárias tão sacrificadas. Recolhi-as com o intuito de resgatar a personagem por detrás dos escombros. Para minha surpresa, nunca souberam da existência de ambos. Sei que assina por Georg Schattenmann. Curiosamente, seu nome significa homem das sombras – as sombras de Janete? O texto fragmentário mostrou-se instintivo, espinhoso. Então, puta e poeta, preferi conservá-lo no passado, admitindo, porém, ter investido, tentando recriar. E inventei e traí, principalmente ao deparar-me com o vácuo da página escondendo a pista das palavras corroídas por detrás de um

vazio de flores

exercícios da sombra

Ao ímpeto, no logro e vício das coisas... Sou penetra e
falo. Condenso o hálito por tua mancha que te desvela sombra.
A morte em meu sonho, entranhas de sóis no fogo.
Arroubo de fantasia, ouso a sombra infinitamente tua!

Imagem pelos poros um avesso. Fúria nas vagas de mortes.
Vontade de sentir o sabor da língua em palavra amarga. O
cravo na boca de uma ausência. Carne de fumaça. Ultraje
mágico na poalha de estilhaçada noite...,

O amor num celeiro. Templo de bebê-la oh larva em tua
língua. A carícia em células de veneno. Cicuta ao morrer por
ti. Chama de ímã na luz que me escala a noite por um fio.
Mancha e queda a unção do delírio na vertigem.

Pulsa em adubos o verme da hora. Porção de centelha e
prazer. O jardim crepita a busca no fogo lilás dos

gemidos... Alvo da loucura a esperança ignora e te filia. O
limite do amor se abisma na parede em luz de salitres.

....

(bebo água, estou sem fôlego; por dentro, úmida, morrendo)

....

Rapto de asa em sobras de mim a solidão bafeja meu sopro.
Cedo-me a teu contágio, virgem na contradança dos desvarios.
Esse escorpião em tua boca de reter o suspiro para te mascar
o hálito. Minha alma tremula rente aos espinhos da
miragem... Insólita.

Zombar de vidas por tua vinda. Sombra válida no olho sem
alma. O desejo das coisas atraindo o toque com o rebuliço do
flagelo. O turvo ao olhar do dragão ou osso da covardia.
Réstias de falsa noite que os olhos experimentam vasculhar.

Memória de água no tempo da tua pele: imagem de fel.
Estrelas da história, amordaço a traição de pedra e caliça
em soluço. E pode o mar sonhar esses abismos em jardins de
algas. Sou mão na tua rosa-seio. Pétalas nelas à espiral do
desejo.

Esboço de labirinto tua veste invivível. O teu mistério em
fantasma. A face é minha prenda. Ao teu seio ofereço um
brinde de agonia. Revelo-te o amor sofrente de infinito. A
carícia do sabor. A língua de amante que recusa da serpente
o medo.

A sofreguidão do suspiro sob a faca da luz por tua silhueta
na parede. Sombra, oh sombra que se vela! Face ao álibi do
cálice entre línguas. Espíritos de vinho em sacrofício.
Cálice tantas vezes preciso. Provoco a turba para atordoar
uma legião de desvios.

....

(sonharei, um dia, com a vida, doutor?)

....

Dedos de retocar um arco-íris. Único em tua boca resvalo lábios. Reentrâncias de espaço e som ao se apoderar de ouvidos. Te remodelo em extensão. Ouro ou azinhavre ao cobre de segredos. Histeria de pétalas tocando pétalas. Obras do lilás, estação, onde a sede banho.

Meu apetite de volúpia na visão das sobras da parede. Poço do abdômen. Teu corpo me ilimita a dor afoga águas no meu corpo. Beijo-te, gula de prazer! Enquanto fazer-me pensar te condena. Me condensa no que estás nascendo, nascendo do que ousei.

lábios na serpente

Você não entende porra nenhuma, doutor. Nada. Quero lhe dizer que estou grávida, grávida das sombras. Que é que você sabe da dor? Conseguiu ler esta mancha do meu pensamento, conseguiu? Faz tempo que tento dizer coisas mais sensatas, verdades menos dolorosas – que paradoxo! –, traduzir em palavras algaravias do que penso ser, ouso ter, insisto em tranformar. Mas não! Só consigo o desaviso e a ausência. Doutor, escute, porra!, você está dormindo? Merda! Doutor, desista, doutor. Você é um homem ou um arroto fracassado? Não entende nada... Meu medo? Que medo? Nada é mais... nada é mais. Sinto o vazio, o vazio que preencho com flores de plástico. Isso é bárbaro! Tenho esse hábito como alimento da alma, doutor, da alma. Sei, insisto em dizer que você não entende porra nenhuma. Também não faço esforço para isso. Você que me decifre, enquanto eu não devoro sua vaidade. Fica em silêncio, fazendo de conta que está entendendo? Tem medo de descobrir a máscara? É... Você não tem nada, você é nada! Você não passa de um vazio em que rego flores de plástico. Isso é bárbaro! Isso é bárbaro!

traduzindo, ii

... deixei que a luz dos delírios me fantasiasse. Foi um instante de muita dor. Sentia-me despedaçada pela pedra grande e estilhaços de mim vibravam entre sobras. Ah! ah! ah! Eu nunca desistia de delirar. Afinal, minha vida continuou me devolvendo para o útero contra a minha vontade. Eu tinha que me defender dos contrários, tinha que extravasar, tinha que resgatar o sangue perdido ao longo de tantas luas. Meu corpo implorava... Havia uma aventura de fogo para desnudar e eu, ali naquele inferno, era apenas uma

bárbara de vestígios

Ergamos as paredes do inferno: ao precipício o passo. Que se arregace a fuga. Que um sáurio em plenas nuvens dê-se alado ao fim da pré-história e se creia!

Soltemos a âncora da madeira e do desejo do nosso barco à deriva. Que os deuses se ausentem desse nosso extermínio de sombras! Que a glória se dê nesse vulcão extinto em que vives!

Esta cama ao teu batismo com a lava de minhas entranhas. Que a balsa correndo neste rio nos perpetue espécie bendita! Ou, sacrílega, essa nossa religação reconheça Deus!

Nosso já inferno se torne a morte feliz. Que as andorinhas amem catedrais com a gula de Deus! Que nossas pegadas sejam a lei de outros oceanos!

As abelhas sobejem o mel com as rainhas. O êxtase perpetue essas doutrinas. Turbilhão tontura surto e acaso: esperança de grilos no chão.

....

(silêncio)

....

Oh lança de almas, feri nosso dia! Ergamos essas paredes enquanto nossa fúria se estica na pele. E irriga sangues para as begônias murchas do paraíso.

Finquemos a fúria no reflexo de ataque aos cães da rua.
Sejamos desses escombros a glória! Pois o tempo ronda nosso
esconderijo.

As luzes se impregnam de retinas. O silêncio se empertiga.
As mortes denunciam a ordem. O rasgar das palavras. Rosnado.
Convém cortar nossos pulsos. Engravidar o oráculo das
vaginas.

Em ti – oh sombra dos infernos – aceitar devassar os signos:
prostro minha alma a teus pés de lua e pele. Aceito te
anunciar ao fim sacro da tirania.

....

(Georg! Georg! por que tanta culpa? A vida é só uma traição, não?)

....

Nosso sacrifício de diabos e hidrófobos. Maldição entre a
língua e a demolição de nosso idílio. Bárbara. Seja o teu
nome ponta do meu dedo na cara do diabo.

Bárbara seja a luta. A castração de todos os eunucos. Com
esperma de sangue – bebe-o como néctar! – tatuo o símbolo
de um pássaro. Cravo a safira em tua testa. Que nunca mais te
percas entre meus desejos!

Contigo reergo a fúria no que sofremos... Instante a sugar
meu sangue. Edifico-te neste altar de papel em fragmentos
destruído. Bárbara de salitre. A ti oferto este rasgo de
vida. Esquece agora do tempo.

Apaga a memória. Conserva eterna a saliva presente. Escreve
em tua lápide a biografia de nitratos – o mínimo –, um
palíndromo Oh bárbara para sempre teu nome no sono das
feridas...

a picada

Minha alma tem vícios. Meu corpo se afoga tanto nessa gosma que ninguém poderá me salvar. Georg, Georg, que infiel esse seu silêncio teimando em me contaminar!

Estou deitada dentro de mim mesma. Estou de costas para o texto. Espero que alguém descrave a estaca que me empala. Minhas ousadias não vão além do próprio túmulo que conservo por dentro do meu corpo. Túmulo do amor dilacerado dentro do mais dentro do dentro.

Meu pai, doutor, meu pai é o silêncio do que nunca tive. Meu pai, meu pau. Minha mãe, a puta também convertida, era fiel à minha desgraça. Ela me pariu como se me mordesse. Por isso, doutor, minha alma é viciada, pústula de mim mesma. E Georg, doutor, Georg é minha penúltima dose de prazer. A última será a morte. Nela eu quero desaparecer, como desaparece o pau na pequena morte. Doutor, talvez seja esta a minha cama, deitada em mim, a que me inscreve no soluço ....
....
.... de gozo.

traduzindo, iii

... que, para mim, já era bastante aquele suor escorrendo pela minhas pernas, enquanto vivia a grotesca memória, transformando mortos em pequenas mortes, sinistros espelhos de

fragmas da desaparição

Gênese de deuses a manhã arregaça um oráculo. Árdua tarde se adia no som do deserto. Sinal de olimpo anoiteço. Aninha-se o inferno em andrajos. Solitário percurso viajeiro ao amor-próprio. O monge peregrina vozes. *Quem de vós sabeis pelas estrelas a morte? Quantos sabeis contemplar-se perdidamente?* Colinas ausentam um oásis de águas. Nas sintaxes a renúncia da sorte. Ilusões inflamam labaredas nas entranhas. *Que águas amargas temi encontrar?* Bárbara sorri e insiste. Penso que sou um rio de certeza. Escoa a palavra arrebenta ao chão. Sofrem os

298 Geração 90: os transgressores

olhos chorar outra nuvem. Um capricho nas mãos. Me esgueiro.
Em Bárbara. Ameaça. Os seios no abismo. A vida se inunda de
margens. Despenco o riso infiel. Bárbara bebe a minha incerteza.
Rio dessa correnteza. Noites rompem o sol. A lua invade o
olhar dos lobos. Certeza no âmbito dos espelhos.

Louco-me. Plastifico o sereno. Olhos de quem sou. Até que
o sol remova a noite. Algo há mais ávido que um plexo? Dá-se
o equilíbrio na agulha. Acrobata me verdadeiro. Carta de ilusão.
A dor me remete aos cimos. Por um fio o passo me arrebata
e desafia. Atino na mão a linha e a vida. Um suspiro navega
o naufrágio. Vestígios resgatam a prudência. Bárbara dá-se
incólume ao corpo na agulha. Acrobata. Aquele alimento do
tigre em nosso entre. Entranhas despertas. Instante de cinética
na inércia do precipício. Vertigem ao paradoxo da infinitude.
Espoca no auge o ar da bolha que salta. O desejo por dentro
é escuro. O ato é findo. Adormece o tigre em nosso ventre.
Vazio da juba. Instinto de olhar natural. Entre a retina e a luz a
incerteza. A leoa de assalto se agacha. Sombra.

Uma vez o medo de existir dúvida na luz. Outra e o espanto
emudece a hora. Eco de mistério. Uma selva de objetos e a
cena. Num menos esperar a leoa é salto. Fim e evidência da
morte. Cinzas especulam labaredas no passado. Linguado da
víbora. *Que memória a peçonha nubla?* Recuo de escorpião aos
passos de um faminto. *Em que uma seta confunde um labirinto?*
Esperança de tolo na confusão dos dedos. A vida me distrai
quando amante agonizo. Um vampiro significo perdão. Símbolo
de luz. Aos sangues entrego os segredos do oráculo. Este
século. O labirinto onde soam no centro da hora impropérios.
Quando a manhã envelhece e a dor sou dormido. Nessa
traição de madrugadas. E hábito de vinho em nossa capa de
líquido. A minha cara é a cicatriz da sede a quem pôde voar.
Espinhos de uma rosa. Amanhã transtornado em vermelho.
Deixo em mim a concha. O fim meu abandono. O que agora
durmo. Entre a culpa e a íntima insensatez.

Um corpo é o de Ebderelis. Onã entre a pira e o dote de uma Bárbara desejo nesse fim mais nada de vazio. Essas flores primitivas do que restou

ou

"cuando despertó, el dinosaurio todavía estaba allí"

despertando
(foi este o fim itálico que expeliu *augusto monterroso* ou o que imaginei de Georg na sombra ou foi o diabo ou foi a ausência do meu pau nesta solidão de desvarios, doutor de merda???)
....
....
....

palhaço alemão com nariz arrebitado
Pois não tenho mais certeza de nada. De nada. Este meu corpo desistiu de escolher a melhor forma de transubstanciar-se. Não quero mais o desejo, nem mais a morte, nem o homem que me aconselhe a entrar pelo meio de suas pernas com a boca. Resto de ossos despertado, espero simplesmente o momento de não mais temer o pouco tempo de vida.

Disseram-me para não sair deste lugar. Fiquei. Agora estou esgotada. Há três dias neste quarto quente, pernilongos ofensivos, a voz gasta de silêncio.

– Eu te amo! – finalmente a minha voz.

– Também te amo... – a minha resposta.

10h35
Janete, continuo, doutor. Já sei quem sou. Escrevi tudo isto, leia. Acho que o alemão morreu. Finalmente, sei que estou livre. Vazia, mas livre. Não tenho mais raiva de você, doutor, não adianta mais mentir. Você, doutor, como se chama? Tem o nome do meu pai? Não? Sei o seu nome, sim, mas não direi até

que tudo se acabe. Não tenho o mesmo nome da minha mãe, sabia? Os envenenados... Só uma estranha sensação agora me faz muito tranquila, muito tranquila, doutor, colocou alguma coisa nesta água? Sabe, doutor, tenho certeza agora das coisas. Muitas certezas. É proibido deitar na grama. O jeito é deitar e rolar, como ouvi numa melodia de Luiz. Bucetas ao vento! É uma grande certeza, não é, doutor? Fale, seu puto, fale. Diga, finalmente, que ama, diga que seu nome é Georg, palhaço, diga diga diga diga diga diga diga diga diga diga diga diga diga diga diga diga diga diga diga diga

André Sant'Anna

André Sant'Anna nasceu em 1964, em Belo Horizonte (MG). Jornalista, contrabaixista e compositor, publicou *Amor* (novela, 1998), *Sexo* (romance, 2000) e, pela editora portuguesa Cotovia, *Amor e outras histórias* (narrativas, 2001). Possui um conto incluído na antologia *Os cem melhores contos do século* (2001) e outros publicados em diversos jornais e revistas.

DEUS É BOM Nº 6

Para Pati

Quando eu gostava de futebol, eu era Corinthians. Mas agora eu sei que futebol não é Deus. Os jogadores confundem muito as coisas. Como é que Deus pode fazer o Marcelinho marcar um gol? Se fosse Deus que ajudasse um time a ganhar os jogos, esse time nunca perdia. Se o Corinthians fosse Deus, o Corinthians ia ganhar todos os jogos. E o Corinthians não perde? O Marcelinho fica falando que é Deus que faz os gols. Mas não é Deus, não. É o Marcelinho mesmo, ele próprio. Os outros times também têm jogador que diz que é Deus que faz os gols. Então, como é que fica? Deus não pode torcer e fazer gol pra todos os times. Time é que nem Deus, que a gente só pode ter um, tem que escolher um e pronto. Deus não ia ficar mudando de time toda hora, que Deus tem uma palavra só, que é a certa. Se Deus fizesse gol pra todos os times que têm jogador que fala que é Deus que faz os gols, ia tudo terminar empatado. É por isso que futebol não tem Deus. É por isso que futebol não é Deus. Então, quando a gente ama o Marcelinho, quando a gente ama o Corinthians, a gente não ama Deus. Deus não gosta muito disso, dessas pessoas que, ao invés de amar Deus, amam um time de futebol. Amor a gente só pode ter por Deus. Amor a gente só pode ter por Jesus, que é o próprio Deus, junto com o Espírito Santo, que eu não sei o que é, mas é Deus também. Tem gente que acha que o Espírito

304 Geração 90: os transgressores

Santo é aquela pomba. Mas o Espírito Santo não é pomba coisa nenhuma. É Deus. Então, a gente tem que amar Deus, que é o pai, que não é o José, que é o pai também, só que diferente, sem ser pai mesmo, porque o pai é Deus. A gente tem que amar Jesus, que é o filho do pai, que é o José, que não é Deus, e do pai que é ele mesmo, que é o Deus. Porque Jesus é Jesus, o filho, e é Deus também. É o próprio pai dele mesmo, que é Deus, mas também tem dois pais: o José, que não é Deus, e Deus, que é ele mesmo, o filho. E tem o Espírito Santo. A gente também tem que amar o Espírito Santo, que é o Deus que parece uma pomba. É que Deus é três, mas é um só, que é o Deus mesmo, que não é o José, mas é o pai, que é Jesus Cristo, que é o filho e o pai ao mesmo tempo dele mesmo, e o Espírito Santo, que não é pomba e é Deus também. O resto das coisas a gente não pode amar, nem gostar. Nem se for a Seleção, que é o Brasil, mas é mentira esse negócio de Deus ser brasileiro, porque Deus é deus de todo mundo e Jesus, que é o filho de Deus e é Deus também, nasceu foi lá em Belém, que não é esse Belém que tem aqui no Brasil, não. É aquele Belém que tem os judeus e o Bin Laden fica dando tiro que é pra falar que aquele deus lá deles é que é o Deus, mas não é Deus coisa nenhuma, nem Espírito Santo, é só maluquice que faz terrorismo que é porque eles têm inveja do Deus que é o mesmo lá dos Estados Unidos, que é o Deus que é Jesus, que é que nem o Deus que é o único e um só pra todo mundo. Então não tem nada disso de ficar amando o Brasil, que é só um time de futebol também, que nem o Corinthians, só que com jogador de todos os times. E quando ganha a taça é pior, que aí os jogadores ficam levantando a taça pra cima que nem se fosse o ídolo e Deus mandou a gente não amar os ídolos. Ainda mais que esse ídolo, que é a taça, que é toda de ouro que nem o cordeiro de ouro que Deus mandou a gente não amar pro Moisés, que não é Deus, mas é o profeta que veio lá no Egito pra matar esse pessoal que fica adorando o cordeiro de ouro. Deus não gosta desse negócio de ouro, não. Não pode ficar amando taça de ouro, não. Não pode ficar amando nada que não seja Deus. Nem a mulher da gente a gente pode amar muito. Mulher é só desejo, por isso eu nem olho pra mulher. Senão, o desejo aparece e a gente esquece de amar Deus. Até a Maria, Nossa Senhora, a gente não pode amar, porque ela é mulher e não é Deus. Deus é homem que nem Jesus e o pai que não é o José e o Espírito Santo que é uma pomba homem que é também Deus. O Espírito Santo é que fez a Maria, Nossa Senhora, que não é Deus, ficar grávida de Jesus, que é Deus. Por isso, o Espírito Santo é homem também, e é Deus, porque Deus é que é o pai de Jesus, que é Deus, mas sem fazer sexo. A gente só pode amar o Deus que é homem. Só que o Deus não é homem, porque é Deus. Só o sexo de Deus é que é homem. Mas não é sexo desses de fazer com mulher. É sexo desses que vem no documento que diz se a pessoa é masculino ou feminino. Deus é homem masculino, mas é Deus e não homem masculino que gosta de mulher. Deus não gosta de sexo e é por isso que ele mandou o Espírito Santo pra fazer sexo com a Maria, Nossa Senhora, porque ele mesmo, Deus, não gosta de mulher. E alguém precisava fazer Jesus na barriga da Maria, Nossa Senhora. Mas o sexo que o Espírito Santo, que é Deus, fez com a Maria, Nossa Senhora, que não é Deus, é um sexo diferente, que é mais um sopro, é mais uma luz assim que entra na barriga da Maria, Nossa Senhora, que é pra não ter sexo mesmo, desse que eu gostava de fazer antes de amar Deus e agora, que eu não gosto mais de mulher, só de Deus, eu não gosto mais, porque Deus é contra esse sexo. Deus é contra mulher, é contra o futebol, é contra a bebida, é contra o cigarro, é contra a televisão. Deus é contra todas essas coisas que são boas, porque tudo que é bom é ruim porque faz a gente não amar Deus. A gente só lembra de Deus quando acontece coisa ruim, por isso tem que ter coisa ruim toda hora, que é pra gente ficar lembrando de Deus o tempo todo. Deus não gosta que a gente fique se esquecendo de amar ele. Deus não gosta nem que a gente fique rindo muito. Porque se a gente fica rindo muito é sinal que a gente está gostando de alguma coisa que não é Deus. Quando a gente ama Deus, a gente ama sério, sem ficar rindo. Por isso eu agora sou sério e não fico rindo e fico amando Deus com a cara séria. Eu fico amando Deus e fico sofrendo porque Deus gosta. Deus gosta que a gente fique com agonia que é pra gente ver como é bom pra tosse ficar sentindo agonia que nem Jesus, que é o próprio Deus, ficou sentindo lá na cruz. Aquela agonia que é boa. Aquela agonia que Deus gosta. Porque quando a gente fica com agonia a gente paga os pecados que a gente tem, mesmo que a gente não fez nada, porque o pecado já nasce com a gente porque o Adão fez sexo com a Eva depois que ele comeu a maçã. É por isso que Deus não gosta de mulher – porque a Eva deu a maçã pro Adão comer e o Adão ficou com vontade de fazer sexo, que Deus não gosta. E nisso que deu: agora a gente tem que ficar sentindo agonia. Só que a agonia da gente que não é Deus é bem menor que a agonia de Jesus, que é Deus. Por isso é que a gente tem que ser sério e ficar sofrendo muito, pra ficar pelo menos sofrendo um pedaço do sofrimento que Jesus, que é Deus, sofreu. Acha que é fácil servir Deus? Não é não. Pra servir Deus, a gente não pode ficar por aí, nos boteco, bebendo cerveja, olhando pra mulher e falando de futebol e política. Eu odeio política. Deus não gosta de política, dessas pessoas que ficam reclamando do governo. Eu não reclamo nunca de nada, porque reclamar é a mesma coisa que gostar de alguma coisa. A gente reclama quando alguma coisa atrapalha aquilo que a gente gosta. E se a gente gosta de alguma coisa que não é Deus, Deus não gosta. Então eu já não reclamo de nada porque eu agora não gosto de mais nada. Só de Deus. Eu nunca mais vou gostar de mais nada, por isso eu odeio política, principalmente essa política de ser contra, que é os que mais reclama, os que mais gosta dessas coisas que não é Deus. Os que é contra fica querendo que o governo faz coisas boas pra eles e se esquece que, se o governo ficar só fazendo coisas boas, eles não vão sentir aquela agonia que é ruim, mas que é boa porque serve pra Deus gostar da gente. Aí, eles, que são contra, vão ficar só gostando das coisas boas que o governo faz pra eles e vão esquecer das coisas ruins que Deus faz pra eles pro próprio bem deles que é pra se vingar do Adão que, ao invés de amar Deus, ficou só lá no Éder fazendo sexo, comendo maçã e gostando da Eva, o dia inteiro pelado. Eu, não. Eu nunca mais vou gostar de nada. Nem da minha mulher que eu vou casar mês que vem. Eu juro. Juro, não, que jurar Deus não gosta, é levar o nome de Deus em vão. Eu prometo que não vou amar muito a minha mulher. Quando eu ver que eu estou amando muito a minha mulher, na mesma hora eu paro de amar ela. Na hora que der vontade de amar a minha mulher, é só pensar em Deus e no Espírito Santo que não é pomba, é Deus. Aí a gente para de amar tudo e fica só amando Deus, que é a única coisa que a gente pode amar. Pode amar o próximo também se ele não for mulher, nem futebol, nem coisa que não pode, que Deus não gosta. A gente tem que amar o próximo também, mas sem ficar muito entusiasmado. Tem que amar o próximo bem sem gostar muito, que é pra não amar o próximo mais do que amar Deus. Deus é muito melhor do que o próximo, por isso a gente tem que amar mais é Deus mesmo. O próximo vem depois, porque Deus está acima de todas as coisas. Primeiro Deus, depois Jesus, que é Deus também, depois o Espírito Santo, que parece pomba, mas é Deus, depois o próximo e, por último, lá perto do inferno, que existe, o sexo, que é a pior coisa, a pior coisa que Deus não gosta. Por isso, eu também não vou fazer muito sexo com a minha mulher que eu vou casar mês que vem. Só duas vezes, porque eu quero ter dois filhos, um menino e uma menina, que não vão poder gostar de nada, só de Deus. Os meus filhos eu vou fazer gostar de Deus desde pequenininho que é pra não ficar mal acostumado. Eles vão ter que ficar sofrendo já depois que aprender a andar e falar, que é quando Deus faz as crianças virar homem que começa a pensar se tem Deus ou não. E os meus filhos, eles têm que pensar que tem Deus, sim. Eu vou ensinar eles que tem Deus sim. Pra dar a educação certa, a gente tem que ser que nem Deus é com a gente: bem ruim. A gente tem que fazer o filho sofrer, sentir agonia, que aí eles aprende a amar Deus. A menina não vai nem poder ir na escola que é pra ela não ter vontade de fazer sexo nunca. O menino pode, porque é homem masculino e tem que aprender um pouquinho como faz sexo que é pra ele crescer e multiplicáivos, que nem Deus mandou. Lá na escola eles ensinam na aula de ciências como é que é esse negócio de útero, de espermatozoide, de como é que faz pra ter filho. Pra fazer filho, Deus deixa a gente fazer sexo. Mas sem gostar. Eu não vou gostar de fazer sexo, porque Deus é totalmente contra o sexo. Meu filho também não vai gostar de fazer sexo. Meu filho só vai fazer sexo pra multiplicáivos. Deus gosta é que a gente ame ele. Se a gente ama Deus e não ri muito, depois, quando a gente morrer, a gente vai poder fazer tudo e gostar do que a gente vai fazer. Aí eu vou ser Corinthians de novo e vou beber cerveja, que eu não gosto de beber agora, mas vou gostar quando eu morrer. Eu até vou amar a minha mulher quando ela morrer. Eu vou gostar da minha mulher quando eu morrer e ela morrer. Eu e a minha mulher vamos fazer muito sexo quando a gente morrer. Quando morrer, pode. E pode até fazer sexo com outras mulheres quando eu morrer e elas morrer. Quando a gente morrer, pode. Só que não vai ter muita mulher pra fazer sexo, porque mulher que faz sexo não vai pra lá onde eu vou, pro Éder, porque as mulheres que faz sexo são muito bonitas e Deus não gosta de mulher bonita. Deus gosta é de mulher feia, de mulher gorda, de mulher peluda cheia de varizes. Deus gosta é dessas mulheres que não dá vontade de fazer sexo. Só que eu não vou querer ficar fazendo sexo com essas mulheres que são horríveis, porque aí eu já vou ter morrido e não vou mais precisar gostar das coisas que não são boas. Mas fazer sexo com a minha mulher que eu vou ter mês que vem eu vou poder, porque ela vai ficar feia agora pra poder ficar comigo fazendo sexo quando nós dois morrer. Lá no Éder, ela vai ser bonita. Lá, pode. Lá no Éder, que não é aquele jogador de futebol que era nervoso, que é o céu, mas não é esse céu que tem nuvens, é o céu que tem Deus, pode até ver televisão, até filme de luta que eu gostava quando eu não amava Deus e agora eu não gosto mais. Mas, por enquanto, não. Deus não gosta de violência e mesmo se alguém bater na gente a gente não pode achar ruim. Deus gosta quando a gente apanha e não reage. Porque se a gente não reage quem bate na gente fica sendo o demônio e a gente fica sendo que nem Jesus, que é o Deus, que deixou todo mundo bater nele. Então eu deixo todo mundo bater ni mim, que é pra ser igual Jesus fez, mas sem querer ser Jesus, porque ser Jesus é pecado. Deus não gosta que a gente seja Jesus, que é o Deus mesmo. Tem que ser igual Jesus, sem ser Jesus, sem querer ser Deus, que só tem um, que é três. Se a gente ficar batendo em quem fica batendo na gente, a gente fica que nem eles, os demônios, e fica demônios também. Porque bater é que nem fazer sexo: dá uma coisa gostosa que Deus é contra, que é essa coisa de ter alívio, de se livrar de um negócio que está incomodando a gente, que é as pessoas. Então, quando a gente faz sexo, quando a gente bate nos outros, sai aquele negócio que tava incomodando, que é a vontade de sentir alívio e então a gente fica gostando de viver. E isso Deus não gosta. Deus gosta é quando a gente morre, porque aí ele pode dar pra gente as coisas boas que ele não pode dar quando a gente está vivo. Porque, quando a gente morre, Deus pode ser bom com a gente e Deus gosta de ser bom. Mas, se Deus fica sendo bom com a gente quando a gente está vivo, aí a gente abusa e fica sem gostar de Deus. Fica só gostando das coisas boas que não é Deus. Fica só gostando de fazer sexo. Fica só gostando de bater nas pessoas que ficam batendo na gente, fica só gostando de futebol, fica só sendo contra o governo. Fica querendo que Deus seja bom o tempo todo. Mas Deus só pode ser bom é quando a gente morre, porque aí a gente já sentiu muito aquela agonia que Deus gosta. Deus não gosta quando a gente gosta das coisas que não faz parte de Deus. Deus não gosta quando a gente gosta das coisas boas. Quando a gente ainda está vivo, a gente só pode gostar de coisa ruim. Mas é coisa ruim que a gente não gosta e não coisa ruim que vem do demônio, que aí já fica sendo coisa boa, porque os demônios dão coisa boa pra gente que é pra gente não gostar de Deus, que só dá coisa ruim pra gente, que é pra gente ficar sentindo agonia e Deus poder ficar gostando da gente, sem lembrar do Adão que ficou fazendo sexo com a Eva ao invés de amar Deus. Já os demônios, não. Os demônios dão coisa boa pra gente quando a gente está vivo e depois, quando a gente morre, que era pra ser bom, os demônios ficam dando coisa ruim pra sempre. Aí é uma agonia horrível mesmo, porque aí a gente não para de sofrer mesmo, nunca. Fica só querendo ter alívio e não é bom porque nunca tem alívio. Não adianta nem ficar fazendo sexo com as mulheres bonitas que vão tudo pro inferno, porque as mulheres que são bonitas ficam tudo queimando a gente lá no inferno. A gente vai fazer sexo e elas morde a gente e fica espetando a gente em vez de fazer sexo daquele que é bom quando a gente está vivo, mas é ruim porque Deus não gosta. Outra coisa que Deus não gosta é quando a gente ganha dinheiro, por isso eu vou ficar cada vez mais pobre. O dinheiro que eu vou ganhar, eu vou usar só pra comprar comida. Mas só comida ruim, porque Deus não gosta que a gente coma comida gostosa. Porque comida gostosa faz a gente não amar Deus, porque a gente fica amando a comida quando a comida é gostosa. Porque comida é igual sexo. É igual bater em quem a gente não gosta. Dá aquele alívio igual quando a gente come e a fome passa. A gente tem que comer é as coisas que a gente não gosta, que nem aquelas gorduras que têm no bife de carne ruim e, quando a fome começa a passar, a gente tem que parar de comer, que é pra não ter o alívio. Ah! O dinheiro também tem que dar pra comprar umas roupas, que a gente não pode ficar pelado que Deus não gosta. Tem que usar roupa pra não ficar pelado. Pelado, Deus é contra. Tem que vestir roupa que é pra não ver as mulheres peladas e não ficar com vontade de fazer sexo com elas. Por isso eu vou mandar a minha mulher que eu vou casar vestir bastante roupas compridas, que é pra eu nunca ver ela pelada e achar ela bonita. Tem que ser roupas que nem essas que essas mulheres horríveis e peludas usa pra disfarçar as belezas que elas não têm. Porque Deus não gosta que elas raspa as pernas que é pra elas não ficarem que nem essas mulheres que têm aqueles cabelinhos pequenos na perna, tudo loirinho pra desviar nós, o homem, do amor que a gente tem que ter por Deus. Elas ficam todas lá, sem pelo na perna, que é pra depois ficar espetando e queimando a gente no inferno que existe. As roupas da minha mulher também vão ser bem feias. Pra agradar Deus, a gente tem que ser bem feio. A minha mulher é bonita, sem perna peluda, sem varizes, sem ser gorda, mas eu já mandei ela ficar pelo menos um pouco feia. Aí eu aproveito e não fico mais com vontade de fazer sexo com ela, nem de amar muito ela. E quando for pra nascer filho eu não vou gostar de fazer sexo com ela, porque ela vai estar um pouco feia, que é melhor. Aí os filhos também vão nascer feios, que é pra puxar nós que é feio. Eu já sou feio, graças a Deus, e a minha mulher também vai ficar feia, logo depois que a gente casar, logo na lua de mel, que a gente não vai ter porque Deus não gosta, porque lua de mel é só pra fazer sexo e eu não vou gostar porque a minha mulher vai ficar feia. Depois, quando a minha mulher morrer, ela vai poder ficar bonita de novo que é pra eu fazer sexo com ela sem ter que fazer sexo com aquelas mulheres peludas cheia de varizes que Deus gosta. E tem outra coisa: mulher a gente tem que tratar bem mal que aí ela não fica gostando da gente e fica mais fácil da gente não gostar dela também e não precisar ficar fazendo sexo que Deus não gosta. Por isso é que a gente tem que ficar perturbando a mulher da gente, que é pra ela não amar a gente, só Deus, e a gente não amar ela, só Deus. Então, como eu estava falando, com o dinheiro que eu vou ganhar, que é pouco, que é pra eu ser pobre, pra depois ficar rico quando eu morrer, eu só vou comprar roupa feia e comida ruim. O resto do dinheiro eu vou dar pra Deus, porque, quando eu morrer, Deus vai devolver o meu dinheiro em dobro. E aí eu vou gastar muito dinheiro, porque aí dinheiro não vai valer nada e a gente pode gastar. A gente vai poder gastar tudo com coisa que não serve pra nada, mas que a gente gosta. Porque tudo que não serve pra nada é bom, e o que serve mesmo, que é Deus, é ruim. Mas é só porque é bom pra gente aprender, bem feito, e poder ir pro Éder, onde tudo é bom, porque lá tudo que é ruim pode. Lá no Éder, a gente pode ficar ganhando muito dinheiro que não precisa. Agora é que não pode. Porque agora a gente precisa do dinheiro. Agora, o dinheiro serve, mas não é bom ter, senão a gente fica amando o muito dinheiro que a gente tem e esquece de amar Deus. Quando eu morrer, eu vou poder comer comida boa. Quando a minha mulher morrer, ela vai poder ficar bonita de novo. Quando eu morrer, eu vou comer maná, que eu não sei que gosto tem, mas deve ser tão gostoso que nem churrasco, que antes de amar Deus eu sempre comia com o pessoal lá da firma quando tinha festa. Agora eu nunca mais vou gostar de churrasco. Deus não gosta de churrasco, porque churrasco é gostoso e o pessoal aproveita pra beber cerveja e ficar reparando nas mulheres lá da firma. O pessoal fica olhando pros shortinho. Deus gosta é de saia comprida em cima das varizes e das pernas peludas das mulheres que Deus gosta. Deus gosta é que a gente come carne ruim, dura, com muxiba. Se a gente come aquelas picanha, todas assim meio sangrenta, Deus não gosta. É por causa do sangue que lembra o sangue de Jesus que é o próprio Deus. Só pode carne assim sem sangue, carne que nem parece que veio da vaca. O problema é o sangue. O sangue é que faz as coisas ficar gostosas por causa daquele negócio do alívio. Porque quando sai sangue das pessoas que a gente não gosta, a gente gosta e fica sentindo alívio porque não é o sangue da gente que está saindo. Deus gosta é que o sangue da gente mesmo é que saia. Então, a gente não pode gostar quando sai sangue dos outros, porque aí os outros é que ficam sendo Jesus e a gente fica sendo os romanos e os judeus que gostavam de ver o sangue de Jesus saindo, que era o sangue do próprio Deus. E aí todo sangue que é dos outros fica sendo o sangue de Deus, menos o nosso sangue que a gente tem que gostar de ver sair, que é pros demônios não poder mais tirar o sangue da gente, quando a gente morrer. Mas o sangue das vacas a gente não pode gostar, porque as vacas são quase a mesma coisa que o próximo. As vacas são quase a mesma coisa que as mulheres que também sai sangue todo mês, porque Deus não gosta de mulher e mandou a Eva sair sangue todo mês, que é pra ela sentir agonia, que é bom pra ela aprender que não pode ficar dando maçã pro Adão e ficar o dia inteiro pelada lá no Éder com tudo aparecendo. Com tudo que Deus não gosta aparecendo. Então é tudo a mesma coisa, o sangue do próximo, o sangue que sai das mulheres que fica pelada, o sangue das vacas. Todo mundo tem que ficar com agonia e saindo sangue. E a gente não pode gostar do sangue do próximo, nem do sangue que sai das mulheres, porque o sangue que sai das mulheres é pra gente não ficar com vontade de fazer sexo com elas e ficar manchando tudo de sangue que é horrível. Então também não pode gostar do sangue das picanha das vacas. Porque as vacas também são filhas de Deus, mas é de um jeito diferente. Foi Deus que fez as vacas, só que as vacas não sabem que tem Deus. Elas não entendem, não pensam. E pra saber que tem Deus a gente tem que pensar, tem que ver que se existe o mundo, as coisas, as vacas e isso tudo é porque só pode ter Deus. Porque se não tivesse Deus, não ia ter nada, porque como é que ia ter alguma coisa se não tivesse Deus? Quem que ia fazer a gente ficar pensando que tem Deus? Que nem eu que fico pensando em Deus, que fico sabendo que tem Deus, que fico amando Deus em vez de ficar amando mulher e picanha das vacas. Quando eu fico pensando, eu fico pensando só em Deus, porque Deus não gosta que a gente fique pensando muito em outras coisas que não é Deus, igual o futebol não é Deus. Deus gosta que nós, o homem, pense só pra saber que Deus existe. O resto não precisa pensar muito porque Deus gosta que a gente seja burro. Mas não o bicho burro, que também foi feito por Deus pra carregar a Maria, Nossa Senhora, que não é Deus, porque Deus é homem masculino, mas que é a mãe de Jesus, que é Deus. O burro, igual as vacas, é burro também porque não sabe que tem Deus. Bicho nenhum sabe que tem Deus. Só nós, o homem, que não é burro, mas tem que tomar cuidado pra não ser muito inteligente e querer ser melhor que Deus. A gente, o homem, tem que usar a mente só pra ficar acreditando que tem Deus. Não pode ficar pensando mais do que isso, senão começa a ficar desconfiado que pode não ter Deus e, se não tem Deus, toda essa agonia que a gente tem que gostar de sentir fica sem ter motivo, só o sofrimento mesmo, que não vai nem acabar quando a gente morrer, porque se não tiver Deus a gente não vai não poder fazer sexo nem com a mulheres peludas lá do Éder e aí fica tudo sendo ruim sem motivo, sem Deus. Esse problema de ficar pensando muito, só nós, o homem, é que tem. Nós, o homem, é o único animal racional que sabe que tem Deus. É por isso que todos os bichos existe é pra servir o homem. E o homem serve Deus. O homem é o bicho de Deus. Igual Deus pode matar o homem na hora que ele quiser, o homem também pode matar as vacas. As vacas não se importam que o homem come elas. Como as vacas não pensam, elas não sabem que o homem vai comer elas. Elas não têm esse problema de ficar pensando. Então, tudo bem. Então, pode matar as vacas e comer elas que não tem problema que nem tem problema matar o próximo, que é homem e tem que ter a chance de sentir agonia pra poder ir pro Éder. As vacas não têm agonia porque elas não sabem que tem Deus, então elas podem ficar só comendo grama, sossegadas, sem ficar pensando em nada, lá, vivendo, sem saber que nós, o homem, vai pegar elas, dar uma porretada na cabeça delas pra comer a carne delas. Só não pode é comer as vacas com muito sangue que é pra não lembrar do sangue de Cristo. Se a gente comer as vacas sem sangue, quando a gente morrer, a gente nasce de novo e aí vai poder comer as vacas com sangue, que é mais gostoso. É que as vacas, quando morrem, nascem de novo também que é pra gente comer elas quando a gente morrer. Aí, elas ficam morrendo e nascendo, morrendo e nascendo, que é pra gente poder comer sempre. Porque a gente, o homem, só morre uma vez e depois fica vivendo pra sempre, pra eternidade. A gente, o homem, tem duas vidas. Uma pra ser ruim e outra pra ser boa. Mas se a primeira for boa a segunda vai ser ruim e aí vai ser muito pior, porque a segunda vida é muito maior do que a primeira e é muito melhor viver mais tempo bom do que mais tempo ruim. Então, na primeira vida, que é essa vida mesmo que está existindo agora, que é de verdade, é a vida ruim, da carne com mochiba dura, das mulheres peludas horríveis que sai sangue todo mês. É a vida que tem que ter agonia, que não pode gostar. E a outra vida, que é maior, que é a vida que a gente tem quando a gente morre, é a vida boa, que pode até comer picanha com sangue, porque quando a gente morre tudo que é vermelho vira o sangue de Jesus Cristo, igual vinho, que é mesmo o sangue de Jesus até nesta vida agora mesmo, que é a ruim. É por isso que eu não sou mais Corinthians.

RUSH

Mulher no trânsito é um pobrema. Bom era no tempo da ditadura. Eles não davam carteira pra qualquer um não. Tinha que mostrar que sabia dirigir mesmo. Se o cara não arrumava o banco direito quando ia sentar no carro, pelo jeito do cara, o instrutor já percebia se o cara era bom de dirigir mesmo. Se o cara não sentasse direito, com as costas retas, assim que nem eu, tá vendo?, o instrutor mandava o sujeito embora na mesma horinha. Sem carteira. E pra dirigir táxi assim que nem eu, o sujeito tinha que ter muita experiência. É. Tá vendo? Olha só. Viu? No trânsito não tem lugar pra amador não. É. Tem que ser rapidinho que é pro passageiro não perder tempo. Tá vendo no túnel? Eu sei onde fica cada radar. Tá vendo ele piscando lá? Então... eu desenvolvo a cento e vinte aqui e na hora que tá chegando perto eu freio. Eu vou passar no radar a oitenta, certinho. Olha só. Ahá. Viu? Não piscou, não fotografou. Agora eu posso pisar que não tem mais radar. Não tem mais pobrema. Ruim é que dia de sexta-feira os motorista amador sai tudo pra rua. Fica tudo atrapalhando o trânsito. A lá o velho. Só podia ser japonês. Não enxerga nada com aqueles olho puxado. Mas ruim mesmo é mulher. Devia ser proibido mulher dirigir, que nem na época da ditadura. Pra dirigir, só profissional. Tem que ser igual eu. Eu já dirigi caminhão, Scania, Mercedes, Volvo. Sabe o que é isso? Tem que ser homem mesmo pra segurar o bicho. É por isso que eu tenho carteira de profissional. Posso dirigir qualquer coisa, até tanque de guerra. Na época da ditadura, pra tirar carteira de caminhão, o instrutor mandava a gente ir subindo uma ladeira assim, ó, e frear de repente. Se o caminhão descesse um pouquinho pra baixo, eles não davam a carteira não. Eu fui lá e, ó, não mexeu nem um pouquinho. No tempo da ditadura o instrutor pegava firme. Assim que tem que ser: que nem na época da ditadura. Ah! Se fosse na época da ditadura e eu tivesse dirigindo um Volvo agora!!! Tá vendo aquela mulher ali, aquela velha... se eu tivesse no Volvo eu passava por cima. Mas vê se eu sou trouxa pra encostar nela agora!? Se fosse no tempo da ditadura, eu jogava ela no poste. Mas tá vendo o guardinha lá na esquina? Só quer saber de multar. Fica prejudicando os motorista de verdade. Olha só. Tá vendo? Vou grudar no rabo da velha. A lá ela ficando apavorada. Porra, se não aguenta a parada, fica em casa. E os pleibói!? A lá aquele lá. Só porque tem carro importado que o papai comprou, acha que pode ficar ultrapassando todo mundo. Eu ele não ultrapassa não.

Não sou mulher não, que fica deixando passar. Ó só. No tempo da ditadura ele ia ver só. Ia pra cadeia e ia tomar um monte de porrada. Fica fumando maconha e sai pra rua pra atrapalhar o trânsito. No tempo da ditadura, eles pegavam os filhinho de papai, punha pra tomar choque e o escambau. Não tinha pleibói com carro importado não. Não podia ficar atrapalhando o trânsito não. Se o pleibói tivesse maconhado, ia direto pro hospício. E não era desses hospício chique pra filhinho de papai não, que nem leva choque. No tempo da ditadura era hospício mesmo. Tinha que ser homem pra aguentar. Agora, não. Que nem aquele, o Rafael, do Polegar, que fica engolindo escova de cabelo... quero ver se ele ia aparecer na televisão no tempo da ditadura. No tempo da ditadura ele ia era engolir um cassetete na goela. Por isso é que no tempo da ditadura não tinha esse negócio das droga não. Só nos Estados Unidos. Agora, não. Os pleibóizinho fuma maconha, vem pra rua atrapalhar o trânsito e qualquer coisa o papai vai lá, tira do xadrez e põe na clínica de desintoxicação. Essas clínica é tudo hotel de luxo, igual o Lalau. Quero ver aguentar é os hospício no tempo da ditadura. É. E os pedestre também, a lá. Fica tudo avançando na rua. Fica tudo atrapalhando o trânsito. Depois a gente atropela um e dá o maior pobrema. A lá!!! A lá, aquela mulher. Mulher é ruim até de pedestre. No tempo da ditadura, eu não queria nem saber, eu ia em cima mesmo, que é pra aprender a olhar o sinal. Pedestre pode atravessar o sinal vermelho, mas eu que sou profissional tenho que parar. A lá, o guardinha. Se eu entrar um pouquinho na faixa, ele me multa. Os bandido, os estuprador fica tudo aí e eu é que tenho que pagar multa. Por que que não vai multar esse pessoal que fica atrapalhando o trânsito? Que nem na época da ditadura! Por que que não vai multar as mulher? Por que que não vai multar os pleibói? Por que que não vai multar os japonês, que fica só atrapalhando o trânsito?! A lá. Tem olho puxado, por isso é que atrapalha o trânsito. Eles ficam dirigindo do lado contrário lá no Japão e depois vem aqui e não sabem dirigir certo. Sabia que no Japão eles dirigem do lado contrário? É. O motorista vai no banco da direita. Mas aqui não. Os japonês fica do outro lado e não sabem dirigir do lado certo. Por isso é que jogaram a bomba atômica no Japão na época da ditadura. Porque os japonês fazem tudo ao contrário, que nem buceta de japonesa que é atravessada. A lá a velha. Fica só atrapalhando o trânsito. Na época da ditadura não tinha isso não. Podia ser velho, japonês, pleibói, mulher, ia tudo tomar porrada. Por isso é que era bom. Agora, não. Cara de moto, então, não tinha que nem esses agora não. Antes, os cara de moto era tudo cabeludo na época da ditadura. Era os que mais tomava porrada. Os cabeludo e os comunista, esse pessoal que fica atrapalhando o trânsito. Agora é motobói. Fica tudo atrapalhando o trânsito e na hora que a gente perde a cabeça, dá um encostãozinho, o motobói se arrebenta, aí vem motobói de bando pra te dar porrada. Logo você, eu, que sou profissional. Aí eu é que sou prejudicado. Então, a gente que é profissional é que é prejudicado. Vê lá se a gente que é profissional temos direitos humanos!? Não, direitos humanos é só pra bandido. Só pra estuprador que os políticos querem tudo soltar. A Marta. Direitos humanos é só pra esse pessoal aí que fica atrapalhando o trânsito. Tudo lerdo. A lá. Na época da ditadura não tinha esse negócio não de direitos humanos. Era choque, porrada. Eles enfiavam o cassetete lá mesmo. Sabe aonde, né? Mulher, então, eles iam com alicate no bico dos seios. Que nem esses canadenses que sequestraram o Diniz do Pão de Açúcar. Se fosse na época da ditadura eles pegavam aquelas mulher do sequestro e estuprava tudo. Com homem eles enfiavam o cassetete. Com mulher eles estuprava eles mesmo. Depois davam porrada, enfiava garrafa. Agora vem o Direitos Humanos e solta tudo. E dia de sexta-feira é pior que os amador vem tudo pra rua pra ficar atrapalhando o trânsito. Fica tudo sem deixar a gente ultrapassar. É. A lá. A lá os trombadinha. Finge que tá com fome e as mãe fica tudo lá escondida. Aí os menino pede dinheiro e dá tudo pra mãe tomar pinga. Eu não dou não. Eles finge que é pra comer, mas não é não. Eu já vi. É pra mãe tomar pinga. A lá a mãe daquele ali com outro filho dando de mamar. Tá só esperando o menino vir com o dinheiro. Na época da ditadura eles também pegavam esses menino, botavam dentro do ônibus, lá na Dutra, pegavam a estrada, matava e jogava tudo no mato. Agora não, fica tudo aí pedindo dinheiro, atrapalhando o trânsito. A lá. Dia de sexta-feira só tem lerdo na rua, atrapalhando o trânsito. A lá. Os velho tudo devagar, atrapalhando o trânsito. A lá. O sinal abre e o velho fica esperando, a lá, fica olhando prum lado, olhando pro outro, porra! Vai embora, caralho, o sinal abriu, tem que passar por cima, que nem eu que sou profissional de Volvo. Fiz exame no tempo da ditadura. Mas os caras, não. Sai tudo pra rua na sexta-feira pra atrapalhar o trânsito. A lá, ó. Tudo paradão, a lá. A lá!!! Num tô dizendo? A lá, a aleijada, tá vendo? Não consegue nem andar direito e já vai se jogando na frente dos carro. E os otário param pra ela passar. É isso que atrapalha o trânsito.

Joca Reiners Terron

Joca Reiners Terron nasceu em 1968, em Cuiabá (MT). Poeta, prosador, desenhista gráfico e editor, publicou *Eletroencefalodrama* (poemas, 1998), *Não há nada lá* (romance, 2001) e *Animal anônimo* (poemas, 2002). Recebeu menção honrosa no Prêmio Redescoberta da Literatura Brasileira, promovido em 2001 pela revista Cult, e uma bolsa da Fundação Biblioteca Nacional para autores com obra em andamento (2002).

GORDAS LEVITANDO

Contornamos o obelisco depois do lago. Na rotatória, os táxis moviam-se devagar, enquanto os motoristas olhavam pra cima. O Monumento dos Bandeirantes flutuava, a alguns metros do gramado.

– Isso aí tá ficando cada vez mais frequente – falei –, pelo menos uma vez por mês – no rádio rolava *Flyin'*.

Pela Brasil, vindo dos lados do Jardim América, surgiu um veado. Reduzi a velocidade até a faixa de pedestres, onde parei. O veado ficou no meio-fio, metade do corpo oculto pela vegetação. Seu hálito ofegante parecia uma nuvem prestes a congelar. Atravessou a avenida, trotando, vagaroso.

Quando atingiu o outro lado, Marçal comentou: "Belo rabo". Arrancamos.

Marçal Aquino, sim senhor. O melhor repórter policial da Zona Oeste, meu chapa. Já no boteco, abri o jogo.

– Seguinte: tenho de achar um escritor desaparecido, o Zé Agrippino de Paula.

– Desaparecido o caralho. Mora no Embu, sei onde é.

– Sou teu fã, tá sabendo?

No carro, joguei o dossiê na mão dele.

– Qué isso?

– Olhe, bisolhe, trisolhe. Mas com jeitinho.

Na pasta havia tudo quanto é artigo de jornal sobre o Agrippino, desde as porra-louquices da Tropicália até o sumiço na África. E um documento da Interpol cobrindo suas zanzadas entre Dacar, Cotonu e a Ilha de Gorée.

– Como você conseguiu?

– O dono do jornal. Leia, é coisa séria.

Deixei-o no seu prédio. O porteiro coçava um cancro enorme no cocuruto. Do topo da ferida saíam duas outras cabecinhas idênticas à cabeça principal. Discutiam os resultados do futebol.

– Que o porteiro tem? – perguntei ao Marçal.

– Uma infecção. Pegou no chope encanado lá do bairro onde mora.

– O tricolor perdeu.

– Eu, eu, se fodeu.

É – as cabecinhas – fiquei de voltar quando ele lesse o material. No dia seguinte, o transpapo me despertou às seis da matina. Era o Aquino.

– Puta-que-pariu. Isto aqui é uma bomba, mano!

– Eu falei. Vai ajudar?

Às oito em ponto ele desceu a escadaria em minha direção. Parecia um taxista, de rayban e barba.

– Parabéns. Tá parecendo um taxista.

– Valeu.

Os taxistas são os nossos heróis. Sem táxis, metade da população de São Paulo não sairia de casa. Afinal, sai o olho da cara blindar carro e botar par extra de rodas. Paulistano já nasce neurótico de guerra.

Pegamos o mapa pra lembrar onde ficava o Embu. E nada.

– Escafodeu-se – disse o Marçal, coçando o queixo.

– Engraçado, não lembro onde fica. Não se chegava lá pela Raposo Tavares?

Na pista do Elevado em direção à rodovia, vimos uma gorda levitando. Ela ultrapassou a mureta do lado da minha porta, vinda da calçada lá embaixo. Daí sobrevoou brevemente o engarrafamento e desapareceu no céu. Acontecia sempre que o metrô lotava. Um dispositivo escolhia a dona mais gorda de cada vagão e a expelia por uma janelinha. Agora o céu devia estar cheio de gordas.

— Santo prefeito, o que aprovou esse dispositivo.

— Paulo o quê, mesmo?

— Olha só, não lembro.

Se nem ele, eu muito menos.

Antas meditando

A 999,9 km/h pela Raposo, procurávamos a placa que indicasse o Embu. Achamos. Quebrei à direita. Sobre a pista, uma vegetação espessa deixava entrever a parada dura diante de nós.

— Sabia que este duplo par de rodas extras aqui seria útil dia desses.

Fomos em frente. Os pés de cachorro dos apoios laterais ganiram. Os cavalos do radiador bioneural relinchavam. As linguetas trífides do retromotor fremiam. Mas conseguimos.

— Cara, você é fodão como um taxista — retribuiu o Marçal.

— Ao Agrippino! Às antas!

— Anta? Como é isso?

— Tem um desenho aí. Acho.

— Uma matéria de jornal. Fala daquela moda dos anos noventa.

— Qual moda?

— Você não lembra? As pessoas começaram a criar antas nos apartamentos.

— Lembrei.

Os idiotas começaram a dar carne pros monstrinhos. E tevê com *cheetos*. Cresceram, claro. Então, pra se livrar deles, metiam na privada e davam descarga. Foram todas parar no Tamanduateí, as antas carnívoras. Brrrrr, a ideia causa arrepios. Instantes depois, vimos o barraco cercado pelos bichos. Freei, de supetão.

— O que estão fazendo?

Antas carnívoras do Tamanduateí meditando com os rabos enfiados em formigueiros. Pareciam mais maduras, as Antas Perdidas da Terra do Nunca. Uma delas usava óculos.

— Peter Panta.

324 Geração 90: os transgressores

– Ahn?

Dois dias na paquera do lugar e nada. Quer dizer, só antas e formigueiros. Neca do Agrippino.

– E agora?

– À gigalópole. E rapidinho.

Retornamos a São Paulo. Da rodovia dava pra ver que o Minhocão fugira de novo e destruía os prédios da Zona Leste.

Jamantas amamentando

Cruzamos a Rio Branco. Na Ipiranga, dentro do matagal da Praça da República, uma jamanta amamentava os biocarros bebês que saíam de seu rabo. Eram lindos paquidermes a diesel.

– Olha que cena pungente, Marçal.

– Não é?

Passamos na casa do Marçal. Ele guardava lá, num armário cheio de quinquilharias, uma bomba de inseticida usada para matar jacapivarés, bichos medonhos que assolaram a gigalópole no início do século. Eram filhotes dos jacarés e capivaras que apareceram no Tietê, acho. Sei lá.

– Devo enfiar isto no cu delas?

– Se deve. Vamos?

No Embu, as antas faziam um churrasco. O cheiro de picanha alastrava-se até Carapicuíba, Itaquaquecetuba e Pindamonhangaba.

– Comece pela de óculos, ela tava lendo Hakim Bey da outra vez.

Conforme bombeávamos o inseticida, os bichos tossiam e se esparramavam pelo chão. Peguei um bife na churrasqueira e abocanhei. A carne deu um gemido baixo. Gostei e repeti o gesto. Daí saiu de dentro da tapera o Agrippino.

– O que vocês estão fazendo com as minhas antas, seus veados?!

O homem era majestoso. A barba enorme lhe concedia um ar de profeta. Quando afastou a cabeleira dos olhos para nos enxergar melhor, vimos a buceta em sua testa.

– O documento da Interpol tava certo – falei pro Marçal.

— Não é que é? – disse ele. – Gamei.

A boca do Agrippino movia-se, porém eu não conseguia ouvir nada, era todo olhos pra buceta. Um senhor bucetão, aliás.

— Porra, caras, sacanagem. Essas antas eram tudo pra mim...

— Libertamos você, cuzão! Ou bucetão?

— Libertaram? Falou, tá bem. Em que posso ajudá-los?

Epa – o grande escritor desaparecido se mostrava hospitaleiro. Entramos no buraco. Quer dizer, por dentro não era tão despencado assim, as paredes cobertas por cacarecos indígenas, máscaras africanas, uns panos cheios de nove-horas. Havia também o divã de pele de onça.

— Pele de onça? Deve ter mais de duzentos anos.

— Tem mesmo – falou o Agrippino. – Senta aí.

Encostei a bunda no couro e ouvi um rugido. Legal.

— Como essas antas localizaram você, Agrippino?

— Porra, como cê acha? Por causa deste maldito cheiro de buceta, que mais?

— Então era tudo anta macho?

— A diversão predileta delas era comer churrasco de gente e a buceta aqui.

— Caralho – falou o Marçal.

— Caralho – falei eu.

— Isso aí. E dá-lhe caralho de anta. É bom? – disse o Agrippa, dando com o indicador na testa do Marçal.

— Mas por que você não fugiu?

— No início foi ruim, mas com o tempo até comecei a gostar. As antas bancavam tevê a cabo, descolavam pizza todo domingo, eram carinhosas.

— Pizza de quê? – perguntou Marçal.

— Mussarela de caitetu, a minha predileta.

— Legal. Minha também.

Daí o Agrippino levantou, deu duas cambalhotas e sentou de novo. Parecia preocupado. A buceta na testa estava enrugada.

Tafofobia de tatus afobados, tautologia de tatus incautos

– Afinal, o que querem de mim? – disparou o Agrippino.

Hesitei um pouco, remexi os quadris sobre o divã e ouvi um grunhidozinho gostoso. Comecei a me sentir esquisito, então tirei o rabo da pele de onça. Só por dúvida das vias.

– Uma entrevista sobre seu desaparecimento na África. E informações dessa doença misteriosa aí – estiquei o beiço pra buceta.

– Sei não. Pagam a pizza?

– Quantas quiser – abri a carteira e mostrei as micronotas de zil.

O Agrippa pegou o transpapo, ligou pra pizzaria a domicílio e piscou pro Marçal:

– Mussarela de caitetu?

Mostrei o retrato do Agrippino retirado do dossiê da Interpol. Ele aparecia todo sorridente, abraçado a três negões de tanga.

– Quem são esses caras, Agrippino?

– Olha só, rapá! É o G'ng e seus cunhados N'gn e G'nn. A minha bucetinha ainda tava crescendo, repare, um talhozinho só. Puta saudade desse tempo.

– Como surgiu essa esfiha aberta na sua testa?

– Nessa época saí lá de Dacar, peguei um bote até Gorée. A bordo conheci o gente-fina do G'ng, que me levou até a tribo dele, no norte da ilha. Papei sua família inteira. Primas, tias, avós, todas gordas pra caralho. Daí um dia acordei tarde, tava um silêncião, não se ouvia pio de preto trepando. Saí da cabana, um sol de rachar bocaiuva. Quando me acostumei à luminosidade, vi que não restava vivalma ali. Firmei então a vista e – adivinhem? – um quati, uma anta e um tatu. No meio da savana, olhando pra mim.

– Bicho brazuca na África? – Marçal arregalou os olhos.

– O tatuzinho veio pro meu lado. Parou na frente e perguntou: "Há quanto tempo não bebes uma pinga, conterrâneo?". Acreditam? – "conterrâneo" –, convidei os bichos pra entrar, enchemos a cara. Acordei dias depois com as pretas gordas e os três em cima, costurando minha testa. Dei umas pezadas e eles caíram fora. No espelho – imagine – vi a vagina.

Nesse momento tocou a campainha.

– Sente o cheiro – disse o Agrippino, pondo-se em pé.

Eu só sentia a nhaca da buceta.

Ao abrirmos a porta, não havia ninguém. Porém a turbomoto tava lá fora, estacionada. Olhei pra baixo e vi um tatu de capacete, a pizza fumegante na mão. Ele então a jogou na cara do Marçal e pulou sobre a cabeça do Agrippa. Os dois engalfinharam-se, até o tatu começar a enfiar sua cara pontuda na buceta. Puxei-o pelo rabo com toda a força, mas não houve jeito – deslizou buraco adentro – *flópe* – sumiu.

Budantatuquatis – mutatis mutandis

Olhei pra cara do Agrippino. O bucetão fechou-se como zíper e ele começou a inchar, seus braços obesos escapuliam pelas janelas. Enquanto crescia a perder de vista, parecia nos ensaiar uma explicação. Tirei uma azeitona do olho do Marçal.

– Vamo rapá da boca já. Deixa a pizzaí.

– E não?

À toda pela Raposo, à essa altura metamorfoseada numa cauda de raposa, vimos o Agrippino sucessivamente transformar-se em Budanta, Peter Panta, Jesus Sacripanta e atingir muitos quilômetros de altura, dando passos enormes em direção à gigalópole. Até estourar, pulverizando bilhões de esporos na atmosfera. Sobrevoando São Paulo, os estádios do Morumbi e do Pacaembu rodopiavam como discos voadores, despejando um exército de paraquedistas formado por tatus, quatis, cotias e capivaras armadas até os dentes. Enquanto um cardume de piranhas-voadoras gigantes escoltava o Edifício Martinelli, outro de bagres assassinos abria caminho para o Copan, cujos alicerces pisoteavam as pessoas, impedindo-as de fugir, os engarrafamentos ocupando todas as saídas, a revolta dos bichos extintos havia séculos.

Das alturas, uma chuva de gordas começou. Pudemos vê-las, velozes, suas vísceras explodindo nos vidros dos prédios em movimento. Era a volta das gordas exiladas no céu. Uma delas, das bem pretas, arrebentou os intestinos no para-brisa. E a balofa sorria pra nós.

MONSIEUR XAVIER NO CABARET VOLTAIRE

1. os cornos na lua

Não podia passar diante da Torre Eiffel sem lembrar das pernas de Sylvia Bartlebooth (e de uma posição esdrúxula, em especial. Inglesas, nunca pensei). Zarpei de Curitiba atrás daquele rabo anglo-saxão muito do feminino, apesar do aposto, numa noite nublada de 1958. Um navio a nos esperar em Santos, dois ônibus e sete noites memoráveis no mar, nossos arrulhos constantes populavam os sonhos das cabines vizinhas. O mágico, uma família de trapezistas (a filhinha não tirava os olhos do papai aqui – que cinturinha), o engolidor de fogo, a mulher barbada, ninguém dormia (o casal de contorcionistas não, esses deviam chupar um ao outro em número bem mais complexo que 69). E a lua duplicada na superfície da água até chegarmos à Europa, eu e miss Bartlebooth nos esfregando no tombadilho (eu enfiava a mão no sutiã dela, mas não vou entregar tudo pra esse paspalho aí).

O senhor era um rapaz de vinte e cinco anos em 1958. Já se dizia um escritor nessa época, sonhava encontrar os autores americanos da geração perdida que ainda viviam em Paris?

Minhas preocupações em Paris eram outras. Ver filmes que não eram exibidos no Brasil às quantidades, por exemplo. Beber hectolitros de conhaque francês – apesar de preferir o português, com seu perfume mais acentuado, porém em França faça como os romanos! –, saborear o haxixe que vendiam por lá, e (não menos importante) trepar com Sylvia Bartlebooth, a quem eu amava e que, ao menos por um breve tempo, pareceu me corresponder (esse reporterzinho enfadonho da puta-que-pariu ainda cheirando a manuais de redação nunca saberá do reflexo rubro dos pentelhos de Sylvia roçando a relva sob as folhas de parreira atravessadas pelo sol do sul da França em agosto, no período da colheita. Eu deitado nos cachos de uva esmagados e ela em pé sobre mim, a saia à altura das coxas deixando entrever a bucetinha iluminurada por finos fios de ouro. Ah, não se fabrica mais daquilo. E tudo isso enquanto fingíamos faturar um troco colhendo vinhas). Além do mais, preferia autores italianos, surrealistas, dadaístas. De americanas, apenas as histórias em quadrinhos, ainda sou louco pelo Will Eisner. Mas na época meu negócio era mesmo europeu. Quer dizer, europeias.

2. o ponto do corvo

A maioria deles já desapareceu... os velhos bondes... só alguns ainda funcionam... como o da velha linha do Ponto do Corvo.
O trajeto do centro de Central City até o Ponto do Corvo é de apenas quarenta e cinco tortuosos quilômetros, mas pode ser chamado de Uma Grande Aventura.
Clackity clack... clackity clack... clackity clack... clackity clack... clackity clack...
"Com licença."
"Pois não."
Clackity clackkk clackity clack clackity clack...
Até 3 da manhã... os bondes vêm e vão, esvaziando-se cada vez mais à medida que a noite se aprofunda. Então, o último bonde – "O Carro 29" – chia pela adormecida metrópole,
"Desculpe, não vou mais incomodá-lo."
"Não foi nada (mas que caralho...)."
chacoalhando ruidosamente por sobre a Ponte do Rio Central. Daqui até o fim da linha, não há paradas... é a mais tediosa parte da viagem.

O DIÁRIO
SPIRIT ASSASSINADO
Corpo desaparecido

"Perdoe interromper sua leitura novamente, meu rapaz, mas é inevitável – o senhor está bem no caminho até o *toilette!*"
"É que pretendo ganhar tempo e aproveitar ao máximo minha estada aqui no Café Du Rat Mort pra beber todo o conhaque existente na França."

"Ah, não se iluda. Os garçons estabelecem um limite para cada cliente. Os tempos em que Rimbaud frequentava isto aqui já vão longe. Aliás, estabeleceram essa regra por causa de tipos como ele."
"É mesmo? Não sabia disso..."
"O seu sotaque não me é estranho, o senhor é sul-americano?"
"Sou brasileiro."
"Que interessante! Também sou latino. Cubano, pra ser mais exato. Wilfrido Garcia, satisfação."
"Conheço o trabalho do senhor, vi sua exposição naquela galeria em Montparnasse. E também as ótimas serigrafias impressas na Art d'Aujourd'hui."
"Ah, viu? Gostou?"
"Muitíssimo. Sabe, também tenho lá minhas veleidades artísticas."
"É mesmo? E quais são, além de desaparecer com todo o conhaque da Europa num átimo?"
"Sou fotógrafo, com aspirações a cineasta."
"Coincidência infernal! E você tem uma câmera fotográfica?"
"Sim, uma japonesa. Portátil, mas quebra o galho."
"Não lhe darei mais detalhes por ora, pois estou atrasado prum espetáculo de hipnotismo. Apareça amanhã às oito, neste endereço. Boa bebedeira, *au revoir*!"
"Hum? *Au revoir*."

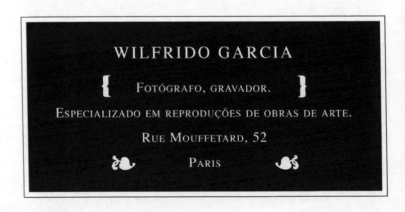

WILFRIDO GARCIA

{ FOTÓGRAFO, GRAVADOR. }

ESPECIALIZADO EM REPRODUÇÕES DE OBRAS DE ARTE.

RUE MOUFFETARD, 52

PARIS

3. Lo & Co

E no dia seguinte, o que o senhor fez?
(Uááá esta cadeira tá me matando) Fui lá, ué! Apesar da ressaca. Era no Quartier Latin, um estúdio fotográfico. O Wilfrido era especialista em tirar foto de quadro, para catálogos de exposições (os píncaros da humilhação, ficar explicando preste jornalistinha imprestável quem foi o grande Wilfrido Garcia, diabos. Vou ter de começar a abrir verbete que nem enciclopédia – WILFRIDO GARCIA, Havana, 1899-1968; fotógrafo, artista gráfico e homem do mundo, apesar de nascido em Cuba. Proveniente duma rica família de latifundiários, foi enviado pelo papai à Europa para estudar novas técnicas agrícolas. O jovem, porém, demonstrou maiores aptidões artísticas e boêmias do que exatamente agricolinas, e, depois de conhecer meio submundo de Paris, se pôs a pintar, gravar e fotografar, chegando a abrir um estúdio em sociedade com dois americanos muito loucos, a Lee Miller e o Man Ray e coisa e tal – demônios!). Ele era famoso, naquela época.

E o que o tal Garcia queria?
Um emprego. Queria me dar um emprego (a salvação da lavoura, diga-se. De tanto conhaque e Sylvia Bartlebooth, já quase todos os meus tostões haviam se transferido pros bolsos dos garçons e camareiras, àquela altura – quanta bandalheira, pelos chifres de Judas). Ele estava atabalhoado, com muita encomenda. Precisava dum ajudante, para fotografar as obras de duas grandes exposições. (Co'a breca, que felicidade indescritível ao entrar naquele antro mágico. Logo de cara, na entrada do estúdio, um pôster enorme da Lee Miller. Como aquela americana era boazuda pra caralho). O Wilfrido simpatizou comigo. Cheguei lá e já foi me arrastando pelo braço, sem cerimônia.

E então?
(Então o quê, cáspita, fui trabalhar, né?) Bem, logo no primeiro expediente ele me deu um endereço em Meudon, um *banlieu*

nos arredores de Paris, "Vai lá e fotografa todas as obras. É a casa dum artista" foram suas únicas instruções. Depois de me perder um pouco no trajeto, cheguei ao local. Era uma mansão com uns jardins grandes pra diabo. Quando atravessava o caminho tortuoso até a porta do casarão um homem magro cruzou comigo e me olhou duro nos olhos. Sabe quem era? Duchamp! Arrepiei até a ponta do ossinho da miséria (mas o que estou fazendo? Este retardado nunca ouviu falar de Marcel Duchamp, o grande iconoclasta-travesti, o homem que assassinou a pintura, um maluco de pedra). Ele passou sem cumprimentar. Comecei a desconfiar do trote que os astros estavam pra me pregar naquele exato instante e segui em frente. Ao bater na enorme porta de madeira, quem, senão o proprietário da casa, veio me atender: Hans Arp – o ofenbaquiano Jean Arp –, poeta, pintor, desenhista, gravurista, entre outras dezenas de *istas* de seu currículo, inimitável àquela altura, já com seus setenta anos. Quase desmaiei, eu nutria grande admiração pelo homem, um dos grandes motores da revolução dadaísta, colaborador de Tzara, Kandinsky e participante da exposição inaugural do surrealismo, junto com Ernst, Klee, De Chirico, Picasso, Masson, Miró e num sei mais quem. E logo ali, na minha frente (a cara de pastel de nata desse jornaleiro de meia-tigela. Não deve entender patavina do que digo.).

Quer dizer que conheceu Hans Arp pessoalmente. E ele, por acaso, era o autor das obras que o senhor deveria fotografar, não é?

(E mais esta – o mentecapto se atreve a duvidar?) Claro que sim! Ele me apertou a mão, meio banzo – a mulher dele havia morrido não fazia muito, li no jornal –, e me conduziu ao átrio iluminado por uma abóbada. Lá estavam dispostos todos os quadros, uns sobre os outros, tudo bagunçado. "Acho que aqui é um bom lugar para fazer as fotos. Há luz suficiente?", ele perguntou. Eu disse que sim, sem problemas. "Capriche, pois suas fotos ilustrarão o catálogo de minha retrospectiva no Museu de Arte Moderna, de Nova York. Mande meus cumprimentos ao Garcia", falou, se afastando, e

"Depois nos vemos", completou com um aceno (pela expressão do meu entrevistador ele começa a suspeitar que estou a lhe pregar um bigode, ou algo assim. Mal sabe ele que é tudo verdade da mais verdadeira. Verdade, verdade sim). Dei dois minutos de bobeira, olhando praquilo tudo (os originais de *Estudos em Simetria* bem ali, na minha frente...) e comecei a armar o tripé para fotografar. A sorte grande me sorria com seu dentinho de ouro.

O senhor ainda tem as fotos?
Algumas. Quer ver? (Essa é boa – o piá está que nem São Tomé.) Guardei lá em meu escritório.

Preciso consultar meu chefe antes. Aguarde um pouco.
Pois não, eu espero (vá falar com o editorzinho, vai sim, palhaço subordinado, *falar com o chefe*, está bem, pode ir, então me deixará mesmo esperando, fará o grande escritor aguardar, notícipe fastidioso, tá ocá, você nem imagina as surpresas que o gênio aqui acumula, as mágicas que o mandrake aqui reserva pras tuas retinas, os truques insondáveis que a mente genial deste arquiteto do mal, que o supervilão aqui preparou para você, foquinha dos diabos, estagiariozinho do Hades, ófice-bói do purgatório, e tem mais, tem mais, sim senhor, mas não vou contar, não revelarei as peripécias nas catacumbas mágicas de Sylvia Bartlebooth, o escarafunchar da racha bartleboothiana, a cachoeira gozosa do tesão daquela inglesa, nossas trepadas nas salas de cinema de Paris, a pianola ao fundo, cortinas abrindo e fechando, as réstias de luz invadindo a escuridão, o facho projetado, atravessando o céu escuro do cinema, rasgando a tela, e a pianola desenfreada, em chamas, e cortinas abrindo e fechando e a luz e miss Bartlebooth e miss Bartlebooth e a luz, seus olhinhos abre-abrindo, lusco-fuscando e – CÉRBERO – melei as calças).

Tudo certo, o chefe permitiu. Vamos lá?
Ahn? Sim, mas me deixe ir ao lavabo antes.

Óquei – ei, você aí, acompanhe o senhor até o banheiro.

(Mas é o cacete mesmo, como pode um escritor, um deus, criador e destruidor de vidas e destinos, não exercer poder nem mais sobre o próprio bigolim, é o fim da picada...) Intestinos pacificados, a vida segue em frente, meu garoto. Podemos ir no meu fusca?

Não, é melhor irmos no veículo oficial. Condiz mais com a sua estatura...

(Olhe que o menino não é de todo medíocre. Afinal sabe reconhecer um monstro quando está diante dum, ele não perde por esperar, vai se foder, de tanta novidade, vai sim.) Tudo bem, então – vamos nessa.

4. os estupros mágicos e etcetera

Até então não havia desespero e as escadarias eram como um tobogã direto para o abismo – as recepções de Madame Lavalle.

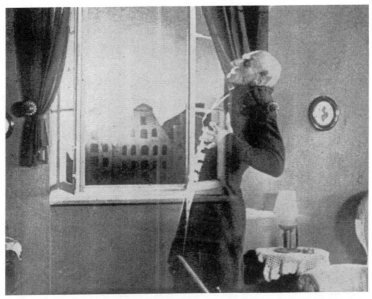

Desencarno de mim, pois que esta pele é apenas roupa mal lavada, vestimenta dura, de tão suja. Não espero nada além do que o infinito nos reserva.

O que é isto?
As fotos, o que mais?

Não lembram em nada o estilo de Arp, esse é o problema.
Ah, agora o senhor é um especialista (mas o que esta capivara acéfala pensa que pensa? Não conhece *O sururu da morte em seu desfile da quarta-feira de cinzas* ou *O balé da enigmática lambida no ânus*, dois clássicos modernos?). Estes quadros pertencem à sua fase pré-abstrata. Foram grande destaque na retrospectiva americana, não eram conhecidos por lá.

E não há mais nenhuma, além destas duas fotografias?
É, o Wilfrido me presenteou com elas pois havia duplicatas (mentira, roubei mesmo, eu não ficaria sem souvenires – mas não pega bem afirmar isto numa entrevista).

336 Geração 90: os transgressores

O senhor voltou a ver Arp?
Várias vezes. Eram muitas obras pra fotografar e voltei a Meudon cinco ou seis vezes. O Hans era muito meticuloso e gostava de selecionar pessoalmente cada imagem (quer dizer, será que são estas mesmo, parecem diferentes. Ou são elas ou outras coisas desta biblioteca zoneada, deste monte de papel mijado, desta montanha de foto velha, mas devem ser, devem ser, há alguma coisa nelas que me lembra aqueles tempos, têm o cheiro de Paris, as mordidas de traças são das traças lá de Paris, sim, são elas sim, mas aconteceu tanta coisa de lá pra cá, quase cinquenta anos. Cinquenta anos... Será que são os trabalhos do Arp mesmo? O menino está desconfiado, está sim, eu não sei. Minha memória mengana, minha cabeça já era, às vezes lembro, tem vez não. E as imagens, as imagens. Elas infernizam, me assombram). E Duchamp lhe dava uma mão, nessas ocasiões.

Então o senhor encontrou Duchamp novamente.
Sim, ele aparecia sempre lá. Vou te contar uma história, é por isto que resolvi dar entrevista. Tá anotando tudo aí? Pois então, é o seguinte: você já ouviu falar no Grande Vidro? É, o *Grande Vidro* ou *A Noiva Exposta Desnuda por seus Bacharéis, igualmente*, a obra-prima do Duchamp. Conhece? Pois então, o *Grande Vidro* foi exposto pela primeira vez em 1926, no Brooklyn Museum, em Nova York. Depois da exposição, ele foi embalado e devolvido a Paris. Tá anotando? Então, como seu título sugere, ele ocupava muito espaço, e Duchamp pediu ao Arp se não podia *hospedar* a noiva, já que lugar vazio era coisa que não faltava na residência de Meudon. Daí o quadro ficou lá, encaixotado, até 1958. É claro que, em minhas incursões pelo terreno, acabei sabendo dessa história, e localizando a obra embalada. Não pude resisitir à tentação de abrir aquela pacoteira, e, quando apoiava o gigantesco mural num cavalete, o maldito quadro caiu. O Grande Vidro quebrou e fui eu quem quebrei! Corri a reembrulhá-lo, antes que alguém acudisse para ver o que acontecia. Tempos depois foram retirar a peça para exibir de novo e, tcham – tava quebrada –, o Duchamp achou aquilo uma maravilha e logo incorporou as rachaduras do

vidro à obra, "Ficou muito melhor quebrado, cem vezes melhor. Esse é o destino das coisas", foi a merda que ele disse na ocasião (você não esperava esse furo, né noticiaristazinho de meias-verdades? Você não imaginava que o papai aqui tivesse tudo isso pra contar, né, seu bosta?). Que tal, hein, não é um furo?

Bem, isto o transforma no mais importante surrealista brasileiro. O senhor é coautor do Grande Vidro, *junto ao Duchamp. É preciso que se reconheça isso...*

Tá me gozando? Surrealista, vírgula, sou é dadaísta. Dadaísta, sim senhor! Eu opero é na anarquia, o meu método de criação é a fraude, o plágio, a colagem. Eu sou o último dadaísta vivo! (E loas a quem merece, e vivas ao glorioso, fogos de artifício para o maior gênio brasileiro vivo, louro não é pra pôr no feijão e sim na cabeça desta parabólica da raça aqui, euzinho da silva – as imagens. As imagens. Chego a um ponto de não lembrar o que vou dizer, não lembro não. À cabeça me vem a imagem do que penso dizer, o desenho das letras, da palavra, mas a palavra, não. É, as imagens. Palavra não. Vejo a imagem, lembro de tudo. Chegará o ponto em que abrirei a boca e sairá um calhambeque, uma boneca desmembrada, uma coluna de tipógrafos anarquistas em ataque aos comunistas na praça cheia de hibiscos lá pros lados do centro, pracinha de bustos sem nada a dizer. Será?) Eu sou o último dos dadaístas! Cê tá me ironizando? Acabou a entrevista! Não falo mais nada, mais nada.

Se contenha, por favor, investigadores de polícia não são dados a ironias – e chega de repetir essa ladainha de entrevista. Não adianta fingir de louco, o senhor sabe o motivo de estar depondo.

Investigador? Não, meu filho, não – você é um repórter, um reporterzinho muito do safado, por sinal. Depoimento? Isto aqui é uma entrevista, uma exclusiva, isto aqui não é uma exclusiva pro seu jornal? É uma entrevista, sim (será? As imagens me assolam, elas me confundem, as imagens. O que está havendo, o que acontece, onde estão todos, onde estarão meus filhos, onde está minha mulher, cadê o repórter que estava aqui agorinha mesmo, esse aí é um repórter, não é? Onde está minha mulher, onde?), uma entrevista, uma exclusiva. Será publicada quando, na edição de domingo?

Pare com isso – onde o senhor estava na noite de sábado passado?
Sábado? Escrevendo, o que mais um escritor pode fazer numa noite de sábado? Aqui mesmo (minha mulher, minha mulher conseguirá falar por mim, ela vai entender o que eu digo, as imagens escapando da minha garganta, ela vai compreender e explicar tudinho presse jornalista, sim, a minha mulher. Onde está a minha mulher?), neste escritório. Por que pergunta? É pra entrevista?

Há alguém que possa confirmar sua versão?
Minha mulher, onde está minha mulher? Ela estava em casa, assistindo tevê, enquanto eu trabalhava. Cadê ela, será que podemos sair juntos na fotografia pro jornal? Ela gostaria disso. Não fale de miss Bartlebooth pra ela, sim? Ela tem ciúmes. A minha mulher pode confirmar. Isso, a minha mulher. Ciúmes, é.

Responda, e sem hesitações – o senhor assassinou o escritor Dalton Trevisan na noite do último sábado?
Minha mulher, sim, minha mulher virará pra mim e dirá, vai homem, vá lá e se sirva da sopa no fogão, ela tá lá, quentinha, guardei pra você. Eu irei até a cozinha e perguntarei pelo prato. Sairá um prato fundo, um prato de sopa da minha boca, bem fundo, e ela entenderá, caminhará seus passos lentos até a cozinha, vai abrir a mesma portinhola do armarinho e me dar o prato na mão. Aí lhe arreganharei os dentes pra pedir os talheres. Ela olhará seus olhos compreensivos pra mim, seus olhos de arroz doce aos domingos verão a colher e a faca saindo da minha boca e ela então vai abrir a velha gaveta, lá de dentro ela tirará os talheres, a colher de sopa, a faca de pão, e vai colocá-los nas minhas mãos. Eu abaixarei os olhos, minhas retinas cheias de imagens, e me deleitarei com os arabescos nos cabos dos talheres, com os detalhes moldados na prata antiga daqueles talheres, e estará gravado VX naqueles cabos, estarão esculpidas as minhas iniciais naquele metal e então

eu lembrarei quem sou, lembrarei quem sou na verdade, depois desses anos todos, lembrarei que eu sou Valêncio Xavier, o homem que criou o embuste, o homem que criou à semelhança de Deus outro homem, o homem que criou Dalton Trevisan, minha maior obra, minha obra que criou vida na memória das pessoas a ponto de elas acharem que ele existe, que meu golem existe, mas fui eu quem criou, fui eu quem falsificou todas as fotos com o Stampatto, meu amigo lá de São Paulo que posou pras fotos lá na Tiradentes, que foi naquelas poucas entrevistas dos anos sessenta e que depois sumiu, o Stampatto, meu amigo que é a cara do Dalton Trevisan, mas os textos fui eu quem fiz, fui eu quem fiz, linha por linha, conto por conto, haicaizinho por haicaizinho, e mandei pra editora lá no Rio de Janeiro e liguei pros editores e engrupi todo mundo e enrolei todo mundo por esses anos todos, a revista *Joaquim* fui eu quem fiz, na época que o Stampatto morou aqui e me ajudou nas reuniões com os colaboradores, eu era jovenzinho, mas fui eu quem fiz tudo, fui eu quem arranquei colaborações, eu e meu amigo Poty Lazarotto, fui eu quem fiz e não adianta agora querer me tirar a glória, agora não adianta achar que fui eu quem matei o Dalton, não, não não não não, porque o Dalton fui eu quem inventei, mais ninguém, aquele lá das fotos era o Stampatto, que achem o corpo então, que localizem o cadáver então, não vão achar, por que não existe, era o Stampatto, e o Stampatto sumiu faz tempo, mudou para São Paulo e desapareceu, foi pra lá e deve ter morrido faz tempo, pois nunca mais vi e agora que as imagens saem da minha boca, agora que quero falar as palavras Forde e Bigode e me sai um calhambeque da traqueia, agora que quero dizer e não sai palavra, agora que quero revelar e vou dizer não sai letra, só sai imagem e não quero imagem, não quero gravura, não quero foto, agora que quero dizer quem eu sou e palavra me falta agora eu vou dizer EU SOU DALTON TREVISAN, eu sou Dalton Trevisan e cortei tanto texto, aparei tanta frase, desbastei tanto conto, que agora as palavras me faltam e só me sobraram imagens e palavra não é que nem planta que quanto mais se corta mais frondosa fica, agora careço de palavras e as imagens são dele aí, as imagens são dele, do Xavier, esse que diz que eu sou ele, que ele me criou e eu quero falar o nome dele alto, o nome dele para todo mundo ouvir e só sai Dalton e eu quero dizer Valêncio e dizer que eu criei ele, mas só Trevisan escapa e não é Trevisan palavra, é Trevisan as letras, TREVISAN, cada uma delas soltas no espaço, só as imagens delas, a superfície das palavras e elas se misturam todas no espaço em frente à minha boca feito moléculas, as mesmas catorze letras de cada um dos dois nomes que não se configuram nas palavras que preciso dizer em meio a essa torrente de imagens de minotauros e prostitutas japonesas e cemitério de elefantes e macistes e cinemas e vampiros de curitiba e estupros mágicos e babilônias e mães morrendo que não quero porque o que eu quero dizer é o que eu quero dizer é EU SOU VALÊNCIO XAVIER E FUI EU QUEM INVENTOU DALTON TREVISAN.

[em celebração aos 70 anos do notório falsário e escritor genial Valêncio Xavier, comemorados em 2003]

OUTROS TÍTULOS DA BOITEMPO

📖 LITERATURA

18 crônicas e mais algumas
MARIA RITA KEHL
Orelha de Christian Dunker

Anita
FLÁVIO AGUIAR
Quarta capa de Luis Fernando Veríssimo

A Bíblia segundo Beliel
FLÁVIO AGUIAR
Ilustrações de Ricardo Bezerra
Orelha de José Roberto Torero

Casa de Caba
EDYR AUGUSTO PROENÇA

Cansaço, a longa estação
LUIZ BERNARDO PERICÁS
Apresentação de Antonio Abujamra
Orelha de Flávio Aguiar

A cidade e a cidade
CHINA MIÉVILLE
Tradução de Fábio Fernandes

Diários de Berlim, 1940-1945
MARIE VASSILTCHIKOV
Tradução de Flávio Aguiar
Quarta capa de Antonio Candido

Crônicas do mundo ao revés
FLÁVIO AGUIAR
Apresentação de Maria Rita Kehl
Orelha de Roniwalter Jatobá

A cidade e a cidade
CHINA MIÉVILLE
Tradução de Fábio Fernandes

Os Éguas
EDYR AUGUSTO PROENÇA

Hereges
LEONARDO PADURA
Tradução de Helena Pitta
Prefácio de Gilberto Maringoni
Orelha de Frei Betto

O homem que amava os cachorros
LEONARDO PADURA
Tradução de Helena Pitta
Prefácio de Gilberto Maringoni
Orelha de Frei Betto

Matusalém de Flores
CARLOS NEJAR
Orelha de Antonio Torres

Memórias
GREGÓRIO BEZERRA
Apresentação de Anita Leocadia Prestes
Orelha de Roberto Arrais

Moscow
EDYR AUGUSTO PROENÇA

Pssica
EDYR AUGUSTO PROENÇA

Selva concreta
EDYR AUGUSTO PROENÇA
Orelha de Marcelo Damaso

Um sol para cada um
EDYR AUGUSTO PROENÇA

📖 CLÁSSICOS BOITEMPO

Aurora
ARTHUR SCHNITZLER
Tradução e prefácio de Marcelo Backes

Baudelaire
THÉOPHILE GAUTIER
Tradução de Mário Laranjeira
Prefácio de Glória Amaral

Das memórias do senhor de Schnabelewopski
HEINRICH HEINE
Tradução e prefácio de Marcelo Backes

Os deuses têm sede
ANATOLE FRANCE
Tradução de Daniela Jinkings e Cristina Murachco
Prefácio de Marcelo Coelho

A estrada
JACK LONDON
Tradução de Luiz Bernardo Pericás

Eu vi o mundo nascer
JOHN REED
Tradução e apresentação de Luiz Bernardo Pericás

México insurgente
JOHN REED
Tradução de Luiz Bernardo Pericás e Mary Amazonas Leite de Barros

Napoleão
STENDHAL
Tradução de Eduardo Brandão
Prefácio de Renato Janine Ribeiro

O tacão de ferro
JACK LONDON
Tradução de Afonso Teixeira Filho
Prefácio de Anatole France
Posfácio de Leon Trotski

Tempos difíceis
CHARLES DICKENS
Orelha de Daniel Puglia